UNE QUESTION D'ÂGE

ÉVELYNE PISIER

Une question d'âge

ROMAN

STOCK

© Éditions Stock, 2005.
ISBN : 2-253-11524-X – 1re publication – LGF
ISBN : 978-2-253-11524-3 – 1re publication – LGF

À mes cinq enfants.

– Comment cela s'appelle-t-il, quand le jour se lève, comme aujourd'hui, et que tout est gâché, que tout est saccagé, et que l'air pourtant se respire [...] ?

– Cela a un très beau nom [...]. Cela s'appelle l'aurore.

Jean GIRAUDOUX, *Électre*.

AVERTISSEMENT

J'introduis des éléments autobiographiques dans un récit fictif. Pas exactement fictif. La plupart des faits et gestes de mes héros ne relèvent pas de mon imagination. À ma propre histoire, je mêle des histoires vécues par d'autres. Un entrelacs qui préserve la fonction de témoignage que j'assigne à ce roman.

Parcours d'agrément

Agrément. Au début, c'est un mot agréable. N'évoque-t-il pas le plaisir, l'attrait, le charme, la grâce, ces arts que l'on dit d'agrément comme on le dit aussi des jardins ?

Depuis notre retour à Paris, Thierry et moi préparons nos cours et corrigeons les examens de septembre. Nous assistons aussi aux inévitables réunions de commissions universitaires. Trop nombreuses et le plus souvent inutiles.

Comme chaque année, je veille à la mise en route de la rentrée scolaire de Nina. Nouvelles matières, nouveaux profs, nouveaux copains, angoisses et fous rires, l'heureuse routine.

Mais cette rentrée ne ressemble à aucune autre.

Chaque matin, nous guettons le courrier. Ou, plutôt, je guette les réactions de Thierry. C'est toujours lui qui se précipite le premier. Il est de plus en plus nerveux. « Toujours rien ! Pas la moindre notification de rendez-vous ! Mais que fout la DDASS ? Je suis pourtant certain de leur avoir remis un dossier complet. Trois mois aujourd'hui que je leur ai envoyé notre demande ! »

Je tente de l'apaiser, mais l'impatience me ronge, moi aussi.

Le papier bleu met des semaines avant de nous parvenir enfin. L'administration ne peut pas nous recevoir.

Notre demande est différée pour cause d'encombrement. D'après le papier bleu, le personnel du Ve arrondissement est surchargé de travail. Deux grossesses successives ont déséquilibré leurs effectifs, des effectifs ultraféminisés évidemment, grossesses administratives pour lesquelles aucun remplacement n'a été envisagé.

Furieux, Thierry trouve l'argument de mauvais goût : « Nous ne pouvons pas adopter parce que ces dames sont enceintes ! » Je suis féministe, je le traite de macho. Question de principe.

Bref, cette première fois n'en est pas une, il nous faut attendre un nouveau papier bleu.

– Combien de temps ? s'inquiète Thierry lorsque enfin la ligne de la DDASS ne sonne pas occupé.

– Quelques semaines, deux ou trois au mieux, plus peut-être... répond une voix anonyme.

Thierry hurle. Il sait bien que ce sera long, on le lui a assez répété, mais tout de même, pas à ce point-là, pas comme ça ! Et puis, c'est avant que c'est long, avant de décider. Maintenant, c'est fait, alors au moins que la procédure se mette en route, une étape, puis l'autre. Il adore franchir les étapes, surmonter des difficultés, vaincre des obstacles. Mais le papier bleu n'est pas même un obstacle, seulement un vide. Thierry n'en peut plus d'attendre encore et encore. Ni lui ni moi n'y pouvons rien, le long cours de cette histoire ne fait que commencer sans commencer.

Pourtant Thierry a mis des années avant de se décider.

C'est à l'université que nous nous sommes rencontrés : une complicité professionnelle qui ne suffit pas à résumer une si longue histoire d'amour. Comme moi, Thierry est de gauche et professeur d'économie. Mais c'est un « fils de famille », un « grand bourgeois », un

« héritier », catégorie que je me suis toujours vantée de mépriser.

Nous n'avons pas eu la même enfance. J'avais douze ans lorsque mes parents ont divorcé. Bourgeoise dégradée, ma mère s'est brusquement retrouvée en bas de l'ascenseur. Elle n'a pas protesté. Elle l'avait « mérité » : c'est elle qui avait choisi de divorcer. Elle a travaillé comme secrétaire. Chaque soir, elle rentrait, la langue enflée d'avoir collé tant d'enveloppes. Je ne l'ai jamais entendue se plaindre.

J'ai grandi, nourrie au biberon de Simone de Beauvoir. Ma mère ne transigeait pas avec l'effort indispensable que devait fournir une fille pour acquérir plus tard son indépendance. À ma naissance, comme le faisaient souvent les femmes en ce temps-là, ma mère avait abandonné ses études. Elle ne se l'est jamais pardonné.

Enfant, adolescente, étudiante, je n'aimais qu'elle et je ne me serais pas permis de lui déplaire. Son intransigeance n'autorisait que l'excellence. J'étais fière de ne pas démériter à ses yeux. Du moins de ce point de vue-là. L'excellence ne me posait aucun problème particulier. Pour obéir à ma mère, j'ai été une élève modèle comme l'école les aimait. Sans passion, ni curiosité, ni créativité. Excellente, c'est tout...

Par la suite, sans aucune autre motivation que de plaire à ma mère, j'ai « décroché » une agrégation d'économie. Comme au manège, quand j'étais enfant : si ma mère me regardait, je décrochais toujours le pompon rose ou bleu. Tous les deux ans, une trentaine de jeunes adultes se laissent infantiliser par une agrégation d'université. Un concours assez stupide et plutôt humiliant. J'en connais qui le tentent encore, alors même que leurs propres enfants ont l'âge de passer le bac. Mais, à l'époque, je n'ai pas protesté. Je m'y suis appliquée sagement. Je suis devenue une des premières femmes professeurs d'université dans cette discipline. Aujourd'hui on dit professeures – et, à ma mère, cela ne plairait pas du tout.

Je n'ai pas été spécialement fière de cette réussite. Je ne la devais qu'à sa confiance, à son amour, à son acharnement. Je n'y étais pour rien. Je la lui devais, dans tous les sens du terme. Je la lui devais bien...

À ma mère, je ne cachais rien de mes amours, au contraire. Elle militait pour la liberté sexuelle des femmes. Elle s'était mariée vierge. Mes aventures la vengeaient autant que l'agrégation. Elle voulait que j'en aie beaucoup. À condition qu'elles soient brèves, passagères et sans conséquence sur mes études...

Calmement, à ma manière violente, je lui ai parlé de Thierry : « J'ai cherché longtemps, je me suis trompée souvent, mais cette fois, je le sais, je l'ai trouvé, c'est lui, mon père, mon frère et mon enfant à la fois. Mon amant, mon ami. Maman, je t'en supplie, comme d'habitude ou pour une fois, comprends-moi... »

Mon exaltation l'a mise hors d'elle : « Tu as dix ans de plus que lui ! Comment veux-tu que sa mère te le pardonne ? » J'ai chantonné que j'avais encore l'âge d'oublier mon âge. Ma mère a insisté. « Un jour, ils t'obligeront à t'en souvenir. Ils t'appelleront "la vieille". »

Elle voulait me faire peur parce qu'elle avait peur pour moi. Ainsi font souvent les mères. Moi, c'est pour elle que j'avais peur. Ainsi font parfois les filles.

Mais moi, l'obéissante, j'ai désobéi : « Contrairement à toi, je ne fais pas de l'âge un problème... » Ma mère a pincé les lèvres. Une manière bien à elle. « Pas encore, mais tu verras... Dans dix ans, tu auras presque cinquante ans, crois-moi, après cinquante-deux ans, les femmes n'intéressent plus les hommes... »

Parfois sa précision obsessionnelle me troublait. Je la plaignais sans pouvoir partager cette souffrance qu'elle me laissait découvrir.

Pour l'apaiser, j'ai crié : « Tu dis ça parce qu'il a un chien ! » Elle a répliqué douloureusement : « Il n'a pas même trente ans, je me fous de son chien ! » J'ai haussé les épaules. « On verra, de toute façon, ce n'est pas pour demain. » Thierry, en écho, m'a approuvée. « Dix ans, vingt ans, ce sera toujours ça de pris. »

Le jour où il est entré dans ma vie, j'ai su que la guerre était finie. Pas toutes les guerres, une guerre interminable contre moi-même. Il était mon bouclier. « Ses défauts me font rire et ses qualités sangloter. S'il devait disparaître de ma vie, je mourrais d'ennui. » Ma mère s'est affolée : « Tu vas divorcer ? » Avais-je un autre choix ?

Très jeune, j'étais tombée éperdument amoureuse. Ma mère avait évidemment désapprouvé cette liaison. « Ce don Juan te fait perdre ton temps, tu n'auras jamais ton agrégation. »

J'avais tenu bon. Don Juan, mon amoureux ? Don Quichotte, plutôt ! Ma mère avait levé les yeux au ciel : « En attendant, ce n'est qu'un petit acrobate de cirque. Il finira par tomber. Les yeux dans ses étoiles, il t'entraînera dans sa chute. »

Elle avait tort. En quelques années, l'acrobate est devenu célèbre. Il a parcouru les cirques du monde entier. Alors je l'ai quitté. Alors ma mère s'est mise à l'apprécier. Comme d'habitude. Elle ne supportait « mes hommes » qu'après que je les avais quittés. Je n'étais pas rancunière : c'était moi qu'elle voulait garder.

Mon premier mariage s'est donc soldé par un divorce. J'étais coupable. L'acrobate et moi, nous nous étions tant aimés. Mais il avait le monde à parcourir, et le monde, ce n'est pas facile à partager. J'étais coupable, comme toutes les femmes qui ne savent pas attendre au foyer que don Quichotte revienne de ses moulins. J'étais coupable d'approuver ce qu'il faisait et de ne pas le supporter. J'étais coupable, comme toutes les femmes qui s'en vont, privant leur enfant de leur père. Nina, notre fille, n'avait que cinq ans.

Thierry m'a demandé de passer notre premier été « en famille ». En famille, donc dans la sienne. J'aimais les défis. Pourquoi pas celui-là ?

Au début, j'ai fait figure d'étrangère dans leur grande famille au lourd passé partagé. Dans leur superbe résidence aux frontières mal tracées. Thierry venait de divorcer d'une jeune femme qu'ils adoraient tous. Son souvenir hantait leurs murs et leurs conversations. Ils me tenaient pour responsable de ce divorce. À juste titre. Je n'avais rien fait pour dissuader Thierry de m'aimer. Un oncle a grondé : « Pourquoi ne se contente-t-il pas de la baiser, cet imbécile ! » Quant aux autres, frères, sœurs, belles-sœurs, cousins et cousines, ils n'ont caché ni leur désarroi ni leur désapprobation.

Tous, sauf la mère de Thierry. Sans même chercher à me connaître, elle m'a ouvert grand les bras. Parce qu'elle aimait son fils. Et que parfois, pas toujours, l'amour d'une mère va jusque-là. Je l'ai observée, je l'ai admirée en silence. Je ne voulais surtout pas l'aimer. Ma mère m'avait interdit d'aimer les mères des autres. Je n'avais le droit d'aimer ni leurs mères ni leurs chiens. C'était comme ça. Et jusqu'à la mort de ma mère j'ai obéi. Enfin, presque. Secrètement, j'ai tout de même aimé la mère de Thierry. Et aussi quelques chiens.

Lorsqu'ils étaient dirigés contre moi, j'ai encaissé

les coups à ma manière. J'en souriais sans peine. Tant que les membres de cette famille me rejetteraient, je les mépriserais. Jamais je ne m'abaisserais à les séduire. Je ne leur mendierais pas un droit d'asile.

Le premier été, j'ai supporté qu'on ne m'aime pas, et qu'on me le fasse savoir. Je ne me suis pas inquiétée pour moi. Seulement pour ma fille. Pour elle, j'étais constamment sur le qui-vive : « Au premier mot, au premier regard contre Nina, je rentre à Paris ! » Thierry m'aimait. Il acceptait que ma fille, qui n'était pas la sienne, passe toujours avant tous, et même avant lui. Il en était ainsi depuis le premier jour de sa vie.

Cette adulation donnait lieu aux plaisanteries rituelles de mes amis. L'intellectuelle, la féministe, la pionnière ne trouvait le bonheur que dans son rôle de mère ? Sidérés, ils ont découvert que j'aimais aussi leurs enfants. D'ailleurs, j'aimais tous les enfants, surtout les petits. Dans la rue, je ne pouvais m'empêcher de les regarder, de leur sourire, de parler aux mères qui poussaient leurs landaus. Une bizarrerie impardonnable. L'époque était féministe et moi aussi. Les femmes imitaient leurs compagnons. Elles attendaient que leurs enfants commencent à parler pour s'y intéresser. Du moins, c'est ce qu'elles prétendaient. Pas moi. Je ne pouvais m'empêcher d'aimer les bébés. J'étais comme ça. Pas par instinct. En toute liberté.

Intégrée par effraction dans cette famille, j'ai trouvé une première alliée en la personne de Paule, la gardienne. Je l'entendais parfois se moquer du nombre effarant de vitres à nettoyer ou se rebiffer avec insolence devant une remontrance injuste. Elle faisait preuve d'un humour très particulier pour une « femme sans instruction », comme elle se nommait elle-même. Sa personnalité m'intriguait, sa rébellion pacifique m'amusait. Mais, surtout, je la voyais se précipiter au-devant d'un enfant en larmes et le consoler avec une montagne de crêpes au sucre. Paule aimait les enfants, elle n'en avait pas, elle n'en a jamais eu, elle ne sait toujours pas pourquoi. Peut-être n'aime-t-elle que les enfants des autres ?

Elle aimait ma fille, qui le lui rendait bien.

Nina adorait la peau douce de Paule, ses seins généreux, ses cheveux fous, son odeur d'olive et de vigne, sa vitalité insatiable, ses disparitions mystérieuses, ses retours au petit matin, les bras chargés de pains au chocolat.

À la fin du premier été, plus qu'un droit d'asile, avec l'aide de Paule, j'ai gagné le pari de l'intégration. L'oncle grondeur est devenu mon complice. Et tous les autres m'ont souri.

Quelques étés ont passé, quelques années aussi. Thierry et moi n'avons cessé de rire, de travailler, de nous aimer. Chaque année, plusieurs fois par an, à Noël comme en été, nous sommes revenus vers la grande maison du soleil, la maison des Genêts d'or. Entourés de nouveaux cousins, de nouveaux neveux, de nouveaux amis, de nouveaux bébés.

Thierry a assumé avec une satisfaction évidente le rôle de chef de bande que je lui ai assigné. « Comment supportez-vous de vivre en tribu ? » s'étonnaient ses frères. Ma mère s'en inquiétait aussi.

Mais, chaque année, malgré le surcroît de travail, Paule a applaudi : « Quand vous arrivez avec toute la smala, je deviens quelqu'un d'autre... »

« Pourquoi pas un autre ? Un autre enfant, un enfant à nous ? » ai-je fini par murmurer.

Je me souviens encore de sa colère, ce jour-là.

Le visage de Thierry se ferme. Il n'a pas d'enfants. Il n'en a jamais voulu... À sa mort, très jeune, dans un accident, son frère aîné a laissé derrière lui un petit garçon. Thierry s'est pris de passion pour son neveu, qui a grandi sous ses yeux attentifs. Mais sans doute lui a-t-il toujours rappelé son chagrin, un chagrin au-delà du chagrin. Après la mort de son frère, Thierry a donc « décidé » qu'il n'aurait jamais d'enfant. Pour ne pas risquer de faire un autre orphelin. Depuis, il trouve confortable de mettre sa stérilité sur le compte d'une volonté psychique. « Je suis comme Paule. Je n'aime que les enfants des autres. »

Je ne suis pas convaincue. Vraiment pas. Mais je me donne un peu de temps. Un peu, pas trop, je n'en ai pas beaucoup devant moi pour réconcilier Thierry avec lui-même.

– Si tu veux, on peut en adopter un. Orphelin, au moins, lui, il le serait déjà...

Ma proposition prend Thierry au dépourvu.

– Mais pourquoi, puisque tu as déjà Nina ?

– Et alors ? Je n'ai pas d'enfant adopté. On partagerait une nouvelle aventure. Toi et moi, à égalité.

Thierry hurle. Il est du genre qui hurle facilement. Mauvais joueur, il ne supporte pas de perdre. Au tennis, à la pétanque, au tarot, ses colères sont homériques. Certains les craignent, moi, elles me font rire. Sa mère aussi. Elle le trouve « challenge » et l'encourage à gagner. Moi qui me fiche de gagner tant j'aime jouer, aujourd'hui encore je ne supporte pas de le voir perdre, a fortiori de le faire perdre...

Thierry déteste mon idée :

– J'étais content que tu aies déjà un enfant. Toi, au moins, tu ne viendrais pas pleurer chaque mois. Toi, au moins, tu ne viendrais pas m'humilier. Tu sais bien que je suis impuissant !

Je ris.

– Impuissant ? Prouve-le-moi !

Il vaut mieux rire, non ?

– Ne te moque pas de moi. Impuissant ou stérile, c'est pareil.

Les hommes sont fous. Je ne sais, de l'impuissance ou de la stérilité, ce qui les rend le plus fous.

– Tu es fou, mon amour, et je me fous que tu sois stérile...

J'insiste. Il y a tellement de cinglés dans les ascendances et les descendances. Autant les éviter... Je m'efforce de calmer son angoisse de perdre. Je le connais si bien. J'attends qu'il ait fini de réfléchir.

Je ne sais rien de l'adoption. Je suis seulement certaine que, lorsque Thierry sera convaincu, il prendra tout en main. Il est comme ça, énergique, volontaire, déterminé, incapable de laisser une idée en suspens. Mais ce n'est pas encore son idée, seulement la mienne.

Je n'attends pas longtemps.

Métamorphosé, péremptoire, Thierry affirme qu'il a toujours voulu adopter, qu'il le savait avant moi, malgré moi, qu'il le sait grâce à moi. Sa mère est ravie. Ses frères, ses amis, sa tribu, tous approuvent. Ils me remercient comme si je m'immolais. Gênée, je proteste. Je ne me sacrifie pas, bien au contraire. Je le fais pour moi puisque je veux un nouvel enfant. Pour moi, pour nous, pour notre couple. Pour ajouter un enfant à notre histoire d'amour. Je n'ai pas l'intention de discuter de mon désir d'enfant. Que sais-je, d'ailleurs, de ce que je ressentirai moi-même ? Face à un enfant adopté, serai-je la même mère ?

J'élude la question. Elle est sans réponse. Je me rassure en me rappelant que, d'un enfant biologique à l'autre, on n'est jamais la même mère. Aurais-je été la même si j'avais eu un garçon ? Ou une autre fille que Nina ? Peu importe. Nina est ma fille unique, tellement unique. Alors quelle nouvelle mère serai-je avec un enfant sorti des entrailles d'une autre femme ?

Ma mère ne cache pas sa désapprobation : « Il est déjà assez difficile d'élever ses propres enfants ! » Je riposte. Ce sera mon enfant comme un autre. Ma mère ne m'a-t-elle pas éduquée dans la ferme conviction que, toujours, l'acquis l'emporte sur l'inné ? Je sous-estime la force des préjugés biologiques, même chez les tenants de l'acquis. Au fond, pour tous, l'acquis ne l'emporte que lorsqu'il s'ajoute à un inné que l'on tient pour sain. Bon sang ne saurait mentir ! A fortiori l'enfant venu d'ailleurs présente-t-il tous les risques du mauvais sang : aujourd'hui, les fantasmes de l'inceste et du sida ont largement remplacé les mythes et légendes du bâtard royal !

Bref, ma mère, qui n'a rien contre l'adoption, préfère que sa fille n'adopte pas. Je ne m'énerve pas. Elle veut me protéger, je veux la rassurer, nous nous aimons tant. Je lui rappelle en riant qu'elle a eu la même réaction lors de ma grossesse. Elle m'avait mise en garde : j'allais perdre ma liberté, mon indépendance, compromettre ma carrière... Pourquoi voulait-elle me priver de ce qui avait été son plus grand bonheur à elle ? Ma question l'avait laissée coite, elle s'était inclinée. Alors, enfant biologique ou pas, je finirai bien par la convaincre à nouveau. Comme lorsque j'ai épousé l'acrobate, comme lorsque j'ai accouché de Nina, comme lorsque j'ai décidé de vivre avec Thierry, bref, comme chaque fois, elle finira par m'approuver... Pour le moment, le seul mot d'adoption la met en rage : nos excès d'enthousiasme nous mèneront à une effroyable déception, notre précipitation, à la catastrophe.

En attendant de convaincre ma mère, je me réjouis d'associer ma propre fille à la belle aventure. Sa réaction enthousiaste ne me surprend pas : « L'adoption, c'est encore mieux ! Au moins, on peut rêver de cigo-gnes ! » Rêve, Nina, ma Nine, rêve avec nous. Tu as dix ans, je suis sûre de toi, de ton intelligence et de ta générosité. Je ne t'enlèverai rien de mon amour, je ne te ferai aucun mal.

Au début, les choses se passent comme je l'ai prévu. Thierry est déchaîné. Avant de passer à l'action, il décide de consulter quelques spécialistes de l'adoption. Thierry procède toujours ainsi. Lisant, téléphonant, enquêtant pour en savoir lui-même davantage. Comme en toute chose, il constitue un dossier.

Sa récolte le rend furieux : « Figure-toi que l'adop-tion, c'est la guerre ! Une guerre entretenue par les experts de tous bords, les porte-bonne parole de toutes sortes. De conventions en traités, les bureaucraties éta-tiques mondialisent à leur gré leurs préjugés. De lois en décrets, elles dressent leurs acteurs sociaux à la "prévalence" systématique du lien biologique. Il va falloir se méfier ! » Je ne veux pas me méfier. Je suis persuadée qu'il exagère. Et surtout qu'il saura vaincre n'importe quel obstacle.

Nos amis nous préviennent : ce sera lourd et long. Ni l'un ni l'autre nous n'imaginons à quel point. Heu-reusement. Car il est des presciences qui vous feraient renoncer à tout. À l'amour. À la vie. À l'adoption d'un enfant.

Simulant l'insouciance, je préfère me promener à l'ombre des pins. Nina me demande ce que je pense d'Antigone. Je me concentre. J'essaie d'être à la hau-teur... Ma mère l'était lorsque, à l'âge de Nina, je l'interrogeais sur Électre.

Thierry bombarde la DDASS de courriers afin d'entamer au plus vite les procédures d'obtention de l'agrément.

Paule ne pose de questions ni sur Antigone ni sur

Électre, mais sur « cette histoire d'agrément ». Aussi heureux que dans un amphithéâtre, Thierry s'efforce, lui aussi, d'être à la hauteur. « Depuis 1966, pour adopter un enfant, il faut obtenir au préalable une autorisation administrative. Cette obligation est encore plus récente pour les enfants adoptés à l'étranger. » Paule ne cache pas sa satisfaction : « Avant 1966, n'importe qui, n'importe quelle mauvaise femme incapable d'amour pouvait adopter n'importe quel pauvre enfant qui ne demandait rien à personne ! Pas étonnant qu'il y ait eu tant d'échecs ! Et tous ces enfants volés ou vendus ! L'État a bien fait de mettre son holà ! » Thierry se fâche : « Vous regardez trop la télévision. Le plus souvent, les trafics ne sont que prétextes à masquer une réalité bien plus terrible ! »

Paule n'en démord pas. Les candidats à l'adoption sont a priori suspects. L'État doit les surveiller. Sans le savoir, elle approuve une évolution législative qui a fini par restreindre l'octroi de l'agrément aux couples présentant des « garanties matérielles et morales suffisantes pour l'enfant ». L'expression me rassure. Je ne doute pas de nos capacités morales. Je me demande seulement comment on mesure l'immoralité. Et je sais nos garanties matérielles largement suffisantes. J'espère vaguement que les pauvres ne sont pas forcément interdits d'adoption, qu'on les jugera toujours moins pauvres que l'enfant abandonné. Quant à choisir entre deux candidats le plus riche, faut-il se persuader qu'il en va de l'intérêt de l'enfant ? Chacun préfère ne pas s'interroger... Alors pourquoi le ferais-je ?

La DDASS ne répond à aucune des lettres de Thierry. « Je parie qu'ils prennent tous des vacances ! » Paule réplique : « Ils y ont droit, eux aussi... » J'acquiesce : « C'est vrai. À la rentrée, tout s'arrangera. »

Pour la première fois, l'été n'en finit pas. Pour la première fois depuis le début de notre amour, nous sommes impatients de rentrer à Paris.

Nous y voici et rien ne s'arrange. Nous n'avons toujours pas de rendez-vous. Thierry se désespère. Moi aussi.

Les semaines passent. Aucun nouveau papier bleu dans le fatras du courrier quotidien. Je propose à Thierry d'utiliser ses « réseaux » pour accélérer le processus. En vain. Il n'aime pas les passe-droits. Par tempérament et par conviction, il se veut légaliste et républicain. Je hausse les épaules, peu convaincue : « En attendant, la République ne nous convoque toujours pas ! »

J'insiste. Pourquoi Thierry n'en parlerait-il pas à Michel Rocard ? Ils sont amis depuis longtemps. « Pourquoi Rocard ? Il n'y connaît rien. Et d'ailleurs il est comme moi, il déteste les passe-droits... » Il m'agace. Un conseil d'ami, ce n'est pas un passe-droit ! Il se moque de moi : « Te voilà du côté des puissants, maintenant, toi, la pasionaria de gauche ? »

C'est à mon tour de me moquer de lui, de son esprit de sérieux, de sa culpabilité d'héritier. Sous prétexte que je me crois plus méritante que lui, j'ai moins de scrupules à l'égard des privilèges de classe. D'ailleurs, « ils » le font tous et ne s'en cachent pas. Bien avant qu'il ne vous mène en frégate, cet engrenage est bourré d'infimes arrangements qui vous facilitent la vie. C'est immoral mais c'est ainsi.

Comme souvent, mon insistance l'emporte. Thierry prend rendez-vous avec Michel Rocard. Sa réaction le stupéfie :

– Rien n'est plus simple. Dès demain, j'appelle le maire de Paris.

Thierry s'exclame naïvement :

– Jacques Chirac ! Mais vous n'êtes pas du même bord ! Vous êtes des ennemis...

Rocard balaie l'objection.

– Des ennemis politiques, peut-être. Mais il s'agit d'une affaire privée. Et je le connais bien, nous sommes de la même promo.

Avec un sourire narquois et chaleureux, son humour bien à lui, Michel ajoute :

– Jacques est un homme généreux et sensible. Pas comme moi !

Entre la République et mon intuition, j'ai fait le bon choix. Quelques jours plus tard, un nouveau papier bleu nous parvient. Un vrai. Avec une date et un lieu de convocation : le jeudi 13 janvier à 14 heures, 13, rue de la Compassion. Le papier bleu précise que tout retard provoquerait le report *sine die* de la présente convocation.

Le jeudi 13 janvier, nous arrivons en avance. Nous nous installons au café, face à l'immeuble gris de la rue de la Compassion. L'examen est imminent. Déjà, il nous infantilise. Nous voici révisant nos leçons, imaginant les réponses adéquates pour ne pas être recalés. Thierry prend des notes, il ne veut rien oublier, je lui caresse le bras pour le calmer.

Il fait très beau ce jour-là. Tant de soleil, un jour pareil, c'est bon signe. Nous avons tout prévu, chaque détail, nous sommes d'accord, ce sera facile. « C'est simple, on répondra toujours oui. » Nous répondrons oui à toutes les questions de la DDASS, entre chaque réponse, entre chaque question, nous nous répéterons que nous nous aimons, rien ne pourra nous humilier, nous sommes prêts.

Après une longue attente, la directrice nous reçoit. Une femme, évidemment. Elle ne nous pose aucune question. Elle a notre dossier sous les yeux et le parcourt lentement, en silence. Sans relever la tête, elle questionne entre ses dents : « Pourquoi voulez-vous un enfant ? »

Assis sur nos chaises face à son bureau, nous tentons de dissimuler notre angoisse. Comment trouver une réponse convaincante ? Elle n'en attend manifestement aucune.

– Mme Nicole Réglisse est l'assistante sociale qui vous est affectée. Vous devrez la recevoir à votre domicile.

– Quand ? demande immédiatement Thierry.

La directrice a un geste vague.

– C'est elle qui vous contactera.

– Quand ? répète Thierry.

Elle réprime un sourire agacé.

– Vous êtes tous les mêmes, tellement pressés. On n'adopte pas un enfant comme on achète sa baguette.

Allusion discrète à nos moyens de pression ? Pourvu qu'elle ne se venge pas ! Thierry n'insiste pas. Il la questionne sur notre dossier. Est-il complet ? Lui paraît-il convenable ? Quelle chance nous donne-t-elle ?

La directrice se lève pour mettre fin à l'entretien. Elle nous rassure : notre dossier semble techniquement parfait, mais... Thierry sursaute, l'interrogeant du regard. « Vous êtes tous deux divorcés et vous n'avez pas pris la peine de vous remarier ? Ce n'est pas obligatoire, certes, mais pas de bon augure. En adoptant, il ne s'agit pas d'assouvir l'égoïste désir d'avoir un enfant, mais au contraire de donner une famille à un enfant... » Elle martèle cette phrase machinalement, comme si elle la récitait par cœur.

Pourquoi ? Pourquoi pas donner une famille à un enfant et aussi un enfant à une famille ? Faut-il, selon

notre respectable condition familiale, taire le désir
d'enfant ?

Elle poursuit sévèrement : « Comment un homme et
une femme qui n'ont pas jugé bon de contracter entre
eux des liens solides le feraient-ils par l'intermédiaire
d'un enfant ? »

Thierry n'y avait pas pensé ! Évidemment, la
DDASS se méfie. Notre couple dissolu fait mauvais
effet ! Nous décidons de nous marier très vite. Joyeusement. Ce n'est qu'une étape supplémentaire vers
l'enfant ardemment désiré. Autant lui donner une
allure festive ! Fidèles à nos mœurs grégaires, nous
partageons donc l'aventure.

Cette fois, c'est Thierry qui prend l'initiative d'un
coup de canif à la République. Nous irons nous marier
à Conflans-Sainte-Honorine. Le maire est son ami. Et
quel ami ! Thierry n'oublie jamais ses dettes. Il loue
un bus. Nous sommes une centaine à envahir la petite
mairie de Michel Rocard.

Ma mère désapprouve. Tout. Notre mariage hâtif,
délocalisé et désordonné. Et nos amitiés politiques, en
outre. Rocard ! Ce bavard sans envergure et sans
avenir ! Elle critique aussi notre désinvolture. On ne
se marie pas pour adopter un enfant ! Mais elle mettra
tout de même un beau chapeau.

À sa manière, Paule nous applaudit : « Ils vous for-
cent à vous marier ? Au moins, vous porterez tous les
deux le même nom que cet enfant adopté. »

Mais il nous faut réussir l'examen de passage,
l'obtention de l'agrément, notre obsession. L'assistante
sociale, Nicole Réglisse, daigne nous prévenir de sa
première visite. Anxiété, fébrilité, chacun se prépare à
produire le meilleur effet. L'appartement est nettoyé
de fond en comble, la chambre de Nina impeccablement rangée. « Pourquoi ma chambre ? » demande-

t-elle ironiquement. Mais elle accepte de discipliner sagement ses longs cheveux blonds...

Nicole Réglisse n'est pas méchante, mais très curieuse. De pièce en pièce, elle nous questionne sur le nombre de mètres carrés, mais aussi sur nos habitudes, l'heure des repas, les antécédents médicaux et la scolarité de Nina. Elle finit par s'asseoir et accepter un thé. Thierry tente de dissimuler son énervement. Va-t-elle enfin nous poser des questions sensées ?

« Avez-vous réellement fait le deuil de l'enfant biologique ? » s'enquiert-elle en picorant un gâteau sec. Pris au dépourvu, mal à l'aise, Thierry ne comprend pas le sens de la question. Moi non plus.

Nicole Réglisse insiste.

– Une adoption n'est réussie que si le couple a réellement fait le deuil de l'enfant biologique. Vous devez m'en apporter la preuve !

Quelle preuve ? Pourquoi ? Comment ?

Elle est catégorique :

– Le deuil de l'enfant biologique conditionne le désir d'adopter. Si vous ne le faites pas, c'est que vous ne désirez pas vraiment le prochain enfant.

Nicole Réglisse est partisane de dispositions plus moralisatrices encore. Ainsi préférerait-elle que la loi interdise l'adoption aux femmes âgées de plus de quarante-cinq ans.

Thierry prend une voix doucereuse.

– J'admire votre louable souci ! Vous voulez aligner l'adoption sur l'âge naturel qu'impose aux femmes la ménopause ou sur le fantasme de sa transgression rendue possible par une procréation médicale assistée ?

Cette subtile ironie échappe à Nicole Réglisse.

– Les femmes ménopausées qui veulent des enfants défient la nature. Pour moi, ce sont des guenons !

Et aux hommes, quelle limite d'âge impose-t-elle ?

Manifestement, elle est plus zoophile à leur égard. Puisque la nature leur permet d'avoir des enfants à tout âge, la loi n'a aucune raison de les empêcher d'en adopter. À la mort du vieux père, l'orphelin est requis de bénir un héros, pas de maudire une guenon... Thierry fait les cent pas dans le salon. Il argumente comme un beau diable.

– Est-il plus ennuyeux d'avoir une mère de soixante ans ou de vivre dans un orphelinat ? Est-il plus triste de devenir à vingt ans l'orphelin de sa mère adoptive ou de l'avoir toujours été de sa mère biologique ?

Nicole Réglisse exprime un désaccord radical :

– Surtout n'allez pas croire que la loi vous donne raison. En réalité, si les députés n'ont pas fixé de limite d'âge, c'est que les « vieux » adoptent plus volontiers des enfants « à particularités » ou même « anormaux » !

– Quel cynisme ! s'écrie Thierry. Tant mieux pour ces enfants-là. Mais sur un sujet aussi douloureux nos parlementaires n'ont aucune pudeur ! Ils osent perdre leur précieux temps à débattre de l'âge requis pour aimer un enfant.

Thierry perd lui-même son temps. Impossible de convaincre l'intraitable Nicole Réglisse ! Elle ne cesse de vouloir imposer à la parité entre les filiations de nouvelles limites. Des limites financières, par exemple. Elle regrette que les parents adoptifs bénéficient des congés et des allocations. Mais elle approuve le gouvernement d'avoir refusé l'octroi d'une prestation familiale en faveur des familles adoptant à l'étranger.

Thierry s'étrangle de rage.

– Ces familles n'ont pas toutes les mêmes ressources. Et ces adoptions demandent du temps, elles coûtent cher ! Vous acceptez donc cette inégalité ?

Ce jour-là, Nicole Réglisse part très fâchée. Je

supplie Thierry de cesser de la mettre hors d'elle. Elle finira par se venger. Il en convient.

La vie continue, ponctuée par les visites de Nicole Réglisse. Après chaque entretien, je téléphone à ma mère. Je lui en dresse un compte rendu approximatif. J'en gomme les rudesses. Ma mère les devine. Elle s'insurge : « Je t'avais bien dit de ne pas te lancer dans cette histoire ! Hier, Nina m'a appelée en larmes. Cette Réglisse n'a pas le droit de la soumettre à de tels interrogatoires ! C'est ton enfant à toi. Alors, veille au moins sur ses résultats scolaires. Tu vas lui faire perdre son année d'avance, avec ton histoire d'adoption ! »

Ma mère, qui déteste vieillir, préfère toujours que les enfants soient « en avance pour leur âge ». Elle se passionne pour la scolarité de sa petite-fille. Je tempère sa colère. Mais elle n'a pas tort. Nina commence à donner des signes de nervosité, à supporter de moins en moins les interrogatoires... Admirative et terrifiée à la fois, je l'ai entendue lancer à l'assistante sociale : « Quand ma mère était enceinte de moi, personne n'est venu la faire *chier* avec toutes ces questions ! »

Mais Nina parvient toujours à redresser la barre. Ensemble, nous cherchons des prénoms pour distraire l'impatience... Ma mère proteste encore : « Parce que, en plus, vous allez lui enlever son prénom ? »

Nicole Réglisse nous prend en flagrant délit d'erreur. Nous avons oublié de fournir les témoignages de bonnes mœurs. La loi exige deux témoignages écrits. Une formalité essentielle. « Mais la DDASS ne les lira pas. Compte tenu de votre "situation sociale", vous ferez dire n'importe quoi à vos amis. » La remarque n'est pas fausse, pas très aimable non plus. Elle déplaît à Thierry. Il n'aime pas que l'on se moque de lui et des lois. De plus en plus nerveux, il prend Nicole

Réglisse en grippe. Je fais de mon mieux pour calmer le jeu... Je sais au moins quels biscuits elle préfère.

Un jour, elle semble avoir épuisé les dernières questions. Elle va enfin clore son enquête. Elle nous réserve une dernière flèche. Désignant la collection « La Pléiade » dans la grande bibliothèque, elle nous met en garde : « Serez-vous capables de supporter son échec scolaire ? » Décidément, Nicole Réglisse pense à tout. Pour elle, l'intellectuel n'engendre que biologiquement l'intellectuel...

Le soir, au dîner, sous « La Pléiade », Nina s'amuse à provoquer sa grand-mère : « Je suis biologique et je vais rater mon brevet ! » Ma mère et moi, ensemble, nous protestons vivement. Nina éclate d'un rire moqueur : « Elle a raison, Nicole Réglisse ! Ni ma mère ni ma grand-mère ne supporteraient qu'un de leurs enfants devienne mauvais élève ! Encore moins un enfant adopté ! »

Fausses couches

Exit Nicole Réglisse. Nous voici débarrassés d'elle. Candides, nous sommes désormais convaincus d'obtenir rapidement l'agrément. Nous n'avons pas encore franchi toutes les étapes. Il en reste quelques-unes. Et non des moindres.

D'une voix neutre, la directrice de la Compassion nous indique la nouvelle démarche à suivre. « Voici la liste de nos psychiatres. Choisissez celui qui vous conviendra. Mais n'oubliez pas qu'il doit être agréé... »

Affronter un psychiatre ? Une épreuve redoutable. Il ne s'agit plus de nos capacités morales et matérielles, mais de notre état psychique. Comment nous renseigner sur ces agréés ? Nous hésitons à tirer au sort le nom du moins méchant.

Ma fille nous trouve de plus en plus infantiles. Pas seulement infantiles. Obsessionnels. Incapables de parler d'autre chose que d'adoption ! Chaque jour, je scrute le carnet du *Monde* et lorsque, manifestement, il ne s'agit pas d'une naissance biologique, j'applaudis.

J'apprends par hasard que nos amis Rachel et Philippe ont adopté un petit garçon né sous X. Je ne les ai pas vus depuis plusieurs mois. Où en sont-ils ? Je brûle d'en savoir davantage. « Si on les invitait à dîner ? » Thierry acquiesce. Au moins pourrons-nous évoquer sans gêne notre sujet préféré !

Nous allons adopter. Comme je le pressentais,

Rachel et Philippe sont ravis. Adopter : dans le vocabulaire des initiés, le verbe est devenu intransitif. Les
adoptants se saluent et s'interpellent intransitivement.
Un détail grammatical qui en dit long sur ce qu'ils ont
en commun. La connivence de l'intransitif renvoie à
une démarche particulière. Ils sont passés par le
fameux parcours du combattant, un parcours plus ou
moins pénible selon les cas, mais leur complicité se
nourrit aussi de cette expérience.

Dès le début du dîner, Rachel nous met en garde.

– Surtout, évitez le docteur François Dubono !
Quand nous avons décidé d'adopter Solal, il nous en
a fait voir de toutes les couleurs. Il nous a interrogés
six heures chacun séparément. Il était fou furieux.

– Pourquoi une telle intrusion ?

– Nous avions déjà deux enfants biologiques.

Je suis évidemment effrayée à l'idée d'encourir la
même sévérité.

– Nous n'étions stériles ni l'un ni l'autre. Il nous
soupçonnait de ne plus avoir de rapports sexuels ! Il
nous a même donné le nom d'un sexologue..., pouffe
Rachel.

Philippe, son mari, renchérit.

– Depuis 1976, les parents d'enfants légitimes ont
enfin le droit d'adopter. Mais leur demande d'agrément
est assortie d'un contrôle supplémentaire.

Nous l'écoutons avec une attention passionnée. Ravi,
Philippe nous demande un Code civil. Thierry se lève
de table et trouve rapidement un exemplaire dans la
bibliothèque. Notre ami l'ouvre et lit à voix haute :

– « Dans le cas où l'adoptant a des descendants, le
tribunal vérifie en outre si l'adoption n'est pas de
nature à compromettre la vie familiale. »

L'intensité intrusive de Nicole Réglisse a donc une
base légale ! Mais pourquoi cette méfiance ?

– Ils ont peur des fraudes. Les adoptés viennent concurrencer les enfants légitimes dans leurs droits successoraux. D'où l'insistance des psys sur le deuil de l'enfant biologique...

Comment peuvent-ils être aussi péremptoires ? Nathalie, mon amie psychiatre, affirme que certains parents ne parviennent à ce deuil qu'après une adoption et grâce à elle. Et comment les experts peuvent-ils prouver la réalité du deuil si tant est qu'il faille en accepter le postulat ? Aucune loi pourra-t-elle jamais interdire aux fous et aux déviants de concevoir un enfant, ni empêcher que l'enfant désiré un jour ne le soit plus ?

Thierry prend des notes à sa manière habituelle. Soudain, son regard s'attarde sur Rachel. Il la contemple, stupéfait.

– Pardon si je suis indiscret... Tu ne serais pas enceinte ?

Rachel confirme en souriant : elle est enceinte de cinq mois. Mais plus tard, ils ont bien l'intention d'en adopter un autre.

– Cette fois, je te jure qu'on se passera de cet imbécile de Dubono...

Après le départ de nos amis, Thierry sort de sa poche la liste des agréés. D'un coup de stylo, il raye le nom de François Dubono. Restent les cinq autres inconnus. Nous choisissons le nom à la consonance la plus « étrangère ». Pourquoi ? Nous sommes bien incapables de justifier notre superstition.

Elle est heureuse. L'entretien ne dure pas plus d'un quart d'heure. Le docteur Simon Zebor se contente de signer les papiers, en précisant qu'il ne s'accorde aucune compétence pour juger de notre désir d'enfant. En nous raccompagnant à la porte de son cabinet, il ajoute : « Traitez votre enfant comme les autres... Ils

connaissent tous, surtout à l'adolescence, des problèmes d'identité. Évitez de mettre le moindre trouble
du comportement sur le compte de l'adoption. »

Nous n'en revenons pas. Quelle chance ! Pas d'in-
quisition, pas de mépris ! Pas d'interrogatoire sur notre
deuil de l'enfant biologique ? « On a les deuils que
l'on peut et c'est bien trop comme ça », dit le docteur
Simon Zebor en tirant sur sa pipe. Il n'ouvre pas nos
certificats de bonnes mœurs, il ne nous pose aucune
question sur notre situation familiale, il ne demande
même pas à interroger Nina ! Il ne nous donne pas de
nouveau rendez-vous ! Quel temps il nous fait gagner !

Notre soulagement ne dure pas. D'après la directrice
de la Compassion, nous allons trop vite. Trop vite ?
« Une grossesse prend neuf mois, un agrément
aussi... » Elle précise : « J'ai bien dit un agrément. Pas
un enfant. L'agrément ne garantit aucunement l'octroi
d'un enfant. L'administration conserve son droit de
regard. » Elle ajoute aimablement à mon intention :
« Vu votre âge, madame, vous ne serez pas de la première sélection... Surtout si vous désirez un bébé. »

Accablés, Thierry et moi envisageons le risque d'un
parcours sans fin. Tous ces efforts pour rien ? L'idée
nous est insupportable. Comme l'été qui vient. Même
aux Genêts d'or.

Je réagis la première. Timidement. J'ai peur que
Thierry ne soit pas prêt.

– Pourquoi pas un bébé d'ailleurs, un bébé de très
loin ?

Thierry me prend dans ses bras. Son soulagement
me stupéfie.

– Je n'osais pas te le demander ! À cause de Nina.
Je pensais que tu voulais qu'il lui ressemble !

Quel malentendu ! Les orphelins se comptent par
millions dans le monde. Des enfants le plus souvent

innommés, analphabètes, affamés, condamnés à la prostitution, à la mendicité, à la délinquance, à l'esclavage... Pour la première fois de notre amour, nous aurions douté l'un de l'autre ?

Un ami juriste nous prévient que l'adoption « internationale » relève de ressorts complexes.

– Les conventions sur les droits de l'enfant se multiplient mais, dans la pratique, elles restent lettre morte. Depuis la Seconde Guerre mondiale, l'adoption à l'étranger s'est développée. Du coup, le droit, lui-même qualifié d'international, tente d'imposer aux États une approche coordonnée.

Thierry s'indigne. Notre ami temporise :

– Adopter un enfant à l'étranger, c'est le déplacer d'un État à un autre. Il est normal que les États s'entendent sur quelques règles.

– Bien sûr, s'énerve Thierry. Mais sur quels critères ? Comment crois-tu que dans leurs subjectivités souveraines ils apprécient l'intérêt de l'enfant ? Ils considèrent qu'il a toujours intérêt à vivre dans son pays d'origine, même dans une famille d'accueil.

Je l'interromps :

– Ils calquent le préjugé nationaliste sur le préjugé biologique ?

Ravi de la formule, Thierry acquiesce. Sans même réfléchir, il suggère le Chili. Comme lui, l'Amérique latine m'a toujours fait rêver. Une complicité supplémentaire entre nous. Sur la piste de l'Indien, *el camino del Inca*, l'enfant de notre amour aura les couleurs de la cordillère.

Thierry est resté lié à la communauté chilienne en exil à Paris. À Carmen, notamment. Après le coup d'État de Pinochet, il l'a aidée à obtenir un droit d'asile, puis la naturalisation française. À l'époque, la France était plus généreuse... Thierry est sûr de

Carmen, à la vie à la mort. Elle nous aidera. Trouver un enfant du bout du monde est-il plus difficile et plus long qu'obtenir un agrément en France ? Pour perdre moins de temps, Thierry veut gagner du temps sur le temps. Carmen est au Chili en ce moment. Il va l'appeler.

Je l'approuve. N'ai-je pas pris l'habitude, depuis l'enfance, de compter davantage sur l'amitié que sur les puissants ? Dès que Carmen nous aura signalé un enfant adoptable, nous nous précipiterons. Nous prendrons le premier avion... « Pas sans l'agrément », prévient Thierry fermement. Je hausse les épaules. Une fois notre bébé dans les bras, comment l'agrément ne suivrait-il pas ?

Sur le bureau de Thierry, de nouveaux documents apparaissent. Des textes de lois, des débats parlementaires. Je l'entends téléphoner à un collègue à Paris : « Je cherche un rapport intitulé *Enfant d'ici, enfant d'ailleurs, l'enfant sans frontières.* » Un titre superbe et émouvant. J'ai hâte de lire ce texte, moi aussi. Dès réception, Thierry le parcourt fiévreusement. Je l'entends fulminer :

– Quel scandale ! Il comporte plus de deux cents pages, mais les médias n'ont lu que le titre... Et, sous prétexte que son auteur est à la fois député et professeur de pédiatrie et de génétique médicale, ils l'ont encensé ! Lui, il finira ministre mais, une fois de plus, l'opinion publique aura été bernée.

J'aime les emportements fougueux de Thierry. Je le relance.

– Pourquoi bernée ? Le professeur a donné son nom à une loi.

– Une réformette minable ! Du trompe-l'œil. Mieux valait s'en passer. En France, la manie législative tourne à l'acharnement. Elle donne à nos législateurs l'occasion de tant de belles paroles et d'effets de manches avant d'accoucher de leur loi !

– Tu préfères accoucher d'une loi ou l'adopter ?

Thierry est mon meilleur public. Aujourd'hui, il sourit à peine. Jour après jour, il n'en finit pas de prendre des notes, de noircir ses cahiers.

Été lourd, étouffant. À la moindre sonnerie de téléphone, nous sursautons. La DDASS ou le Chili ? L'agrément ou l'enfant ?

Un soir, enfin, Thierry me tend l'appareil en criant : « Viens vite ! Tu comprends mieux l'espagnol que moi. »

J'écoute la voix lointaine de Mónica, la mère de Carmen. Du fond de leur orphelinat, deux petits garçons de trois mois nous attendent. Des jumeaux « légalement » adoptables. Tremblante, je traduis, mot à mot. Pour Thierry, mais aussi pour Nina, pour ma mère, pour nos amis, figés en silence près du téléphone. Après avoir raccroché, je fonds en larmes.

Pour ma mère, c'en est trop. Elle ne supporte ni ce débordement d'émotion, ni cette absurde histoire de jumeaux.

– Vous êtes fous, vous n'allez pas en prendre deux ! Regardez-vous ! Vous n'êtes même pas en état d'en adopter un !

– En état, sûrement pas ! ironise amèrement Thierry. Nous n'avons pas d'agrément !

Je supplie :

– On s'en fiche, allons-y, allons les chercher... J'ai toujours rêvé d'avoir des jumeaux !

Thierry hésite. Je ne le comprends pas. Un instant, ma confiance en lui vacille. De quoi a-t-il peur ? Il finit par me l'avouer. Il se sent incapable d'adopter deux enfants à la fois. Je ne lui en veux pas, je me résigne.

Ni lui ni moi ne pouvons nous résoudre à séparer la fratrie.

Le téléphone à nouveau. Peut-être une belle nouvelle qui nous surprendrait ? Elle n'est pas spécialement belle mais me surprend un peu. Je dois rentrer à Paris. Mon père vient de se suicider.

Le commissaire de police est urbain. Il préférerait que je pleure. Une fille doit pleurer en pareil cas. Il s'y est préparé, c'est son métier. Je raccroche et souris dans le vague.

Je n'ai pas vu mon père depuis longtemps. Depuis la naissance de Nina, exactement. Il m'a félicitée d'avoir choisi ce prénom : c'était celui de sa grand-mère. Je ne m'en souvenais pas, mais j'ai fait semblant. Il était venu voir mon enfant. La fille de sa fille. C'était bien. Je lui pardonnais son silence depuis toutes ces années. Pour une fois, ma famille ressemblait à une famille normale. Soudain je devenais sensible à ce respect de l'ordre des choses. Il m'a demandé un café. Émue, j'en ai renversé un peu sur sa veste. Pis, de ma main tremblante, j'ai laissé une « gouttière » dans la soucoupe. Mécontent, il me l'a reproché. Il a refusé le café. Je n'ai pas contenu ma rage. Il n'avait donc rien d'autre à me dire depuis tout ce temps ? Vraiment rien ? Moi non plus. L'ordre des choses s'en est trouvé rapidement défait. Mon père n'est plus revenu. Je ne l'ai pas revu.

Après l'appel du commissaire, pour la forme, j'avertis ma mère de son suicide. Elle ne paraît pas surprise. « Cette fois, il ne s'est pas raté ? » Mais elle s'inquiète : « Sais-tu au moins s'il s'est garni ? »

J'ignore le sens de cette expression. Ma mère s'empresse de parfaire mes connaissances. Une histoire de vessie, de sphincters et de dignité. Dans leur jeunesse, mes parents s'étaient promis de se suicider lorsque viendrait l'heure. L'heure ? Une question d'âge, un suicide d'aristocrates à la Montherlant, pas un vulgaire suicide de déprimés. Ils se suicideraient avant que d'être vieux, et pas sans s'être au préalable « garnis ». Une double question d'honneur. Soit. Je n'ai pas l'intention de l'ennuyer. Je m'occuperai de tout. Qu'elle ne se fasse aucun souci. J'irai seule à la crémation. Je transporterai l'urne. Je disperserai les cendres.

Ensuite, je fais ce que font les enfants en pareil cas. Je range les bibliothèques, les armoires, la cave. Ma mère me demande parfois : « Tu n'as rien trouvé d'intéressant ? » La question provoque en moi une vague nausée. Mon père s'est tué, il est mort. Je garderai le fauteuil rouge dans lequel il s'est tiré ce coup de revolver. Un fauteuil qu'il n'a taché que de son sang, puisque effectivement il s'est garni. Que veut-elle savoir de plus ? Dois-je lui promettre qu'évidemment je n'éprouverai aucun chagrin ?

J'avais dix ans lorsqu'elle a exigé que je ne l'aime plus. En fait, elle n'exigeait rien formellement. Elle se contentait de faire appel à ma loyauté. J'avais obéi puisqu'elle ne l'aimait plus. J'avais fait semblant, ce n'était pas si difficile.

– Tu n'as rien trouvé d'intéressant ?

Je crie :

– Maman, il est mort, c'est fini, qu'est-ce que ça peut te foutre maintenant ?

Un peu surprise par ma véhémence, elle proteste :

– C'était ma vie tout de même !

Je me bouche les oreilles. Je viens de perdre le père que je n'ai jamais eu. Pour la première fois, je comprends qu'il m'a manqué. Pas lui particulièrement, pas vraiment cet homme dont je ne sais rien, sinon que je n'avais pas le droit de l'aimer. Mais j'ai tout de même perdu quelqu'un. Par exemple, un homme, n'importe lequel, un homme qui aurait servi de mari à ma mère. Un homme à ses côtés, un homme qui, sans défaire nos liens, les aurait rendus moins étouffants. Un homme qui l'aurait suffisamment aimée pour me rendre ma liberté. Et aussi, pourquoi pas, un homme qui m'aurait servi de père et fait croire qu'il me protégeait.

Son suicide ouvre une béance dont je n'ai heureusement jamais eu idée. Sa mort ne m'est rien, sinon qu'elle me révèle que, vivant, il m'a manqué. Et moi, lui ai-je manqué ? Je ne vais pas plus loin. Victime ou coupable, c'est trop tard, il n'est plus là.

À la naissance de Nina, son père, l'acrobate, m'avait émerveillée. Il affirmait gravement qu'il ne s'était jamais rendu à San Francisco et qu'il n'irait jamais avec moi. Il s'était fait le serment de n'y aller qu'avec sa propre fille. Grâce à moi, il en avait une, désormais. Il jurait d'attendre ses dix ans pour l'emmener à San Francisco. J'avais pris cette déclaration comme un cadeau. « Hissez haut ! » En donnant un père à Nina, je me rendais le mien.

Plus tard, l'acrobate a oublié d'aller à San Francisco avec sa fille. Je ne sais plus avec qui ni dans quelle maison bleue il a vécu à San Francisco. Mais il m'arrive de m'en sentir coupable à l'égard de Nina : après tout, si je ne l'avais pas quitté, peut-être aurait-il respecté sa promesse ?

Le suicide de mon père étonne Paule. Elle lui cherche des motifs. A-t-il été malheureux quand ma mère l'a quitté ? Lorsqu'une femme demande le divorce, elle ne peut qu'humilier l'homme qu'elle abandonne. Ma mère le sait. Moi aussi. Si Nina avait été un garçon, peut-être n'aurais-je pas divorcé. Les absences de l'acrobate, peut-être les aurais-je mieux supportées. Nina n'a-t-elle pas réveillé en moi une petite fille aux apparences crâneuses, à la fragilité délibérément masquée ? Blessé par ma mère, mon père s'était vengé, il m'avait abandonnée. Je ne voulais pas que Nina subisse le même sort. Ai-je préféré l'anticiper ?

Ma sérénité ostentatoire inquiète Thierry : « Tu ne veux pas voir un psy ? » Pour qui me prend-il ? Moi, voir un psy ? Pour quoi faire ? Me plaindre, gémir sur moi-même, m'affaiblir ? À quoi bon ? Les psys, je les ai toujours fuis. En 68, quand mes copains se ruaient dans l'amphi pour écouter Lacan, je les trouvais plus fous que leur idole...

Ma violence ne rassure pas Thierry. Elle le déconcerte. À juste titre ? Ma mère m'a éduquée ainsi. Elle m'a appris l'amour des médecins, les « vrais », ceux du corps. « Ceux de l'âme ne sont que des charlatans. Quant à leurs patients, ils feraient mieux de faire du sport plutôt que de pleurer sur leur nombril. »

Ma mère était catégorique. Ou l'on était fou et mieux valait nous enfermer, ou l'on était lâche et tant pis pour nous. En outre, s'allonger sur un divan lui paraissait le summum de l'impudeur. Pas seulement. Du déshonneur aussi : « Un enfant ne dit jamais de mal de sa mère en public. Sur un divan, on renie sa mère, on l'insulte, on la diffame ! » Le message était des plus sommaires, je l'assumais et m'y tenais fermement. J'étais son enfant, j'allais donc répétant que je haïssais les psys. « Moi, je n'ai pas d'inconscient », me déclarait-elle fièrement. J'avais dix ans, j'aurais pu confondre l'inconscient et la tuberculose...

– Ça fait mal, un inconscient ?

– Ça ne fait pas mal, c'est mal, tranchait-elle. L'inconscient est une boîte magique. Les coupables y choisissent leurs circonstances atténuantes. Ensuite, ils se prennent pour des victimes. Moi, je suis un être moral. J'ai une conscience pour me juger moi-même.

J'avais retenu la leçon. Je voulais regarder la vie en face, la regarder droit dans les yeux de ma mère, une enfant droite sous le regard de sa mère. C'était pratique. Contrairement aux autres adolescents, je n'avais pas besoin de me triturer l'âme en quête d'identité. Pas besoin de savoir qui j'étais. J'ai promis de grandir sans inconscient. Et donc sans psy.

Mais je n'étais pas dupe. Ma mère non plus. Nous savions ce que cachait cette apparente conviction. Nous partagions la même épouvante des maladies mentales. Sa propre mère était atteinte de troubles maniaco-dépressifs. Elle a fini par en mourir, après une série d'internements psychiatriques au cours desquels « ils » la soignaient à coups d'électrochocs. J'avais douze ans, je détestais le bruit des sirènes de l'ambulance dans la cour de l'immeuble. Les hommes en blanc se jetaient sur ma grand-mère, l'enfermaient dans une camisole de force et l'attachaient sur un brancard. Je fermais les yeux pour ne pas voir son pauvre corps s'agiter en tous sens. Mais j'entendais ses cris. En classe, les travaux pratiques de sciences naturelles me faisaient vomir. Je ne supportais pas les manipulations de grenouilles tressautantes. Je fermais les yeux. Je les ouvrais pour interroger ceux de ma mère. Une maladie héréditaire ? Elle ne répondait jamais à cette question.

À la mort de ma grand-mère, je me suis juré en silence que l'hérédité passerait une génération. À quinze ans, on s'en fiche, on a bien le temps avant que ne vienne la folie. Mais on ne supporte pas qu'elle vous enlève votre mère. *Les fous que tu respectes...,* écrit Eluard. À quinze ans, j'aimais Eluard mais j'avais peur des fous. Je ne voulais pas que ma mère devienne folle comme sa mère, j'acceptais de le devenir à sa place. Je ne lui volerais pas sa mère, seulement sa folie. Puisque, je m'en étais persuadée moi-même, cette folie était forcément héréditaire.

Je n'ai plus quinze ans. La vie est belle, enfin. Sans fous ni psy, sans père ni acrobate. J'aime un homme. Avec lui, je veux adopter un enfant. Ni Freud, ni Lacan, ni le souvenir de ma grand-mère, ni le suicide de mon père ne m'empêcheront d'aimer Thierry et de t'attendre, toi qui viendras enfin. Je fais promettre à Nina de ne pas révéler aux experts le suicide de son grand-père. Je ne veux pas que la DDASS l'apprenne. Aux yeux des experts, une fille de suicidé peut-elle faire une mère convenable ? Je lui transmets ma terreur de la psychiatrie. Une terreur héréditaire ? Contagieuse en tout cas.

À la rentrée, nous invitons à nouveau Rachel et Philippe. Nous sommes heureux de les revoir : ils nous ont évité le docteur Dubono ! J'ose évoquer les jumeaux dont le souvenir pèse sur ma conscience. Ont-ils été au moins recueillis, ceux-là, ces enfants que nous avons abandonnés ? Des enfants doublement abandonnés. J'en veux à Thierry. Comment n'est-il pas rongé par les mêmes doutes que moi ? Face à nos invités, à sa manière si particulière, il me prend de court.

« Je sais maintenant ce qu'une femme ressent lorsqu'elle fait une fausse couche. »

Quel homme est capable de prononcer une telle phrase ? Comment ai-je pu douter de lui ?

Chaque jour, Thierry téléphone. Les experts ont-ils enfin pris une décision officielle ? Une adoption à l'étranger rallonge les délais. Il faudra ensuite contacter les Affaires étrangères, faire traduire tous les papiers dans la langue du pays d'adoption, obtenir des certificats supplémentaires. Ce n'est plus de l'ordre de l'examen de passage, ces formalités vont de soi, mais elles prennent du temps. Il voudrait accélérer le mouvement. L'agrément n'arrive pas. Que faire d'autre qu'attendre ?

Un appel étrange fait basculer le cours de nos espérances. Une dame prénommée Jeanne. Elle a notre numéro grâce à Rachel. Elle veut me rencontrer au plus vite.

Depuis trois ans, Jeanne tentait une procréation médicalement assistée. En vain. À chaque échec, elle a pleuré puis recommencé. N'en pouvant plus, elle a décidé d'adopter. Tout s'est passé facilement. Elle a obtenu l'agrément au bout de neuf mois, comme il se doit. En outre, des amis lui ont rapidement trouvé un bébé du bout du monde. Une petite fille qui vient de naître en Inde. En larmes, elle me montre les photos que les sœurs de l'orphelinat lui ont envoyées. Qu'elle est jolie, sa petite Indienne ! Je partage l'émotion de Jeanne. Sans comprendre son désespoir. « J'ai poursuivi en secret la procréation médicalement assistée. Pour obtenir l'agrément, j'ai menti. »

Les parlementaires français insistent sur les « logiques radicalement opposées » de l'adoption et de la procréation médicale assistée : « Dans un cas, il s'agit de donner des parents à un enfant, dans l'autre un enfant à des parents. » Il y a donc « nécessité absolue d'apprécier la réalité des motivations entre égoïsme et générosité ». Étrange affirmation ! Jeanne a enfreint l'injonction au deuil de l'enfant biologique. Est-elle donc coupable d'un double désir égoïste et généreux ?

« J'ai honte, j'aurais tant voulu ce bébé du bout du monde, mais la procédure était si difficile, j'ai préféré me donner une double chance... » Jeanne redouble de sanglots incohérents : « Me voilà bien punie... Cette fois j'ai réussi, je suis enceinte ! J'attends un bébé, un vrai. »

Effarée, je me demande ce qu'elle peut bien vouloir de moi... « Vous voulez adopter. Je l'ai appris par Rachel. » Cette fois, j'ai trop peur de comprendre. « Je ne veux plus de l'autre... Je vous en supplie, adoptez-la à ma place, le bon Dieu vous le rendra ! »

De retour à la maison, bouleversée, je supplie Thierry de renoncer au Chili. Face au destin qui nous joue ce tour, comment ne pas nous précipiter vers cet enfant imprévu ? Un bébé indien de l'Inde des maharadjahs plutôt que de la cordillère des Andes. Un paria plutôt qu'un Mapuche. Pourquoi pas ? Hébété, ahuri, Thierry m'écoute tandis que Nina, enthousiaste, se précipite sur les photos de la petite Indienne.

Thierry est de ce bois intègre et fou dont on fait les plus solides aventuriers. Le cœur battant, je le vois poser les photos sur son bureau. Le geste ne vaut-il acquiescement ? Il les contemple longuement, silencieusement, puis soupire : « Une photo, c'est le pire piège, n'est-ce pas ? » J'approuve : « Plus redoutable encore qu'une échographie. »

Le lendemain, Thierry achète des livres sur l'Inde d'Indira Gandhi. Il en commente certains passages à Nina.

Je préviens Paule de notre changement de cap. Elle maugrée : « Vous faites n'importe quoi. Tout ça pour une photo ! Mais vous n'en savez pas plus. C'est trop loin, là-bas... Elle marchera pieds nus, cette petite bohémienne ! » Confondrait-elle les Indiens avec les Tziganes ?

« Elle s'appellera Indira. » Paule approuve : « Au moins, vous lui gardez son prénom de là-bas, c'est bien. »

En réalité, c'est surtout le prénom de ma grand-mère. Pour une fois, l'hérédité tombe bien ! Je pense faire plaisir à ma mère. Je me trompe. « Tu crois vraiment que ta grand-mère s'appelait Indira ! Elle s'appelait Joséphine ! » Je la contemple, stupéfaite. Joséphine ? « Elle détestait ce prénom ridicule. Elle n'allait pas le garder toute sa vie... » Je n'y comprends rien. Je bafouille. « Joséphine, ce n'est pas si ridicule. » Je m'embrouille. Ma mère se radoucit : « Dans notre famille, les femmes sont libres. On les force à changer de nom quand elles se marient, mais elles changent de prénom quand elles le veulent. Alors vive Indira ! »

Décidément, je n'en ai pas fini avec la saga familiale. Ma mère prétend tout me dire. En réalité, elle me distille ses secrets quand elle le juge bon. A-t-elle changé de prénom, elle aussi ? « Tu te souviens du premier roman de Beauvoir ? L'invitée, elle lui change son prénom, mais à la fin, elle la tue. »

Nous voici à nouveau convoqués rue de la Compassion. Impatients mais confiants, désormais, nous nous soumettons à un autre questionnaire. Il comporte des cases. Il faut mettre une croix dans la case « oui » ou dans la case « non ». Un jeu d'enfant. « Acceptez-vous un enfant étranger ? » Oui, évidemment. Mais la case se subdivise en sous-cases. Acceptons-nous qu'il soit typé ? Et si oui, de quelle couleur ? Et jusqu'à quel point ? Acceptons-nous un enfant noir ? « Les Français préfèrent des enfants blancs qui leur ressemblent. Je les comprends, commente la nouvelle assistante. Encore que je ne vous recommande pas la Roumanie. En ce moment, c'est la grande mode. Mais les bébés roumains ont tous le sida... Même ceux qui ne sont pas tziganes ! »

Thierry se maîtrise. Poliment, il la rassure. La couleur de notre enfant importe peu. « Mais lui, un jour, peut-être sera-t-il gêné par la vôtre », réplique-t-elle, cinglante. Elle ajoute, doucereuse : « À votre âge, je vous conseille un enfant handicapé. »

Son propos me prend pas surprise. Il me coupe le souffle. « Un enfant quoi ? »

Thierry se lève brusquement, le visage crispé. Son dos me cache le visage de l'assistante. Il me protège.

– J'exige de connaître votre nom, dit-il d'une voix étrange, tendue mais retenue.

J'ai envie de rire. À moto, Thierry roule trop vite. Quand un flic l'arrête, il commence par lui demander son nom...

– Nadine, répond machinalement l'assistante sociale.

– Votre proposition est cruelle. Je vous prie donc de la retirer.

– Ce n'est qu'un questionnaire, plaide l'assistante, geignarde. Il suffit de mettre une croix, c'est la dernière question... Enfin presque, ajoute-t-elle de sa voix plaintive. Il faudra aussi préciser le handicap, ensuite ce sera fini.

Elle essuie une goutte de sueur derrière l'oreille, le long de sa nuque. Sous le corsage un peu fripé et d'un blanc douteux, on distingue les bretelles d'un soutien-gorge, blanc lui aussi.

– Alors, c'est oui ou c'est non ? répète-t-elle, retrouvant un ton nettement plus professionnel.

Sa voix résonne bizarrement dans cette pièce étroite, aux murs fatigués, au plafond bas. En regardant sa montre, la prénommée Nadine sort un mouchoir, essuie une autre goutte de sueur, devant l'oreille droite. Elle n'a pas déjeuné. Elle soupire, regarde à nouveau sa montre.

– Ce n'est pas compliqué. Vous avez répondu oui à toutes les questions. Même à la dernière. Vous voulez bien d'un enfant de couleur, un enfant typé, pourquoi pas, ce n'est pas mon problème, j'ai mis une croix dans ce carré, il n'en reste plus qu'un, il suffit de répondre, personne ne vous y oblige, personne ne vous juge. Oui ou non, c'est tout ce qu'on vous demande, je vous en prie, finissons-en.

Je tape du poing sur son bureau. Elle sursaute. Je hurle :

– Non. J'aime cet enfant que je n'ai pas, je le protégerai, s'il est handicapé, je l'aimerai encore davantage, peut-être, ce n'est pas sûr, ou peut-être pas, ça ne vous regarde pas, je ferai ce que je pourrai, mais non, non, je ne peux pas le désirer handicapé, déjà handicapé avant même qu'il soit là. Vous êtes folle ou quoi ?

L'assistante sociale est épuisée, la chaleur est anormale, ces « clients » aussi...

– Des usagers, pas des clients, corrige Thierry.

Ces usagers, elle les connaît bien, Nadine, la plupart refusent, mais au moins ils ne crient pas, quel dommage, c'est toujours les mêmes enfants qu'elle n'arrive pas à placer, dommage pour son service, un service public qui a signé pour le Renouveau, tant pis pour le Renouveau, le service n'aura pas de prime, d'ailleurs, le Renouveau, c'est pour l'EDF ou les Télécoms, jamais pour les services sociaux. Nadine aimerait bien changer, elle rêve d'autres usagers qui diraient oui, merci, et qui signeraient à l'endroit précis qu'on leur indiquerait. Il est tard, ses enfants l'attendent, des enfants à elle, des vrais qui lui ressemblent. Notre couple stupide la déprime. Des gens assez bêtes pour vouloir un enfant adopté, et même typé, alors pourquoi pas un handicapé ?

– C'est non ! crie Thierry.

– Bien, bien, ne vous énervez pas, j'ai noté.

Elle trace une croix dans le carré du non. Mais elle

déclare soudain, volubile, agressive, presque mena-
çante :

– Un handicapé, vous en auriez un demain, dommage, et même deux, pourquoi pas ? Je vous croyais
pressés, je me suis trompée, quand on est stérile, on
ne fait pas tant d'histoires... Tant pis, ce sera plus long,
vous ne mettez pas toutes les chances de votre côté.

En sortant de ce bureau de la Compassion, j'ai les
larmes aux yeux. Qui peut donc désirer un enfant handicapé ? Des gens très bien, évidemment, pas des
égoïstes comme nous !

Quelques semaines plus tard, l'agrément nous parvient enfin. Nous pouvons prendre un avion et nous
précipiter vers l'orphelinat lointain de la petite Indira.
« Pas tout de suite, prévient Thierry. L'agrément, il
faut le faire traduire. Sinon, les juges locaux ne l'accep-
teront pas. »

Qu'à cela ne tienne. En Inde, la langue officielle est
l'anglais. Nous n'avons qu'à le traduire nous-mêmes.
Ce ne sera pas long. Thierry soupire : « Malheureusement, ça ne marche pas comme ça. Comme les psychiatres, les traducteurs doivent être agréés. »

L'ambassade nous précise que, dans une affaire
aussi délicate, il faudra traduire les documents dans le
dialecte de la région d'Indira. Une langue rare et
compliquée. Subtilité anti-impérialiste ? Le traducteur
agréé et spécialisé prévient qu'il mettra plusieurs
semaines. Thierry se promet de le bousculer. Mais,
malgré mes protestations, il tient à rester en règle avec
la loi.

Un soir, la sœur principale de l'orphelinat téléphone.
Une vieille voix lointaine et chevrotante, dans un mauvais anglais :

– Bien sûr, la France a raison de vérifier votre

moralité, votre compétence parentale, votre désir d'enfant, votre motivation humanitaire...

Elle sait tout ça, la vieille sœur que j'imagine avec le visage de Mère Teresa ? Mais le délai nous a été fatal. Les démarches administratives ont été trop longues, nous aurions dû venir plus tôt. Notre petite fille a contracté une grave poliomyélite, elle est handicapée, paralysée à vie, sans doute condamnée à mourir bientôt. Je hurle :

– Quand ?

– Dieu seul le sait, Lui qui seul sait tout, que Sa volonté soit faite.

Accrochée au téléphone, je continue de hurler :

– Elle n'était pas vaccinée ?

La vieille sœur s'excuse. En Inde, les pauvres n'ont pas de vaccin et son orphelinat est des plus pauvres. Elle promet de nous trouver très vite un autre enfant, ils en reçoivent tant dans cet orphelinat.

Nous voici plongés dans une profonde détresse. Notre déception est immense. Ma culpabilité plus terrible encore. N'ai-je pas déclaré à la DDASS que je ne voulais pas d'enfant handicapé ? J'ai porté malheur à la petite Indira. Devant ses photos, jour après jour, je pleure. Thierry ne le supporte pas. Quand il claque la porte, je lui crie de ne jamais revenir. Il revient. Je refuse qu'il me prenne dans ses bras.

– Je ne ferai plus jamais l'amour avec toi. Jamais plus, tu m'entends ?

– Et alors, ça changera quoi ? répond-il en essayant de me caresser l'épaule.

Je le repousse.

– Plus jamais je n'adopterai un enfant avec toi. Je t'en supplie, allons la chercher, allons chercher Indira. En France, ils la guériront, j'en suis sûre.

Deux semaines durant, je n'ai qu'une obsession.

Aller chercher Indira, ma petite fille handicapée. Chaque jour, ma mère tente de me rendre raison. Comment n'ai-je pas de compassion pour la souffrance de Thierry ? Moi qui ai la chance d'avoir un enfant ! Décidément, personne ne me comprend. Je ne pense qu'à cette petite fille aux jambes enserrées dans de mauvais plâtres, ou bientôt claudicante pour ses premiers pas, ou à jamais couchée, entièrement paralysée... Je m'en veux de ne pas être à ses côtés, je m'en voudrai toute la vie.

L'orphelinat rappelle. Une petite fille de deux mois vient d'être abandonnée. La voulons-nous ?

Je crie que je ne veux qu'Indira.

La même vieille voix chevrotante s'étonne :

– Comment, vous ne savez pas ? La petite n'a pas survécu, elle a été enterrée la semaine dernière.

Le destin me libère brutalement de ma culpabilité. Il arrive que du mal naisse un bien. Pour une fois, je ne conteste pas la légitimité de ce cliché. La mort d'un être humain peut donc vous redonner le goût de vivre ?

Nous jetons à la poubelle les livres sur l'Inde mais pas les photos de la petite Indira. Ma vie durant, elles resteront dans le tiroir de mon bureau. Dans le sien, Thierry, lui, range le précieux agrément. Il attend que, meurtri mais réconcilié, notre couple se réenchante, que notre tribu se reconstitue. Il attend aussi que la chance vienne à notre secours. Vite. Dans quelques mois, l'agrément ne sera plus valable...

Élection trahison

Comme si souvent dans notre vie, la chance prend les couleurs de l'amitié.

Au téléphone, la voix de Carmen : « Ma mère et moi, nous avons visité plusieurs foyers. Cette fois, je crois que nous avons trouvé. Dans la région sud, à deux heures d'avion de Santiago... C'est une petite fille, elle a sept mois, très brune, un mélange d'Indiens, de Noirs, d'Espagnols... Un sourire à se damner. » Elle ajoute bizarrement : « Ce n'est pas un inceste, j'ai vérifié... Peut-être un viol, ça, on ne sait jamais... Mais dépêchez-vous tout de même, elle n'est pas en très bonne santé. »

Mon cœur bat à se rompre. Thierry a l'écouteur. Je l'interroge du regard. Pour lui, c'est déjà oui. Pour moi aussi.

Les jours qui suivent déroulent une histoire banale. J'ai lu des dizaines de ces récits d'adoption, des témoignages chargés des mêmes surprises, des mêmes peurs, du même amour stupéfiant. Étape layette rose et bleue, bonheur du léger corps de l'enfant que l'on vous tend, adultes émerveillés scrutant un regard, un sourire... Histoires d'un amour évident. Une évidence sans nécessité, pas même biologique, comme suspendue, en apesanteur.

Les jours qui suivent déroulent banalement cette histoire unique, la nôtre. De Paris à Santiago, le vol est si long que Thierry peut me conter à nouveau, en détail, le 11 septembre chilien, le suicide d'Allende, l'assassinat de Miguel Enriquez, la résistance de Carmen, la dictature de Pinochet... Il ne peut pas dormir. Moi non plus. Il parle, parle. Je n'entends rien. Comme moi, Thierry ne pense qu'à toi, dans ton orphelinat.

Carmen nous attend à l'aéroport. Elle nous conduit chez ses parents. À la Quinta, une maison de bois et de verre. La lumière y pénètre à torrents. Une maison ouverte sur la cordillère, le ciel et la vallée de Santiago. Il y pousse des fleurs, des plantes, des arbres. Entre les transparences coulissantes, on ne sait si l'on est dehors ou dedans, on ne veut pas le savoir. Une maison pour vivre en tribu. Carmen précise fièrement : « Ma famille y pratique un mode de vie à contre-courant du modèle des vainqueurs. »

Une famille du cœur. Nous en faisons partie dès que nous passons le portail. Un repas de fête nous attend. Nous partageons le *pisco*, le *pastel de choclos*, les *empanadas*, les rires et les souvenirs. L'atmosphère de la Quinta rappelle la nôtre, celle des Genêts d'or. Nous avons traversé l'océan pour nous retrouver chez d'autres fous qui nous ressemblent. Sans cesse, de nouveaux personnages entrent ou sortent, pittoresques, hâbleurs, chaleureux. Différents aussi : réchappés de la torture et des camps, survivants.

Thierry se lance dans une discussion passionnée avec le père de Carmen. Don Fernando, le *caballero*, l'architecte de cette communauté, l'ancien recteur intègre, le maire réhabilité après sa lutte contre Pinochet, le chrétien debout contre l'Église ralliée à la dictature. Dans un espagnol aussi chancelant qu'enthousiaste, Thierry clame son espoir d'une transition démocratique pour le Chili. Yeux plissés, regard ironique et tendre, Fernando réplique. Thierry argumente de plus belle.

Médusée, je l'observe. Je n'en crois ni mes yeux ni mes oreilles. J'essaie d'attirer son attention. En vain. Il a oublié la raison de notre traversée de l'océan ! D'ailleurs, ils semblent tous avoir oublié...

Mónica, la maman de Carmen, perçoit ma détresse. Elle les interrompt :

– Ne veillez pas trop tard, les amis français n'ont pas fini leur voyage.

Elle ajoute à notre intention :

– J'ai réservé vos billets. Vous les trouverez à l'aéroport demain matin à six heures. La juge est une amie à moi, une résistante, une vraie, une survivante... Elle vous attend à onze heures à l'hôtel de ville.

Je la regarde avec gratitude. Thierry se lève brusquement et la prend dans ses bras.

– Merci, merci... Je n'osais rien demander... Tu as donc tout organisé, comme à ton habitude.

Carmen intervient :

– J'ai pris un billet pour moi aussi. Je vous accompagne... J'emporte ma caméra.

Une affreuse nuit passe, lourde d'une angoisse indicible. Thierry gémit et claque des dents. Je tente de le calmer. Sans conviction. Nous essayons de faire l'amour. En vain. Mais, au petit matin, nous voici debout, vaillants bien avant l'heure. Sous une arche de chèvrefeuille à l'odeur entêtante, le petit déjeuner est déjà servi. Nous avalons un café, sans dire un mot, sans nous regarder.

Je demande timidement :

– Au fait, où allons-nous ? Dans quelle ville se trouve l'orphelinat ?

Mónica s'exclame :

– Pardon, j'ai oublié, en effet. À Concepción. Une ville héroïque dans sa résistance à Pinochet.

Je suis abasourdie. Après tant de déceptions, de fausses couches mimées, quel plus beau présage que le nom de cette ville ! Thierry me prend dans ses bras : « Adopter à Concepción ! Bingo. Qui dit mieux ? »

Du vol vers Concepción, je ne me souviens que de la cordillère enneigée et du profil de Thierry, ses mâchoires contractées, la petite goutte de sueur sur sa tempe et sous l'oreille gauche. De l'arrivée à Concepción, de l'aéroport, des rues, des bâtiments, des parcs, de cette université dont je sais les combats, je ne me souviens de rien.

Je reprends conscience face à Madame la juge. Grande, droite, sereine et distante à la fois, elle nous jauge d'un regard insistant. Elle en a tant vu passer, dans son bureau, des couples comme le nôtre, hagard, mal à l'aise, infantilisé par le souci de plaire... Notre angoisse lui est familière.

En la saluant, je bredouille maladroitement que nous avons hâte de nous rendre à l'orphelinat. Madame la juge m'interrompt immédiatement. Pourquoi un orphelinat, ce mot qu'emploient instinctivement tous les couples d'adoptants ? Un mot destiné à nous rassurer ? Un mot mensonger la plupart du temps. Parmi ces enfants dont elle a en charge de régler le destin, la plupart ne sont pas orphelins. Légalement adoptables, mais pas orphelins, abandonnés seulement. Il nous faut faire face à cette réalité, ne plus parler d'orphelinat, mais de foyer.

En espagnol, d'une voix neutre, elle raconte brièvement que ta mère est très jeune. Seize ans à peine lorsque ses parents l'ont chassée en apprenant sa grossesse. Au Chili, l'Église catholique veille, contraception et IVG sont interdites. Après son accouchement, ta mère s'est enfuie, t'abandonnant sans même te laisser un nom. Un enfant sans état civil. Madame la juge t'a placée dans un foyer. Mais, quelques jours plus tard, ta mère est revenue. En larmes, elle a supplié qu'on lui rende son enfant. Elle t'a gardée longtemps, en mendiant dans les rues. Jusqu'à ce jour où, à bout de forces, elle t'a ramenée au foyer. Elle t'a mise à l'abri. Elle n'a précisé que ton prénom. Tu n'étais pas très en forme. Elle ne pouvait plus te nourrir. Elle était à nouveau enceinte... À l'époque, tu avais cinq mois.

Le cœur serré, je ne peux m'empêcher de calculer mentalement. Ta mère ne va pas tarder à accoucher d'un autre enfant. Que va-t-elle en faire ? Elle n'a d'autre ressource que la prostitution. Elle est si jeune, l'âge que tu as aujourd'hui lorsque j'écris ces lignes.

Aujourd'hui, j'ose écrire « ta mère ». Longtemps, Thierry me l'a interdit. Il cherchait un autre mot. « Génitrice », par exemple. Plus le mot était repoussant, plus il lui convenait.

Je fais un effort surhumain pour traduire à Thierry chaque mot de Madame la juge. Je ne comprends que des bribes de phrases. Je les inscris dans ma mémoire sans savoir que je les écrirai un jour.

« Je ne sais rien de son père. Sa mère n'a pas voulu m'en parler. » Parce qu'elle souhaitait le protéger ? Parce qu'elle avait honte ? Parce qu'elle n'avait aucune idée de son identité ? Ta mère espérait qu'un jour une autre mère, un père aussi peut-être, viendraient t'adopter. Elle a signé le papier. « D'autres mères n'ont pas ce courage et leurs enfants, abandonnés dans ce même foyer, ont parfois trois, quatre ans, parfois plus. Des âges qui rendent l'adoption difficile... »

Thierry n'écoute rien. Il attend qu'elle nous permette enfin d'aller te prendre dans nos bras. Madame la juge en a vu d'autres. Hautain, las, presque méprisant, son ton nous fait sursauter : « Cette petite fille a été abandonnée. Pas seulement par sa mère qui me l'a confiée pour lui sauver la vie, mais par un couple d'Italiens. Le mois dernier, ils sont venus l'adopter. Ils l'ont gardée deux jours et l'ont rendue. Sa couleur de peau ne leur convenait pas. C'était leur droit. C'est le vôtre aussi. Telle est la loi. Alors, s'il vous plaît, allez la voir, prenez-la ou pas, mais ne me faites pas perdre mon temps, ni le sien... »

Derrière son masque de juge, on devine une femme de convictions. Elle cache mal son mépris pour ce couple d'Italiens. À la recherche d'une peau blanche, que sont-ils venus faire au fin fond du Chili ? Je ne peux m'empêcher soudain de m'interroger. Es-tu si repoussante pour qu'ils n'aient pas voulu de toi ? Je ne suis pas très fière de mes craintes...

Il y a des fous partout, mon amour, et les candidats à l'adoption ne manquent pas à l'appel. Ils ont l'excuse de se prendre au jeu de l'élection. Un privilège qu'ils revendiquent contre la famille biologique. Famille adoptive, famille élective ? Une équation dangereuse. Mais elle est revendiquée depuis des siècles : « L'Empereur Adrien preferoit les enfants adoptifs aux enfants naturels : parce que l'on choisit les enfants adoptifs et que c'est le hazard qui donne les enfants naturels. » La notion de famille élective séduit les sociologues. Et, parce que la loi permet de renoncer à l'enfant adoptable, elle labellise symboliquement l'élection.

Pas seulement la loi, hélas.

Combien de berceaux avant d'arriver au tien ? Combien de visages dont il faut détourner le nôtre si ce n'est encore le tien ? À refaire le même chemin, je préférerais l'avoir fait en aveugle sans croiser d'autre regard, sans étouffer le moindre battement de mon cœur incertain, jusqu'à ce qu'une main amie me guide vers toi. Je ne veux pas te choisir, je veux que tu sois déjà là. Ai-je choisi Nina lorsque j'ai entendu son premier cri, lorsqu'on l'a posée sur mon ventre ?

Madame la juge nous tend un papier. Elle y a inscrit l'adresse de ton foyer, qui n'est pas seulement un orphelinat.

Carmen nous attend au soleil, sur la place de l'hôtel de ville. Thierry hèle un taxi.

Je ne me souviens pas de la longueur du trajet.

Le chauffeur freine brutalement et nous réclame une somme astronomique. En espagnol, Carmen l'engueule. Rigolard, il s'excuse. Il nous avait pris pour des étrangers. Elle redouble d'insultes. Le chauffeur ne rit plus. Il a compris. Encore un trafic de *gua-gua* ! C'est ainsi qu'ils appellent les bébés au Chili. Je demande à Carmen : « Pourquoi *oua-oua* ? » (En espagnol, le mot prononcé sonne ainsi.) « Je n'en sais rien. À Cuba, ce sont les autobus... En France, les chiens... » Même dans les pires situations, elle me fait rire.

Notre aparté avive la colère du chauffeur. Il éructe contre Carmen. Une compatriote complice de cette juge qui vend les enfants de Concepción ? Combien a-t-elle touché ? Dommage que Pinochet n'ait pas eu le temps de débarrasser le pays de tous ces communistes ! Les portières claquent avant que le maudit taxi ne s'efface dans la fumée de son pot d'échappement.

Sous la reproduction d'une Vierge serrant son Enfant Jésus, les mots « Foi, Espérance et Charité ». Une peinture criarde et écaillée au-dessus d'une grille rouillée. De loin, nous apercevons une vingtaine d'enfants de trois à cinq ans. En uniforme rouge et blanc, ils chantent, dansent des rondes, crient et rient, comme tous les enfants. « Foi, Espérance et Charité ». Non sans mal, Thierry parvient à tirer de la cloche un faible tintement. Les petits se précipitent, leurs visages collés à la grille. Une femme en uniforme rouge et blanc nous ouvre le portail. « Foi, Espérance et Charité ». Thierry prend ma main. Il la serre très fort.

La directrice du foyer nous accueille en souriant. Elle nous attendait. Une main amie pour nous conduire vers toi ? Pas tout de suite. Premier incident. La directrice proteste en apercevant la caméra de Carmen. Interdit par le règlement. Carmen discute, transige, et réussit à imposer son appareil photo, à la condition de ne prendre que les visages, pas les murs. « Foi, Espérance et Charité ». Pas d'exhibition de la misère. En fait de misère, nous le saurons plus tard, ce foyer est l'un des plus « luxueux » de Concepción. Grâce aux efforts de Madame la juge. Pas de quoi avoir honte, bien au contraire.

Hagards, nous traversons une première salle aux murs décrépis. Discrètement, j'écrase un cafard. Odeur d'urine et de lait caillé. « Vous préférez la rue ? Les enfants abandonnés connaissent la différence entre la rue et le foyer... », semble ironiser la directrice.

À même le sol moquetté de caoutchouc, des enfants rampent ou font leurs premiers pas. Une femme arrive, portant plusieurs biberons. Hurlements de joie et d'impatience. Je m'étonne :

– Ils sont encore au biberon ?

La directrice riposte :

– À cet âge, *señora*, ils savent enfin prendre leur biberon tout seuls. Vous croyez qu'on aurait le temps de leur apprendre à manger à la cuillère ? L'un après l'autre ?

Les enfants se précipitent, chacun arrachant son biberon et se le plaçant habilement dans le gosier. Je les aime tous, je ne veux pas les regarder. Mais toi, où es-tu ?

Une anecdote me revient en mémoire : après avoir attendu et espéré plusieurs années, un couple est enfin jugé apte à l'adoption. Au bout du parcours, on leur présente huit bébés, alignés côte à côte. Ils entendent la maléfique injonction, celle que l'on doit craindre et maudire : « Choisissez ! » Lui hurle et, prostré, accablé, se détourne. Elle ferme obstinément les yeux. Au hasard, sa main désigne un enfant. De ce geste, elle le fait sien. Elle a déjoué le piège de l'élection.

Nous traversons une autre salle. De nombreux lits à barreaux. On nous mène à l'aveugle vers toi. Mais il nous est impossible de rester aveugles. À chaque regard, cœur battant, nous nous demandons devant lequel on nous arrêtera, lequel on nous désignera, c'est insupportable, parfois le regard se fixe, le cœur bat follement, nous sommes certains que, cette fois, c'est toi, mais à peine accrochons-nous notre regard qu'il faut le baisser, ce n'est pas encore toi. Il faut donc les oublier, un par un, tous ces bébés qui ne sont pas toi.

Je ne juge pas ceux qui « choisissent » leur enfant, sur photos, par agence ou sur Internet. Je ne veux pas être de ceux-là, je respire mieux à l'idée de ne pas en être. Je ne veux pas choisir mon enfant, je ne veux pas être une mère élective. La morale partage mon point de vue. L'administration aussi. Elle ne cesse de discourir sur les méfaits du « choix » qui, en matière d'adoption, conduit aux pires trafics, et plus généralement, en matière de procréation assistée, nourrit les fantasmes eugéniques de l'enfant parfait. Soit. Mais alors pourquoi les acteurs dits sociaux ne cessent-ils d'évoquer le soin qu'ils prennent à « apparier » au mieux l'offre et la demande, l'enfant à ses parents ? Pourquoi les médecins des Cecos, qui, seuls, connaissent l'origine des spermatozoïdes, veillent-ils à ce que la blonde épouse de l'homme aux yeux bleus n'accouche pas d'un enfant trop brun ? Pourquoi les assistantes des DDASS osent-elles dire parfois que l'attente vaut la peine si elle a pour résultat que l'enfant vous ressemble ?

Dans la salle des *oua-oua*, mon cœur bat la chamade. Cette fois, nous approchons. La directrice s'arrête devant le premier berceau : « Celui-là est arrivé hier. Quelqu'un l'a trouvé devant l'église. À mon avis, il n'a même pas un mois. On ne sait rien de lui. Je n'ai pas encore eu le temps de prévenir Madame la juge. Nous sommes en surnombre, mais si vous nous en prenez un, celui-là, on pourra le garder. »

Ce bébé, je ne veux pas le regarder, je ne peux pas. Je ne veux rien savoir de lui, je n'ai pas le droit, cet enfant n'est pas le mien, ce n'est pas toi, je ne vais pas te trahir avant même de t'avoir vue...

De tous les berceaux de la salle, une vingtaine à peu près, s'élèvent des cris de nouveau et moins nouveau-nés. Je me bouche les oreilles.

« La voilà, c'est elle, la *oua-oua* qui vous est réservée... » Les mots chuchotés hurlent dans ma tête. Instinctivement, je recule pour m'effacer devant Thierry. Je ne lui ai jamais connu cette expression, je ne l'ai jamais revue.

Carmen me lance un regard surpris. Pourquoi ai-je laissé Thierry passer en premier ? Une question à cent francs la minute sur un divan de psy ? Depuis quinze ans, elle leur aurait valu beaucoup d'argent. Depuis quinze ans, elle n'aura enrichi personne. Je n'en ai consulté aucun. Enfin, aucun pour moi. Seule Carmen ose encore me poser la question. Gratuitement. Vaine-ment. Je n'ai pas de réponse. Mais parfois, la nuit, quand je ne peux pas dormir, je me demande si ce n'est pas ce geste que tu n'en finis pas de me faire payer...

Quand elle aime un homme, une femme n'aime

qu'elle-même, répètent-ils savamment. À terre gisait le placenta de ta « génitrice », je m'en suis emparée. Pour le porter en offrande à Thierry ? « Foi, Espérance et Charité ». Thierry qu'enfin, d'un coup de scalpel adroit, j'ai fait accoucher ? Désir de revanche, plaisir de puissance ? Revanche contre cette puissance millénaire que les hommes se sont octroyée ? En confinant les femmes à la procréation, ils se sont arrogé l'exclusivité de la création. Ils ne savent toujours pas ce que veulent les femmes ? Elles soldent quelques comptes. Pas tous. La guerre n'en finit pas. Tant pis ? Tant mieux. Mais pourquoi suis-je, aujourd'hui encore, incapable d'expliquer mon geste ?

Ton premier regard, je l'ai aperçu dans le regard de ton père. Je ne l'oublie pas. Ton premier sourire sur le sourire de ton père et j'ai cru en mourir. Un instant à nul autre pareil ? Il nous a liés, lui et moi, jusqu'à la mort. Plus qu'aucune promesse, contre toute trahison. Depuis cet instant, je n'ai plus aimé personne comme j'aime ton père. Tu m'en veux, tu en es la cause, tu ne l'acceptes pas.

La directrice du foyer nous autorise à t'emmener quelques heures, pour nous « habituer » à toi. Quelques heures seulement. Nous te ramènerons en fin de journée, tu passeras la nuit au foyer. C'est le règlement.

Nous nous installons dans un hôtel proche du palais de justice. Carmen se précipite faire développer ses photos. C'est urgent. Il faut que j'en envoie à ma mère, à Nina, à toute la famille, aux membres de la tribu. Dans les bras de Thierry, tu ne cesses de sourire. Tes pommettes dessinées, tes yeux immenses, ta bouche rouge, ton regard étonné, tes cheveux si noirs, ta peau mate, ta peau de cordillère...

Brutalement, je sors de mon rêve enchanté. Tu transpires, ton front brûle. Tu respires difficilement. Tes

jambes trop maigres pendent, anormalement inertes.
« Je ne suis pas tranquille, elle ne va pas bien du
tout... » Déjà, Thierry se précipite. Il demande à la
réception l'adresse d'un pédiatre. C'est urgent. En taxi,
nous retraversons Concepción. Dans les bras de ton
père, tu continues de sourire. Pas lui. Mâchoires serrées, il supplie le chauffeur d'accélérer.

Le pédiatre nous accueille chaleureusement. Il a
l'habitude. Les adoptants étrangers accourent tous chez
lui. Il te trouve très solide, tu t'en sortiras. Ta pneu-
monie paraît en voie de guérison, une affaire d'anti-
biotiques. Tes jambes ? Les séquelles d'un rachitisme
que nous saurons soigner, à condition de te remettre
au rythme de huit biberons, comme un nouveau-né
prématuré. Tu ne marcheras sans doute pas très vite,
bien sûr. Tes cris de petite chèvre ? La *cabrita* souffre
du syndrome du « caisson ». Les bébés des foyers restent longtemps au lit. On les y laisse crier. Ta voix sera
rauque longtemps. Un orthophoniste y remédiera. Des
détails que le pédiatre juge « normaux ». Un diagnostic
sans gravité. En revanche, il nous conseille d'acheter
une montagne de shampoings antipoux. Tu en as tellement, ils en ont tous, là-bas, dans ton foyer, nous en
serons nous-mêmes couverts dans quelques heures.
Dans le taxi du retour, les poux sautent et dansent au
rythme de nos éclats de rire. Tu n'es pas en danger.
Grâce aux gardiennes du foyer ! Quel dévouement !
Notre gratitude est éperdue.

Thierry entre dans une banque pour y retirer une
grosse somme en liquide. L'offrande provoque la
colère de la directrice. Son pays n'est pas un repaire
de mendiants, son œuvre se poursuit sans bakchich,
l'adoption n'est pas une transaction financière ! Honteux, nous nous retirons. La directrice nous poursuit.
Elle hésite, rougissante, confuse. Nous n'avons pas

compris. Elle ne veut pas de notre argent. Mais pourquoi ne pas le dépenser pour du lait, de la farine, des couches ? Le foyer manque de tout. Un don en nature n'aurait pas le même sens. Nous dévalisons le supermarché le plus proche. Les commerçants ne sont pas surpris. Ils nous attendaient...

Le lendemain, Madame la juge nous attend aussi. Au premier regard, elle comprend. Nous sommes devenus tes parents. Sa neutralité solennelle et sévère disparaît, laissant place à un soulagement rayonnant et militant. Depuis des années, au Chili, mais aussi dans les instances internationales, elle se bat pour tenter d'assouplir les procédures d'adoption. Bien entendu, elle n'est pas en mesure d'évaluer le taux d'échec des adoptions qu'elle a autorisées. Une question qu'on lui pose souvent. Mais comment y répondre ? Les échecs des filiations biologiques ne sont-ils pas plus nombreux ? Combien d'enfants adoptés parmi les deux cents millions d'enfants battus, violés, prostitués, affamés ou simplement maltraités, mal éduqués, mal aimés ? Et pourquoi l'échec d'une adoption serait-il plus choquant que celui d'une filiation biologique ?

Relayés par les médias, les pays riches les mieux intentionnés affirment que seule l'insuffisance d'enfants nationaux adoptables vous « oblige » à vous tourner vers l'étranger. Une obligation, jamais un choix ? Un cliché qui en dit long : malheur à vous qui devez faire le double deuil de l'enfant biologique et national ! Certains gouvernants n'évitent pas les relents malsains : « Je n'ai rien contre les étrangers, mais tout de même ! » Au nom d'une intime conviction dénuée de la plus élémentaire enquête, ils osent poser la « vraie question » : « Sommes-nous certains que les parents adoptifs feront plus le bonheur de ces enfants chez nous qu'en les laissant dans leur pays ? »

Madame la juge, elle, sait d'expérience ce que deviennent « ses » enfants abandonnés s'ils ne sont pas adoptés. Majeurs, ils viendront grossir le nombre des délinquants et des criminels que, chaque semaine, elle met en prison. Pourtant, insiste-t-elle, le Chili n'est pas le plus pauvre des pays pauvres, pourtant les foyers qu'elle gère ici, à Concepción, offrent un minimum de confort, les enfants y sont vaccinés, soignés, nourris, pourtant les internats dans lesquels elle les envoie à partir de leur septième année leur permettent d'acquérir un minimum d'instruction. Mais rien n'y fait, rien ne parvient à combler le vide affectif dans lequel ils se débattent.

Madame la juge souhaiterait que nos gouvernants sédentaires voyagent davantage. Lorsqu'on a un jour croisé le regard de ces enfants, à la fois fuyant et résigné, lorsqu'on a entendu leur voix rendues rauques par le syndrome du « caisson », lorsqu'on a vu le terrible documentaire sur les mouroirs chinois, lorsque l'on sait le nombre d'enfants que la lenteur des procédures retient au bout du monde, mourant de poliomyélite ou de tuberculose juste avant le vaccin, juste avant de changer de destin, faut-il d'abord se préoccuper de « pénaliser et moraliser » ?

Madame la juge va encore plus loin. Elle s'aventure sur les terrains les moins convenables. De retour d'un colloque en Europe, elle se saisit des questions taboues : « Vos psychanalystes refusent l'adoption aux homosexuels. Ils se défendent de toute homophobie et je ne leur fais aucun procès d'intention. Comme eux, je préfère que les adoptions réunissent les conditions idéales. Mais qui peut se prononcer sur ces critères idéaux ? Des millions d'enfants, orphelins ou abandonnés, sont livrés à un sort inhumain. Et vous croyez vraiment qu'il est plus infâme de les confier à des parents homosexuels ? Bien sûr, ils risquent d'être victimes des mêmes préjugés que leurs parents. Du fait du mépris dont font preuve toutes les sociétés à l'égard de l'homosexualité. Même les plus évoluées ! Je comprends les inquiétudes de vos psychanalystes, mais je les trouve un peu, comment dire, un peu luxueuses... »

Je l'écoute avec attention. Mais Thierry finit par jeter un regard impatient sur sa montre. Madame la juge s'excuse en souriant :

– Je vous fais préparer le jugement d'adoption. Vous l'aurez dans deux heures. Entre-temps, vous irez chez le consul de France faire valider votre demande. Ce ne sera pas long, beaucoup moins long que ce qui vous attend à Santiago pour obtenir le visa de sortie. Alors dépêchez-vous, prenez vos billets d'avion et envolez-vous avec votre enfant.

– Je ne vous oublierai jamais, murmure Thierry.

– Pardon, c'est moi qui oublie un acte essentiel ! Il vous faut reconnaître votre enfant, puisqu'il n'a pas d'état civil.

Nous sommes bouleversés. Tu vas porter notre nom, avant même d'être légalement adoptée. Et si nous mourons d'un accident quelconque, tu garderas ce nom, sans nous avoir jamais connus.

Madame la juge nous tend la main pour prendre congé. Spontanément, je l'embrasse. Elle se laisse faire, tout en me mettant en garde, gentiment ironique, contre un « excès d'émotion ». Elle me rappelle ma mère. Ce n'est vraiment pas le moment.

De retour au foyer, avec nos papiers en règle, nous ne sommes pas les seuls bouleversés. La directrice, entourée de ses assistantes, essuie une larme. Elles crient « Bonne chance ! » à la *oua-oua* et à ses nouveaux parents. Sous leurs applaudissements, nous

franchissons le portail « Foi, Espérance et Charité ».
Thierry te porte dans ses bras. Il murmure entre ses
dents : « On va te sortir de là. »

Je ne te vois plus, je ne vois que les autres, agrippés
à la grille dans leurs uniformes rouge et blanc, petits
minois métissés, regards indicibles, enfants de la cordillère, les autres, ceux que je n'adopte pas, enfants
abandonnés que j'abandonne derrière moi. Ils me poursuivent, ils me hantent aujourd'hui encore.

À l'aéroport de Concepción, je poste les photos. Aux
Genêts d'or, Paule t'encadrera dans le salon. Je la vois
déjà faire. Sur papier, ta présence avant nous dans la
maison de notre Sud. Nous te changeons de Sud. Le
nôtre deviendra le tien... J'imagine aussi la stupeur
indécise, puis la joie impatiente de Nina découvrant
ton visage imprimé. Nina ma fille, ma force et mon
sang, Nina que je sais déjà capable de faire fi des lois
du sang. Nina ta sœur. Et je prévois sans crainte les
craintes de ma mère. Je la connais. Elle les surmontera.
Je prends le temps de lui écrire une lettre, une longue
lettre. Pour qu'elle sache qu'une fois de plus, comme
à la naissance de Nina, toi aussi, tu me rapproches
d'elle, ma mère qui m'a donné la vie et le goût de
vivre. Je n'ai jamais su si elle a reçu ma lettre. Pourquoi
n'ai-je jamais osé le lui demander ?

Retour à Santiago avec toi. La Quinta en fête. Jour
après jour, nous savourons chaque instant. Nous avons
le temps. À Paris, des collègues nous remplacent. À
charge de revanche. Le dernier trimestre sera plus
lourd. Peu importe, si nous sommes près de toi.

À trois heures du matin, le téléphone réveille la
maison. Endormie mais souriante, Mónica me tend le
combiné : « Un appel pour toi. De France. On a l'habitude. Personne ne sait calculer le décalage horaire... »
C'est Paule. Sa voix tendrement angoissée : « Alors,

vous l'avez trouvée ? Elle vous ressemble, au moins ? »

Tu ressembles de plus en plus à ton père. Les mêmes rires, les mêmes colères, le même caractère... J'en ai décidé ainsi. Une certitude aussi naïve que risquée.

Il nous faut encore obtenir la certification de ton jugement d'adoption et surtout ton visa de sortie du Chili. C'est long, très long. Nina me manque. Je lui manque aussi. Elle ne le dit pas. Au téléphone, elle n'annonce que ses bonnes notes. Ma fille si courageuse, si orgueilleuse. Elle s'enquiert de toi, de ta santé, de tes progrès. Elle t'a acheté une peluche, une maman kangourou avec son petit dans la poche...

C'est pénible, très pénible. Surtout à l'ambassade de France. La visite médicale obligatoire – encore un agréé ! – y est particulièrement insupportable. Personne n'a demandé son avis à ce médecin, mais il est contre et tient à nous le faire savoir. Contre cette nouvelle manie des Français de race blanche de « recueillir ces vermines de la cordillère ». Avons-nous mesuré les risques que nous encourons ? À l'entendre, l'inceste est la nouvelle peste de tout ce monde dit « tiers ». Et bientôt tu deviendras laide et obèse, comme toutes les femmes au sang trop noir... Tu n'as pas fini de nous en faire voir.

« Les métèques, vous les trouvez mignons quand ils sont bébés. Attendez qu'ils grandissent, ils vous dégoûteront. Et d'ailleurs, cette rasta, supportera-t-elle que ses parents soient blancs ? Le racisme, ça fonctionne dans ce sens-là aussi... Et la prostitution, peut-être qu'elle l'a dans le sang ? »

Patiemment, nous attendons qu'il cesse de te tripoter avec dégoût et qu'il nous remette son indispensable certificat. « Ne vous faites pas de souci pour ces taches bleues sur le dos. Les Mapuches sont souvent atteints de mongolisme. » Au Chili, on nomme mongolisme de simples taches de naissance qui disparaissent dans les premières années de la vie. Nous l'ignorons, évidemment. Ce sadique nous fait sursauter à nouveau : « Pour le sida, vous ne le saurez qu'en France, le Chili ne pratique pas le test HIV. »

Un peu assommés par cette dernière menace, nous te sortons de là, fardeau précieux dans les bras de Thierry. Mais nous reprenons confiance sous les arbres de la Quinta.

Un mois plus tard, après avoir rempli non sans mal toutes les formalités administratives, nous voici enfin munis de ton visa de sortie. À l'aéroport, je sens la tension monter. Coupables malgré nous, infantiles et terrifiés, nous nous comportons comme ces « voleurs d'enfants » que la presse à scandale dénonce compulsivement. De plus en plus nerveux, livide, Thierry scrute les visages. Qui peut encore t'arracher à nous ?

Nous respirons lorsque l'avion décolle. Santiago-Paris. La cordillère s'éloigne. Toi, tu es là. Bébé attentif, tes grands yeux noirs nous dévisagent. Comme si tu percevais notre anxiété. Tu éclates de rire. Comme si tu partageais notre bonheur.

À Roissy nous attend une surprise. Entourant ma mère et Nina, la tribu s'est réunie au grand complet. Une centaine d'amis et d'enfants, applaudissant bruyamment ton arrivée. D'un geste triomphal, Thierry te soulève et te porte sur ses épaules. Nous ne sommes plus coupables. Émue, ma mère n'ose pas, ce jour-là, désapprouver ce baptême clanique.

Une mère peut en cacher une autre

Les mois qui suivent font partie des plus beaux de ma vie. Un bonheur pur, aussi inconscient qu'égoïste.

Aujourd'hui, tu as un an. Ta première bougie, mon amour. Tout va bien. Tu n'as pas le sida. De ton rachitisme, il reste à peine une ombre sur les radios. Tu ne tousses plus. Ta voix devient moins rauque et dans tes rires, sur ta joue droite, ta fossette s'accentue, tu ne la perdras pas. Bref, tu te comportes comme n'importe quel bébé et nous comme n'importe quels parents émerveillés. N'importe quels parents, avec la bénédiction de la loi. Nous attendons ton jugement d'adoption plénière. Quelques mois sans angoisse, la formalité est quasi automatique. Tu figureras alors en bonne et due place sur le livret de famille. Avec le nom et le prénom que nous t'avons donnés. Sans la moindre trace d'aucune autre appartenance. C'est la loi.

Elle me met mal à l'aise. Ce livret de famille est un mensonge organisé. Il suffirait d'indiquer les mentions relatives aux parents biologiques quand on les possède et d'y ajouter les noms des parents adoptifs. Nous avons choisi d'avoir un enfant d'ailleurs, un enfant qui ne nous ressemblerait pas. Pourquoi ne pas respecter la vérité ?

Pourtant, Thierry me demande timidement le droit de te mentir. Un peu. « Nous lui dirons que sa "génitrice" était morte quand nous l'avons rencontrée. Ce sera moins douloureux pour elle que d'apprendre qu'elle a été abandonnée... » J'ironise sans gentillesse : « Et pour nous plus confortable d'avoir adopté une orpheline ? »

Je comprends Thierry. Sans le fardeau de l'abandon, ton parcours psychologique ne sera-t-il pas plus harmonieux, ta personnalité plus épanouie ? À quoi bon tous ces fantasmes à venir, à quoi bon ces tourments de retrouvailles ? Le livret de famille permet de les éviter à jamais. D'où la tentation d'aller plus loin, de t'épargner pour l'avenir ces rages, rancunes et remords mêlés qui hantent parfois les adolescents adoptés.

Je comprends Thierry, mais je le désapprouve. Nous ne pouvons pas prévoir les dégâts du mensonge. Pas davantage que ceux de la vérité. Alors, autant choisir ceux dont nous serons le moins coupables...

Le confort plus que la morale dicte ma réaction. S'il m'est arrivé de mentir comme tout le monde, je n'ai jamais trouvé cela très agréable. Et si, comme à tout le monde, on m'a menti, je n'ai jamais trouvé cela supportable. Je ne veux pas que nous te mentions. A fortiori, je ne veux en aucun cas courir le risque que tu découvres nos mensonges. Ta mère biologique t'a abandonnée. Lorsqu'il le faudra, je ne te le cacherai pas. « Mais elle nous demandera pourquoi, rétorque Thierry. Et que lui répondrons-nous ? Si elle pense que c'était une méchante femme, elle en sera humiliée. Si tu lui racontes que ce n'était qu'une jeune fille que la misère a obligée à abandonner son enfant, comment veux-tu qu'elle n'en veuille pas au monde entier et à nous en premier ? »

Aucune réponse ne sera satisfaisante. Mais les problèmes qui t'attendent viendront-ils des réponses que l'on choisira ? À quoi bon nous ronger de culpabilité ? Pour effacer la « faute » d'une autre ? Comment ne pas juger moralement l'abandon ? Cet acte que, depuis des siècles, on décrète abominable ? Comment nous défaire nous-mêmes de notre répugnance instinctive ? Après tout, l'abandon n'est-il pas toujours préférable à l'infanticide ? Mais cette hiérarchisation des « crimes » ne convainc pas les enfants abandonnés...

Je n'ai pas de mal à persuader Thierry. D'ailleurs, nous ne saurions mentir longtemps. Combien de fois, d'hier à aujourd'hui, avons-nous pensé à cette femme qui t'a conçue et abandonnée ? Cette réalité nous concerne donc aussi. Nous ne tardons pas à l'apprendre à nos dépens.

Ton arrivée bouleverse nos habitudes. L'impression que désormais ma vie ne bat plus qu'au rythme de la tienne. Celle de Nina aussi. Le matin, elle est la première à vouloir te donner ton biberon. Elle me supplie : « Maman, je ne vais pas la voir pendant toute une journée, laisse-la-moi un peu. » Dès son retour du lycée, elle se précipite dans ta chambre, te berce, te change, te nourrit, t'offre des jouets, te fait rire aux éclats.

Au fil des jours, mon ravissement se teinte d'une gêne que je ne m'explique pas. De son côté, Thierry ne supporte plus cette adoration réciproque. Il met les choses au point avec une brutalité inhabituelle. Il t'arrache des bras de ta grande sœur. Je ne proteste pas. Au contraire. Sa fermeté m'apporte un étrange soulagement. Pourquoi ? « Nina, ma Nine », dit Thierry lorsqu'il console ma fille d'un chagrin ou la félicite d'une victoire. D'habitude, j'aime Thierry de tant aimer Nina. Cette fois, je me contente de lui donner raison. Nina est trop jeune pour adopter un comportement aussi maternant. Ce n'est pas sain. Pour son bien, il faut la détacher de toi, lui redonner son âge...

Nos motifs ne sont pas si clairs. Je dois me rendre à l'évidence. J'ai trente ans de plus que ta mère biologique. Nina a presque son âge. Va-t-elle te rappeler cette mère que tu dois oublier ?

Sur l'instant, je m'efforce d'éloigner le fantôme de ta mère enfant. L'heure n'est qu'à l'excès de bonheur. Une fièvre insensée me consume. Rien ne m'importe davantage que de me consacrer à toi. Ma propre histoire ne me suffit pas. J'aime la partager. Je poursuis mes enquêtes monomaniaques. Je continue d'examiner le carnet du *Monde*. Pour écrire aux heureux parents qui se félicitent de l'arrivée d'un enfant adopté. Dans la même fébrilité que moi, ils me répondent. Nous faisons connaissance, nous nous présentons nos enfants, nous échangeons nos souvenirs d'anciens combattants. Chacun de nos parcours est unique et pourtant les mêmes antiennes reviennent, mêlant rancunes antiadministratives et bonheurs privés.

Je me constitue un réseau de nouveaux amis, parents adoptifs ou candidats. Ils me font part de leurs récits émerveillés ou de leur impatience douloureuse. J'adhère à leurs associations. Je ne tarde pas à me faire une réputation de militante dévouée. Mon nom circule parmi les postulants. Ils me demandent de l'aide. Leurs parcours, bien souvent, m'effraient. Je réalise mieux encore la chance dont nous avons bénéficié.

Bien entendu, nous revoyons nos amis Rachel et Philippe. Après la naissance de leur bébé, fidèles à leurs promesses, ils ont entamé une procédure pour adopter un autre enfant. Au Vietnam, cette fois. Rachel y a déjà effectué un premier voyage. Elle m'en fait un récit alarmant : « Des femmes vous tendent leurs bébés. Comment savoir s'il s'agit vraiment de leurs enfants ou si elles les ont volés ? Les autorités les laissent faire. Les trafiquants guettent. On ne sait jamais s'il faut donner de l'argent et à qui. Une femme m'a crié qu'elle en avait déjà douze et que celui-là, elle allait le tuer si je ne le lui prenais pas... J'en suis encore malade. »

Philippe, son mari, est furieux. Une circulaire insensée vient de suspendre *sine die* toute adoption au Vietnam. La voix étranglée par la rage, il nous en lit quelques passages. Les experts tancent « la frénésie d'adoption de nos compatriotes... ». Le Vietnam serait « devenu un vaste réservoir d'enfants dans lequel il leur suffit de se servir ».

Nous partageons la colère de nos amis. Toujours cette même histoire de « réservoir » ! Un réservoir, cet immense orphelinat aux quatre coins du monde ? Toujours cette même morgue bureaucratique ! Cette même suspicion à l'encontre du « désir d'enfant étranger » !

« Ils ne nous épargnent pas le ridicule de leur compassion grotesque ! ajoute Rachel. Écoutez la suite : "Au Vietnam, le climat éprouvant et l'absence d'infrastructures routières et hôtelières ajoutent des difficultés matérielles trop souvent sous-estimées par les adoptants." Ces fonctionnaires sont tombés sur la tête ! Ils ne cessent de traquer notre désir d'enfant dans leurs pièges moralisateurs. Croient-ils l'entraver au prétexte d'une difficulté climatique, routière ou hôtelière ? »

Rachel et Philippe sont décidés à participer à une manifestation devant le ministère de la Justice. Je leur promets de les accompagner. Mais ma solidarité reste sélective. Je préfère rencontrer des parents fous de bonheur comme moi. Dans la rue, dans les magasins, dans les parcs, dès que j'aperçois un bébé de peau nettement différente de celle de sa mère, je m'attendris. Au Luxembourg, un jour que je te promène dans ta poussette, je n'hésite pas à aborder une femme blanche avec une petite fille qui te ressemble. Même bouille d'Inca, même rire de cordillère... Ma méprise me fait rougir. La femme blanche est la nounou, et l'enfant la fille biologique de l'ambassadeur de Colombie...

Thierry et moi, nous nous remettons au travail intensément. La nuit surtout. J'accepte les propositions d'articles pour les revues scientifiques comme les projets de traités. Je garde l'œil sur l'excellence, ma « carrière » oblige. Ma carrière ou ma mère ? Pourtant, le plaisir n'est plus le même. Choisir tes petits pots me passionne davantage que disserter sur l'économie mondiale. Et j'ai parfois l'impression de délaisser Nina. Je surveille moins ses études. Sans dommage apparent. Nina se fait fort de suivre l'excellence exemplaire de sa mère. Quant à la tristesse qui voile souvent le regard de ma propre mère, je cesse de l'interroger. Elle me laisse indifférente quand elle ne m'exaspère pas.

Excès de bonheur encore lors des vacances de Pâques. C'est ton premier séjour dans la grande maison du Sud. Je te berce sous les pins et les oliviers. Le soleil caresse les genêts. Je te chante des chansons dont ma mère a ravi mon enfance. Sans leur donner le moindre sens : *Je m' souviens, ma mère disait... mais je suis aux galères*, ou plus insidieuse encore, *Enfants pas sages, me feront vieillir avant l'âge, quand ce sacré vieux soleil n'en finit pas de tourner là-haut...*

Paule, elle, n'en finit pas de m'observer. Jusqu'à ce jour où elle éclate en sanglots : « Je ne savais pas que l'on pouvait aimer autant un enfant adopté. » Ses pleurs me déconcertent. Elle m'avoue son secret. J'ai honte de n'en avoir jamais rien soupçonné. Paule a été une enfant abandonnée. D'abord pupille de l'Assistance, adoptée ensuite. Mais elle a toujours haï sa mère adoptive. Qui le lui rendait bien. C'est du moins ce qu'elle croyait jusqu'à ce qu'elle me voie avec toi, mon bébé adopté...

Grâce à moi, à cause de moi, le doute la ronge désormais. Elle s'interroge éperdument. Peut-être sa mère l'a-t-elle aimée ? Peut-être me ressemblait-elle, moi qui t'aime tant ? De sa mère, Paule ne conserve que de cruels souvenirs. Pourquoi ? Elle n'a jamais voulu lui parler de son adoption. Et Paule ne le lui pardonne pas... Elle lui reproche aussi de lui avoir préféré un neveu, un « biologique » bien meilleur qu'elle à l'école...

Ce récit, qu'elle me livre par bribes, me terrifie. Je me jure de t'épargner tout mensonge, tout secret, de t'éviter les ombres du non-dit. Je veillerai aussi, je te le promets, à ne jamais te comparer à Nina.

À plusieurs reprises, Paule répète la même phrase : « À la rigueur, je peux comprendre pourquoi j'ai été abandonnée, mais pas pourquoi j'ai été adoptée. Abandonnée, j'étais normale. Adoptée, j'ai été en plus, en trop. »

En morceaux, son passé revient à la surface. Elle n'en comprend pas le sens. Elle a été tellement obsédée par la première, la vraie, la biologique, la pauvre, la gentille, forcément gentille, celle qui l'a abandonnée. Elle n'a jamais voulu accepter la seconde, la riche, la méchante, forcément méchante, celle qui l'a adoptée. Tellement obsédée par la première qu'elle s'est empêchée d'aimer l'autre ? En lui mentant, sa mère lui a confisqué son identité. L'enfant a cru se venger. Elle s'est interdit d'aimer et d'être aimée. Doublement interdite, elle s'interroge aujourd'hui. De quelle mère s'est-elle servie pour barrer l'autre ? Quand elle dit « maman », elle paraît souvent les confondre...

En attendant, c'est ma propre mère qui m'inquiète. Elle milite avec passion pour une nouvelle cause. Mais son regard est de plus en plus triste. Il faut dire que la cause n'est pas des plus gaies. Elle s'est mis en tête de combattre l'hypocrisie organisée autour de la mort. Elle revendique une loi autorisant le « suicide assisté », ce qu'elle préfère appeler la « mort dans la dignité ». Je ne partage pas ses ferventes convictions. Elle s'irrite de mon « égoïsme bourgeois ». Une fois de plus, c'est une affaire de classes sociales. Comme autrefois l'avortement. Seuls les riches se débrouillent, eux seuls peuvent voyager, se procurer les « produits » idoines ou tout simplement s'entendre avec leur médecin. « As-tu seulement une idée du nombre de grabataires que l'on s'acharne à maintenir dans les pires souffrances ? » Ma mère parcourt la France à la recherche de leurs témoignages. Elle reçoit chaque matin une dizaine de lettres. Certaines posent des questions pratiques : à défaut de poison, comment réussir l'électrocution ? Les gens la supplient de leur venir en aide.

Horrifiée, je m'écrie : « Tu ne leur fais rien, au moins ? Tu n'es pas médecin ! » Elle hausse les épaules, vexée. Devenir médecin, c'était son rêve. Que ma naissance a brisé. Comme si je l'ignorais ! Elle m'avertit qu'elle a un programme chargé. Plusieurs voyages à l'étranger, en Suisse, aux Pays-Bas, aux États-Unis. Je proteste, sans doute bêtement, qu'elle ferait mieux de s'occuper d'orphelins. Elle réplique, cinglante : « Décidément, tu ne penses qu'à toi ! »

Invitée à défendre son point de vue à la télévision, elle est magnifique, des yeux d'un bleu violent, un sourire plus que rayonnant. Devant l'écran, je l'admire. Elle m'impressionne. Mais son propos militant me laisse toujours aussi mal à l'aise, malaise que je n'ai pas envie d'approfondir. Je vis *ma* vie. Elle suffit à occuper mes journées. Et toi, toi, surtout, ma fille, tu en deviens le centre solaire.

Tu vas avoir quatorze mois. Tu grandis, tu balbuties « papa, maman ». Mais pourquoi ne marches-tu toujours pas ? Le souvenir d'Indira parfois me glace. Mais toi, au moins, je le sais, tu es vaccinée contre la poliomyélite. Agacée, ma mère balaie mes inquiétudes : « Ne sois pas si impatiente ! Elle marchera quand ce sera son heure ! Tu es trop fusionnelle... » Moi, trop fusionnelle ? Plus qu'elle, peut-être ? J'essaie d'en rire. Je cesse de lui parler de toi. Ma mère l'exige. J'obéis.

Elle a des choses plus intéressantes à me raconter. Elle a rencontré un écrivain célèbre, atteint du sida. À sa demande, elle a traversé l'océan pour lui rapporter « quelque chose ». Pour lui, elle traverserait l'océan à la nage. Je ne suis pas tranquille. Sa passion pour l'écrivain va finir par l'envoyer en prison. Une fois de plus, je me contente de fuir mon inquiétude.

Deux jours plus tard, ma mère est furieuse. De son lit de souffrance, l'écrivain a refusé son cadeau. Ce poltron n'a pas même voulu le conserver dans un tiroir, « au cas où ». Au cas où ? L'écrivain ne me paraît pas si lâche. Après tout, il a le droit de ne pas vouloir mourir plus vite qu'à son heure. En quoi sa mort en serait-elle plus indigne ? C'est moi qui me montre indigne aux yeux de ma mère. Depuis que je t'ai adoptée, je suis devenue individualiste, incapable de m'intéresser au sort du monde. Qu'ai-je donc fait de ma jeunesse gauchiste, féministe, tiers-mondiste ! Nous nous disputons. Je lui reproche ses exagérations, elle tance mes contradictions. Nous nous réconcilions, nous nous embrassons. J'essaie de la faire rire. Tendrement, pour me rassurer, elle fait semblant.

La Pentecôte approche. Je n'ai qu'une hâte : me retrouver dans la maison du Sud, aux Genêts d'or, en famille, en tribu. Ma mère refuse de nous suivre. Elle doit passer le week-end à Londres pour y donner une conférence sur son sujet préféré. Elle, au moins, reste fidèle à ses engagements... Je n'insiste pas. Pourquoi le devrais-je ?

Dans la piscine, tu barbotes joyeusement. Je t'enduis de crème solaire malgré les protestations de Paule : « Avec sa peau mate, elle ne risque rien ! » Je hausse les épaules, tu aimes mes caresses, tu en redemandes.

Ma mère m'appelle. Sa conférence a connu un vrai succès. Elle en prépare une autre, à Rotterdam, dans quinze jours. L'association qui l'invite répond au doux nom d'Exit. Je la félicite, sans m'attarder sur ses prouesses. J'aurais préféré qu'elle soit ici avec nous, aux Genêts d'or. Avons-nous jamais vécu Pentecôte plus ensoleillée ? Pour une fois, ma mère ne m'en veut pas. Elle ne me reproche pas mon insouciance. Au contraire. Elle s'enquiert de nos faits et gestes. Elle se réjouit de mon bonheur. Elle ne veut pas le gâcher. J'en suis soulagée. Ce n'est pas le moment de me culpabiliser. Elle l'a compris. C'est ma mère, elle est comme ça, beaucoup moins égoïste que moi, je l'aime infiniment...

« Je reviens demain. On déjeune ensemble ? » Elle est d'accord. Comme d'habitude. Elle m'attend. Elle sera là. Aucune fille au monde n'a plus de chance que moi.

À mon retour, ma mère n'est pas là.

Je sonne chez elle à l'heure convenue. Elle ne répond pas. Me suis-je trompée d'heure ou de lieu ? Je suis de plus en plus distraite. Égoïste ? Elle exagère, mais distraite, oui, elle a raison.

Je l'appelle. Plusieurs fois. Je tombe sur son répondeur. Au bout de quelques heures, son absence m'agace. J'ai autre chose à faire. Un cours à seize heures trente à l'université. Je reviendrai chez elle après.

À mon retour, ma mère n'est pas là.

Je rentre chez moi, perplexe. Mon agacement se teinte d'une légère anxiété. Thierry me rassure. Si elle avait eu un accident, nous serions déjà prévenus. Elle a dû prendre un avion pour un colloque imprévu. Elle ne tardera pas à m'appeler.

J'ai du mal à m'endormir. Au réveil, toujours pas de nouvelles. Je voudrais aller chez elle. Mais je ne peux pas faire attendre mes étudiants. À huit heures, j'ai un cours. J'irai après.

À mon retour, ma mère n'est pas là.

Thierry répète que je m'angoisse pour rien. Son ton est moins convaincu. Et si elle avait eu un malaise ? Je retourne chez elle. Je sonne. Toujours pas de réponse. Je fouille dans mon sac, à la recherche de ses clés. D'habitude, j'ai toujours les clés de chez elle. Je ne les trouve pas. Les ai-je oubliées aux Genêts d'or ? Encore cette fichue distraction !

Dois-je appeler la police pour forcer la porte ? Elle ne me le pardonnerait pas. Et moi, dois-je lui pardonner le temps qu'elle me fait perdre ? J'en ai assez. Je rentre chez moi. Mais Thierry ne me rassure plus. Je lui avoue la raison de mon anxiété. J'ai peur qu'elle n'ait fait une « bêtise ». Qu'elle ait convaincu son écrivain de malheur. Que la police soit déjà venue l'arrêter. Je me rends compte que cette peur m'obsède depuis longtemps. Je cours à nouveau chez elle.

À mon retour, ma mère n'est pas là.

Je réfléchis. La femme de ménage n'a-t-elle pas un jeu de clés ? Bien sûr, j'aurais dû y penser plus tôt. Elle habite au diable. Tant pis, au diable ou ailleurs, j'y vais.

À mon retour, ma mère est là.

Elle est là, par terre, dans le salon. Elle dort. Son corps a dû glisser sur le parquet.

Elle est là. Ses yeux grands ouverts me fixent sans me reconnaître.

Elle est là. Je ne lui parle pas. Elle ne me répond pas.

Elle est là. Je ne la touche pas. Je ne la prends pas dans mes bras. J'ai tort. C'est la dernière fois. Je ne le sais pas. Si, je le sais. Mais je ne peux pas. Je n'en ai pas le courage.

Ma mère est là. Son cadavre, plutôt. Boursouflé par le poison. Je détourne mon regard de son visage tuméfié.

Machinalement, je ramasse une lettre. Elle m'est destinée. Elle l'a écrite durant l'agonie. Les derniers mots sont à peine lisibles. En zigzag. « Je ne souffre pas, je ne souffre pas... » Jusqu'au bout, elle aura donc cherché à me rassurer.

Elle ne souffre pas ? Je la hais. Elle ne souffre pas ! Et moi ? Elle a dû oublier d'y penser...

La douleur est terrible. À jamais indicible.

Ma propre mère, ma mère à moi, m'a abandonnée. Son suicide me casse pour toujours.

J'en veux au monde entier, à cette association d'irresponsables, à cet écrivain si lâche qui l'a laissée repartir avec sa potion magique...

Je t'en veux à toi aussi, ma fille, mon bébé, qui m'as caché ma mère. Tu te mets debout, tu fais tes premiers pas, les bras tendus vers moi. Je ne t'accorde pas le moindre regard. Je n'en ai plus le droit.

Évidemment, je m'en veux surtout à moi-même. La honte me poursuit toujours. J'ai laissé mourir ma mère, je l'ai abandonnée. C'est ma faute, ma très grande faute... Dieu ne me le pardonnera jamais. Moi, la mécréante, je retrouve Notre-Seigneur. Là-haut, ma mère me pardonne-t-elle cette indignité supplémentaire ? Certainement pas. Elle appelle à l'aide Simone de Beauvoir. Elle, au moins, a su échapper à son éducation catholique. Pentecôte oblige, que l'esprit souffle. Un esprit sain, évidemment. Pas le mien. Plus jamais le mien.

Je ne me souviens plus des jours suivants, je ne me souviens plus de Thierry, je ne me souviens plus de Nina, ni même de toi. Je ne me souviens plus de rien. À peine quelques images d'un enterrement auquel j'ai dû assister de loin, étrangère à moi-même. Je ne me souviens pas des semaines suivantes. Zombie robotisé, convenable le jour, hurlant sa peine chaque nuit.

Je me souviens d'une obsession : comprendre.

Je vais à la rencontre des enfants de suicidés. Des enfants, pas des parents. Je cible mes proies. Je reçois des lettres déchirantes. L'incompréhension et la honte les poursuivent encore. Comme moi, ils cherchent une raison. Qu'ont-ils fait à leurs parents pour qu'ils leur infligent la plus terrible des punitions, l'abandon ?

Parmi les lettres les plus effrayantes, j'en reçois une qui me stupéfie. Elle vient de ce mandarin dont j'admire les écrits, dont je redoute les silences, un savant de renom, une sommité universitaire, un homme dont je n'ai jamais deviné les drames.

Madame,
Comme les vôtres, mes parents se sont suicidés tous les deux. Croyez-moi, on n'oublie jamais, on n'est plus le même, on ne se reconnaît plus. On évite de se regarder dans un miroir, on a peur d'y trouver une ressemblance. On va mieux, on rechute. C'est une tare dont on ne guérit pas. Je n'ai pas oublié. Cela fait quarante ans aujourd'hui. Je ne l'ai jamais dit à mon fils. Il n'avait que quatre ans. Peut-être a-t-il deviné ?

Il a fait de ma vie un calvaire. Après six tentatives de suicide, il a réussi la dernière... Par ma faute, évidemment. Un enfant de suicidé ne fait jamais un bon parent...

Pourquoi ai-je conservé cette lettre ? Une promesse de maléfice. Je réponds aux lettres, je rencontre leurs auteurs. Ils ne m'apprennent rien. Pas plus que moi, ils ne comprennent ni la faute commise ni le châtiment. J'achète tous les livres possibles sur le suicide. Sauf un, bien sûr. Celui que j'ai trouvé dans les bibliothèques respectives de mes parents. Pour le « mode d'emploi », il est trop tard. Trop tard pour eux, trop tôt pour moi. Si j'étais capable de brûler un livre, ce serait celui-là. Je rencontre aussi les médecins que ma mère a pu consulter. Gentils et navrés, ils m'ouvrent leurs dossiers vides. Elle ne souffrait d'aucune maladie, elle n'était en rien condamnée à abréger sa vie pour cause de dignité.

Alors pourquoi ? Pourquoi m'a-t-elle abandonnée ? Peut-être s'est-elle crue abandonnée elle-même ? Par moi, sa fille ? Mais une fille n'abandonne pas sa mère. Moi, si. Je l'ai abandonnée. À cause de toi ? C'est de toi qu'elle m'a punie ? Je te hais. Je la maudis.

Je n'essaie même plus de paraître digne. Le sens de l'honneur m'échappe. Le sens tout court. Il m'arrive de m'écrouler à terre. Ce ne sont plus des sanglots, mais des cris de bête torturée. On me relève. Thierry souvent. Nina aussi.

Je hurle :

– Je ne savais pas qu'elle allait si mal. J'aurais dû l'emmener voir un psy.

Nina murmure, inquiète :

– Maman, c'est toi qui dis ça ? Toi qui les détestes ?

Je proteste, en toute mauvaise foi :

– Moi, détester les psys ! Tu me prends pour une imbécile ?

Ma fille me caresse les cheveux comme le faisait ma maman. Je la contrains à se prendre pour ma mère. Elle a sans doute raison d'obéir. Ou peut-être tort. L'heure n'est pas – n'est plus, ou pas encore ? – aux règlements de comptes. Nina chante à mon oreille la chanson de ma maman que je lui ai chantée si souvent : *T'en fais pas... J' reviendrai... Nous aurons du bonheur plein la vie.* Je finis par m'endormir, calmée par mon enfant. Je sais que ce n'est pas le rôle des enfants. Je suis à nouveau coupable, mais je me laisse faire.

Nina me connaît. Au plus profond d'elle-même, elle partage mon obsession de « comprendre ». Pour moi, elle mène son enquête : « Maman, je ne veux pas te faire de peine, mais je vais te surprendre. Ta mère voyait un psy depuis un an ! » J'aurais dû m'en douter. Elle n'a pas osé me l'avouer. Elle a crié SOS à quelqu'un. Pas à moi. À n'importe qui. À un psy.

Dès que je lui apprends que sa patiente – « ma mère, monsieur » – s'est suicidée, ce qu'il ignore – « merci de me prévenir, madame » –, j'obtiens un rendez-vous. En réalité, j'ignore tout de ces compassions conventionnelles qu'ils doivent nous accorder. L'entretien n'est ni bref ni long. Je l'accable de mes questions. Sait-il que mon père s'est lui-même suicidé ? Elle ne lui a jamais parlé de mon père. Se croyait-elle atteinte d'une maladie incurable ? Non, absolument pas. Lui a-t-elle parlé de toi, mon enfant, ma fille adoptée au Chili ? Jamais. Elle n'a évoqué que Nina, l'enfant de mon sang. Donc du sien.

Mais que lui a-t-elle donc raconté depuis un an, elle qui m'a toujours interdit de voir un psy ? « Elle ne parlait que de vous, madame, vous étiez sa raison de vivre. » J'étais la raison de vivre de ma mère et elle

en est morte ! A-t-il conscience de sa cruauté ? Mon
agressivité ne l'étonne pas. Je suis un cas banal. Les
enfants de suicidé préféreraient toujours qu'il s'agisse
d'assassinat ou d'accident. Vraiment, docteur ? « Elle
est morte. Vous êtes vivante. Je vous conseille de
consulter un de mes collègues. » Je claque la porte.

Je ne suis plus sur le chemin de l'Inca mais sur celui
des assassins. Deux mois durant, je l'arpente jour après
nuit. Je les bombarde de coups de téléphone anonymes
et leur promets une mort imminente. Ma vengeance
sera terrible. Ils ne tremblent pas, je les gêne. Certains
ont pitié de moi. Je hurle ma rage, je ne veux d'aucune
compassion. D'autres me méprisent : on n'expose pas
ses jardins secrets. D'autres encore croient me consoler
en évoquant un « acte noble, une sorte de grandeur ».
Je les hais. Quant à ceux qui me pensent folle, je les
tiens pour les plus suspects. Je ne me suis jamais sentie
aussi « rationnelle ». Rationnelle mais impuissante.
Mes recherches restent vaines.

Il m'arrive de me retourner contre Thierry. N'a-t-il
pas participé au crime, lui qui n'a pas su m'aider à
l'éviter ? Et Nina ? Non, Nina n'y est pour rien. Elle
partage mon chagrin. Elle cache le sien. Elle n'y a pas
droit. Je ne suis pas loin de lui reprocher son indifférence.

Mon amie Nathalie tente de m'aider : « Elle vieillissait. Peut-être craignait-elle de dépendre de toi. » Je
proteste. Ma mère ne vieillissait pas, elle était superbe !
Bien sûr, elle refusait par avance ce « naufrage ». Mais
de là à anticiper son suicide de vingt ans, de trente
ans... À quoi bon discuter ? Au fond de moi, je sais
que, même trente ans plus tard, je ne l'aurais pas supporté. Nathalie insiste : « Peut-être souffrait-elle que
toi, sa fille, tu ne dépendes plus d'elle. » Cette idée
m'accable. Pour moi, elle est à jamais dénuée de sens.

Vais-je devoir vivre sans jamais comprendre les raisons de sa mort ? Aujourd'hui encore, je m'interdis de les inventer. Mais, avec ce trou béant dans mon intelligence, comment ne pas douter de moi, désormais, chaque fois que je crois comprendre quoi que ce soit ? Et que dire à Nina ? Comment transmet-on l'inintelligible ?

À l'université, mes collègues commencent à s'impatienter. Ils m'ont accordé un délai convenable. Je dépasse les bornes. Je n'ai pas achevé le travail de deuil. À qui oserais-je avouer que je ne le commencerai jamais ?

C'est Paule qui me ramène à la raison. Une autre raison. Elle me demande de t'écouter pleurer. Toi, mon bébé, que j'ai abandonné. Toi que brutalement j'ai privé de ma tendresse passionnée.

Tu as dangereusement régressé. Tu ne sais plus marcher. Tu vomis toute nourriture. Ta voix redevient rauque. Comme si tu n'étais pas sortie de ton caisson, comme si je t'y avais remise... Le pédiatre diagnostique une dépression. Une dépression à ton âge ? Il me conseille d'aller « voir quelqu'un ». Je l'envoie au diable. Je ne vais pas confier mon bébé à ces maudits psys qui n'ont pas su prévenir la mort de ma mère.

Machinalement, les gestes reviennent. Un peu mécaniques, au début. Je te donne à manger, je te mets sur ton pot, je te promène au parc, je te réapprends à marcher. Tu ne vomis plus. Ta voix est moins rauque. Presque normale. Tu souris. Et, peu à peu, tu me réapprends à sourire.

Comment Paule a-t-elle su m'avertir ? Oubliant les cauchemars de son enfance volée, Paule a mis la tienne dans mes bras pour me rendre vie. Et toi, mon bébé, tu m'as sauvée. *Toi la seule et j'entends les herbes de ton rire*. Me voici à nouveau capable de réciter Eluard ?

Je sors du cauchemar. J'ouvre enfin les yeux. Ils sont là, près de moi. Pas seulement toi. Mais Nina, enfant si sage, si courageuse. Vivante. Thierry aussi, qui s'est occupé d'elle pendant mon « absence ». Vivants tous les deux.

Sur le mur, face à mon bureau, je fixe quelques photos de ma mère. Les photos d'une étrangère. Je ne me souviens plus de mon enfance, de ma jeunesse, de notre vie intensément partagée. Ces photos ne me rappellent rien. Son cadavre fait barrage. Il m'interdit la mémoire. C'est peut-être mieux ainsi. Certes, il m'arrive encore de pleurer. Mais ce sont des larmes sans raison ni cause. Un flux mécanique qu'aucune douleur ne provoque, qu'aucune volonté n'arrête. Ces larmes coulent, je n'y peux rien, elles ne coulent plus, je n'y suis pour rien.

Une sorte de bonheur douceâtre revient.

À Paule, je donne le collier de lapis-lazuli que j'avais offert à ma mère au retour du Chili. Déjà, je trahis sa mémoire. Tant pis. Je me venge, elle ne l'a jamais porté. « C'est faux, elle avait ce collier le jour où elle est passée à la télévision ! proteste Paule, outrée. Vous lui en voulez tellement que vous inventez n'importe quoi ! » Je suis interloquée. Elle me fait entrevoir un univers de mémoire approximative, de mensonges à moi-même. Elle me met en garde. Je règle des comptes à mes dépens. Si mon cœur doit un jour retrouver la paix, c'est à Paule que je le devrai. Comment lui prouver ma gratitude ?

« Qu'à cela ne tienne, dit Paule en souriant. Si tu veux vraiment me faire plaisir, va interviewer M. Cavada. Il est de l'Assistance, comme moi. »

Pour la première fois, Paule me tutoie. Elle m'invite à en faire autant. Je suis bouleversée. Mais pas prête. Une voix me l'interdit. Celle de ma mère. Paule a le

droit de me consoler, pas de la remplacer. Pas trop vite.
Et même jamais. Au fond, je l'imite. Je lui interdis de
m'adopter...

Quelques semaines plus tard, j'obtiens un rendez-
vous avec sa vedette préférée. Face à moi, un homme
de pouvoir. Un homme aux tempes argentées, au temps
quadrillé. Courtois, séduisant, affectif, déjà dans le
sujet. J'explique : « J'écris un livre sur l'adoption. Je
veux commencer par le récit d'un non-adopté. Vous
êtes ma meilleure proie. Un enfant de l'Assistance,
aujourd'hui au sommet de la réussite sociale. » Je
n'avoue qu'une demi-vérité. Sur la piste des assassins,
il a fait partie des suspects. Il ne s'en doute pas.

D'emblée il me parle de ma mère. Gentiment, à côté
de la plaque. Comme tant d'autres, il est persuadé
qu'elle était très malade, qu'elle a donc fait preuve de
dignité en se donnant la mort. L'image à nouveau
revient. Elle est belle et fière de « passer à la télé ».
Elle monte les marches, il l'accueille, j'ai mal, elle
témoigne pour ceux auxquels on refuse le droit de
mourir dans la dignité. Je me bouche les oreilles. Je
ne l'entends pas. Sur scène, à la télévision, ce jour-là,
sans comprendre ce qu'il fait, Jean-Marie Cavada lui
fait dire qu'elle est prête. Il l'entend. Moi pas. Il s'en
souvient. Moi pas.

Lui n'a jamais pensé que sa mère l'avait abandonné.
Il s'est toujours cru orphelin. Il a donc réussi à faire
le « deuil de sa mère biologique ». Il n'était qu'un
enfant trouvé. Un enfant que l'Assistance recueillait.
Comme tant d'autres à l'époque. De ses parents, il n'a
jamais su grand-chose, mais ils lui ont laissé un nom.
Un nom qui sonne la fierté espagnole. Ils fuyaient la
guerre d'Espagne vers le nord. Ils se trompaient. Au
nord, Hitler soumettait l'Europe à sa loi. L'enfant s'est
persuadé que ses parents étaient morts sous un bom-

bardement. Quand il a réclamé son dossier à sa majorité – vingt et un ans à l'époque –, il a trouvé peu
d'éléments. Il n'a pas imité ses camarades de l'Assistance. Leur course obsessionnelle à la recherche de
leurs origines les rendait malheureux. Un piège qu'il
voulait éviter. De son dossier, il n'a donc gardé qu'une
première page à peine « identifiante », un nom, une
date de naissance. Le reste, face à une cheminée de
circonstance, il l'a jeté au feu. « Des racines, il en faut,
mais pas trop. Et pas à n'importe quel prix. »

L'Assistance proposait « ses » enfants à des familles
d'accueil qu'elle avait au préalable agréées. « C'était
la guerre. Une femme s'est présentée. Son mari était
prisonnier dans un camp de travail. Elle m'a recueilli
parce que j'étais tout chétif. À deux ans, je ne tenais
pas ma tête. Un défi pour une fermière des Vosges !
Elle a vite fait de moi un robuste petit bonhomme qui
courait à travers champs. Elle m'a appris tout ce qu'elle
savait, la terre, les récoltes, les gelées, les arbres frui-
tiers. Et à six ans, inscrit à l'école de la République,
j'étais déjà le meilleur, je savais lire. Comment a-t-elle
réussi, elle qui était illettrée ! » Le petit garçon s'est
attaché à sa « mère ». Il dit *la mère*. « Une femme
brune, courtaude, marquée par les travaux des champs.
Je la trouvais belle. Un visage superbe. Je n'avais
qu'elle. Je l'aimais. »

En 1945, le mari revient. *Le père*. Un homme rus-
tique, presque analphabète, un paysan qui souffre, le
camp n'a pas été une récréation. À la vue de l'enfant,
il se ferme. Doit-il croire sa femme ? L'enfant n'est-il
pas le fruit d'un adultère ? *Le père* se tait. Durement.
À cet enfant encombrant, surabondant, suspect, il
n'adresse pas la parole. Le petit bonhomme de cinq
ans s'y résigne. Il ne peut comprendre ce que *le père*

lui reproche. Il sait seulement que, de cet homme bizarre, il vaut mieux se tenir éloigné.

Pourquoi n'a-t-il pas été adopté ? « C'était trop cher. Lorsqu'une famille d'accueil adoptait, elle perdait son salaire d'accueillant. Elle recevait d'autres allocations en échange, mais ce n'était pas rentable... J'aurais préféré être adopté. » Cette déclaration me laisse sans voix. Elle l'étonne lui-même. Il réfléchit : « C'était sans doute l'angoisse d'être "rendu". » Je sursaute. À quel enfant biologique dit-on que, s'il n'est pas sage, on le rendra ? Il poursuit, pensif : « Je n'avais pas une idée précise des conditions de vie à l'orphelinat. Non, ce n'était pas la peur d'y aller. Tout simplement la peur de quitter ma mère, comme tous les enfants. »

Malgré l'hostilité du père, le climat, le travail de la terre, la solitude, il décrit une enfance idyllique. Tout simplement parce que *la mère* l'aimait. L'assistante sociale qui le visite deux fois par an le trouve épanoui. De quoi l'enfant se serait-il plaint ? Il doit seulement faire attention à ne pas s'écorcher les genoux, ne pas faire de trous dans son pantalon, ne pas user son tricot. Parce que sa famille d'accueil est pauvre ? « Pas seulement. Un enfant de l'Assistance devait venir chercher des vêtements neufs une fois par an. Tout au long de l'année, je n'avais pas le droit de porter d'autres vêtements que ceux de l'Assistance. Chaque fois que je rêvais d'une nouvelle paire de chaussures, j'attendais la seule qui m'était destinée. Si j'avais été adopté, j'aurais pu porter d'autres vêtements... » Il évoque pudiquement cette « anecdote » biannuelle, cette « formalité désagréable ». Avec humour, il me dit avoir un jour entendu l'un de ses amis ironiser : « Il ne sait pas se saper. Pour une star de la télé, c'est plutôt rare ! »

Du vêtement, il s'est vengé par son nom d'origine. Depuis l'enfance, de ce nom inconnu, son nom d'enfant trouvé, il fait une force. Aux yeux de ses copains, son nom sonne « différent », donc supérieur. À l'école, il aime jouer de ses deux noms...

Mais surtout, il est bon élève. Satisfait, l'instituteur suit ses progrès. S'il continue, plus tard, il pourra peut-être passer un CAP de mécanique et travailler à la ville. « J'ai toujours eu le prix d'excellence. Finalement, grâce à mon instituteur, je suis allé au lycée. Vive la République ! » Le soir, quand il a fini ses « tâches », il lit. Il est le seul à aimer les livres. Il est charmeur, des boucles brunes, un visage grave et malicieux. Il se sent bien dans sa peau de préadolescent. Il est fier d'impressionner *la mère*. Ils s'aiment chaque jour davantage. La vie est belle...

Il a douze ans, sa vie se brise. *La mère* est atteinte d'une maladie incurable. De mois en mois, sa santé se dégrade. Elle souffre abominablement. On la soigne au radium, elle a le ventre et les cuisses brûlés. Un jour, elle lui demande de porter une charrette dans le champ du voisin et de ne pas revenir avant deux heures. « Quand je suis rentré, c'était fini, elle était morte. » Je sursaute. S'est-elle suicidée « par dignité » ? « Elle ne voulait pas que son enfant assiste à son agonie. »

Il sait ce qui l'attend. La loi, c'est la loi. Sans femme, une famille d'accueil perd son agrément. Il va être « rendu ». L'Assistance le placera ailleurs. Qu'importent les familles qui se succèdent par la suite. Il a perdu *la mère*. Cette fois, il est vraiment orphelin. Désormais, il ne jouera plus de ses deux noms, il ne portera plus que son nom d'origine. *Le père* s'est remarié. Il a sombré dans l'alcool. À quoi bon le revoir ? L'adolescent n'a plus que les études pour attaches. Il s'y livre d'arrache-pied. Il entre à la faculté, à Nancy. Mais, pour survivre, il ne cesse de se faire embaucher ici et là. À sa majorité, on lui propose un stage dans une radio locale. Son ascension sociale commence. Jamais plus il ne regardera en arrière. À la naissance de sa fille, le passé se confond enfin avec l'avenir...

Je rapporte à Paule le récit de son héros. Je crois lui faire plaisir. Elle est furieuse : « Je ne m'attendais pas à cette histoire. Vous êtes sûre qu'il n'a pas menti ? Qu'il n'a pas inventé ? » J'ai du mal à comprendre les ressorts de sa déception. Ce récit me bouleverse. Pas elle. Pourquoi ne partage-t-elle pas mon émotion ? « Je savais qu'il était de l'Assistance et qu'il n'avait pas été adopté. Finalement, cette femme, pour lui, c'était une sorte de mère adoptive... Et, en plus, il l'aimait comme si elle avait été sa mère ! »

Paule, pourquoi pas ?

Dansons tous les trois

Tu as trois ans. Une enfant superbe. Les éclats de tes rires me ravissent. Tes boucles brunes m'émerveillent. J'ai toujours rêvé d'un enfant aux cheveux bouclés. Un désir que l'hérédité n'a pas satisfait. Les cheveux d'or de Nina sont restés obstinément raides. Comme les miens auxquels ma mère avait parfois infligé de terribles permanentes.

Nous passons un nouvel été dans la grande maison des Genêts d'or. Tu te jettes pour la première fois dans les vagues. Je t'apprends très vite à nager. Le soir, tu t'endors dans mes bras. Tu murmures « maman, je t'aime ». Tes mots ne m'ôtent pas mon chagrin, il est là, toujours là. « Maman, je t'aime. » Tes mots l'adoucissent.

À la rentrée, le destin me joue un drôle de tour. Le ministère de la Culture me propose un poste de direction. Je n'ai aucune expérience de ce type de fonction. Et j'entends plutôt « culture » qu'« administration ». Bien qu'hésitante, je suis flattée. Comme lors de toute décision importante, j'en appelle à mon conseil de famille. « Tu n'as pas le droit de refuser ! s'écrie Nina. D'ailleurs si tu étais un homme, tu ne te poserais même pas la question... » Comme si elle pressentait mes craintes et mes objections, elle ajoute : « Ne t'inquiète pas. Plus tard, quand elle aura grandi, ma sœur, elle aussi, sera fière de toi. » Thierry

l'approuve, admiratif. Je proteste pour la forme :
« C'est un énorme travail. »

Parce qu'un professeur d'université qui enseigne,
préside des commissions de spécialistes, participe à
des colloques, dirige des thèses, écrit des articles et
des manuels... c'est un paresseux peut-être ? Comme
si ces clichés ne m'avaient jamais fait râler ! Il
n'empêche, les horaires sont plus souples. Désormais,
je serai moins libre de les organiser, moins disponible.

Thierry en convient. Il promet de prendre la relève
à la maison. À charge de revanche, lorsque que ce serait
son tour. Au téléphone, Paule m'attendrit. Elle pro-
nonce à voix haute l'ordre qu'en mon for intérieur je
murmure et censure : « Si votre mère vivait, vous
n'oseriez pas refuser... »

Le directeur de cabinet du ministre m'accueille froi-
dement. Je ne sors pas de l'ENA et, jusque dans mon
vêtement, je défie le rouleau compresseur des pouvoirs
bureaucratiques. « Il paraît que vous avez des enfants.
Vous ne comptez plus aller les chercher à l'école,
n'est-ce pas ? » Il me fait le coup de l'« heure des
mamans » ! Me poserait-il cette question si j'étais un
homme ? En quelques mots, notre échange scelle le
piège dans lequel je me jette éperdument.

Des trois années qui suivent, je garde un souvenir
aussi joyeux qu'exténué. Je découvre un monde fréné-
tique dont les codes, les horaires et les rituels les plus
inutiles conviennent à la condition masculine. Peu
importe, j'apprends à signer les parapheurs chargés de
TTU, je ne demande plus s'ils sont vraiment très très
urgents, je les signe. Je mesure les rivalités interminis-
térielles, j'étudie l'informatique des bibliothèques,
j'arbitre les conflits entre éditeurs et libraires, j'invente
des réformes, je me fais beaucoup d'ennemis, de
solides amis aussi, je prends au sérieux les jeux les

plus dérisoires, je m'amuse, je ne vois pas le temps passer. Sauf le temps des week-ends et des vacances dont chaque minute reste sacrée.

À la maison, tout va bien. Du moins n'ai-je que le choix de m'en persuader. Thierry s'adapte sans se plaindre. Je le soupçonne de travailler de plus en plus. Il m'est difficile de le lui reprocher. Bien sûr, il faut changer Nina de lycée. Un lycée moins littéraire. Les beaux quartiers savent déjouer les ruses de la carte scolaire. Au nom de l'intérêt de l'enfant, de leurs enfants... Peut-être ai-je pris la décision trop vite ? Ou trop lentement ? Peu importe, chaque fois, avec Nina, tout finit par s'arranger. Mais elle sort de l'adolescence. Trop tôt. Ses câlins se font plus rares. Je ne dois pas le lui faire remarquer. Quant à toi, de ton école dite maternelle, tu rapportes fièrement tes premiers dessins.

Grâce à « mon chauffeur », je m'autorise quelques transgressions. C'est un homme étrange que je prends en vive amitié. Dès qu'il réalise que mes escapades me mènent plus sûrement chez un pédiatre que chez un amant, il se fait un devoir de protéger mes secrets. Personne n'en saurait jamais rien, pas même le plus macho des directeurs de cabinet !

Un jour, je réussis à m'échapper pour l'« heure des mamans ». Je t'aperçois de loin sortir de l'école. Je bondis de la voiture en te tendant les bras. J'ai voulu te faire une belle surprise. Bien mal m'en a pris. Tu t'enfuis. Je te rattrape. Tu te débats en sanglotant : « Va-t'en, ils disent que tu n'es pas ma mère. Tu ne me ressembles pas. Je veux voir papa, lui, au moins, c'est mon papa. » Stupéfaits, Thierry et moi essayons de te consoler, de te raisonner. Tu sais bien que nous t'avons adoptée, tu as vu les photos, les cassettes, nous t'avons toujours dit la vérité. Mais tu ne l'as entendue que partiellement. C'est le regard des autres qui, brutalement, te jette à la tête ta différence.

Tu mets plusieurs mois à surmonter ta douleur. Tu prends des chemins obliques : à la plage, tu te couvres de sable blanc et claironnes que ton père est plus bronzé que toi ; lorsqu'un voisin te demande ce que tu veux faire plus tard, tu réponds sèchement : « Blanche, comme maman. » Et tu mords jusqu'au sang la petite fille qui, lors d'un goûter d'anniversaire, affirme que tu as quatre grand-mères...

Tu te prends de passion pour un adorable petit garçon très brun. De ta voix d'enfant, tu dis que Rachid est ton amoureux et que tu ne le quitteras jamais. Plusieurs dimanches de suite, j'invite ton nouvel ami. La mère de Rachid est une femme timide et courtoise. Son fils lui ressemble. Je lui en fais la remarque. Elle sourit : « Rachid est un enfant adopté, comme votre fille. Il est né à Alger. Mon mari et moi sommes français d'origine algérienne. Nous préférions adopter un bébé de là-bas. » J'ai donc commis une gaffe. Elle ne m'en veut pas. Elle a l'habitude. Au risque de m'enfoncer davantage, je l'interroge.

– Dans les pays musulmans, l'adoption n'est-elle pas interdite ?

– Vous avez raison. Dans le Coran, il est écrit : « De vos fils adoptifs, Allah n'a point fait vos fils. » Mais, en Algérie, le nombre de bébés abandonnés ne cesse d'augmenter. Il faut bien trouver des solutions. Des gens courageux se sont battus pour contourner l'interdiction par la Kafala. Une procédure proche de l'adoption simple. Nous ne sommes pas musulmans, mais, dès qu'on nous a signalé ce bébé abandonné dans une pouponnière près d'Alger, nous sommes allés nous convertir à la mosquée...

Passionnée par son récit, je m'exclame :

– Et ils vous ont laissés adopter Rachid ?

Elle nuance :

– Ils nous ont permis de l'emmener. Mais c'est en France que les choses se sont compliquées. Tout juste si on ne considérait pas ce bébé comme un clandestin relevant des lois Pasqua ! Sous prétexte que Rachid était né en Algérie, le gouvernement français ménageait les préférences religieuses de ce pays « utile ». Si sa mère biologique avait accouché sous X à Paris, la loi française aurait été appliquée. Les enfants subissent une discrimination en fonction de leur lieu de naissance.

J'attends le retour de Thierry pour lui relater ce récit. Une voix furieuse m'interrompt : « Qu'est-ce que tu racontes, maman ? Rachid est un adopté ? C'est vrai ? Je ne lui parlerai plus jamais ! » De colère, tu jettes ton assiette à terre. Rachid ne revient plus goûter à la maison. Cécile la remplace. Tu en fais ta meilleure amie, non sans avoir vérifié que ses parents sont ses « vrais » parents.

Nathalie m'assure qu'il en est souvent ainsi : « Les enfants adoptés se fuient. Ou, du moins au début, font-ils semblant de s'éviter. Lorsqu'ils se découvrent et se parlent, ils le font à l'abri de leurs parents. Parce qu'ils préféreraient ne pas avoir été adoptés. Ils veulent être "comme les autres" : légitimes parce que biologiques. »

Devons-nous te parler davantage de ton adoption ? Faut-il aller au-devant des questions que tu ne poses pas ? À la moindre tentative, tu détournes la conversation. À ta manière si particulière : « Maman, je bougeais beaucoup quand j'étais dans ton ventre ? » Tu ne veux rien savoir. Devons-nous insister ?

Parfois, de plus en plus souvent, tu me rejettes durement pour te réfugier dans les bras de ton père. Parce que je ne te consacre plus assez de temps ? Je me le reproche. Thierry proteste. Mon travail n'y est pour rien. Tu aurais la même attitude à l'égard d'une mère au foyer. Patience, tu es si petite, ce n'est qu'une question d'âge.

Les rites de l'alternance politique mettent fin à mes fonctions dites d'intérêt général. J'en prends mon parti, non sans quelque nostalgie. Après avoir mesuré la distance entre le savoir académique et la réalité administrative, j'ai du mal à retrouver ma foi d'enseignante. L'université m'ennuie, désormais. Il me faudra du temps pour reprendre goût à la recherche. Peu importe, cet intermède professionnel m'a aidée à tenir à distance le tourment d'un deuil impossible.

On me rend à ma famille. Je m'en réjouis. Mais elle a changé. Le lien familial ressemble au progrès. Tous deux discontinus, soumis aux aléas d'une histoire dont le sens reste imprévisible. Bref, en amour comme en politique, le pire n'est jamais impossible. Mais les catastrophes ne sont pas toujours brutales. Surtout lorsque nous consacrons notre intelligence à les conjurer.

Il m'arrive ce qui arrive à toutes les mères. Nina a grandi. Après avoir brillamment réussi son bac, elle poursuit des études de biologie à l'université. Elle s'éloigne. Je triche un peu en lui louant un studio à deux cents mètres de la maison. Dans le quartier, les loyers sont élevés. Je me débrouille. Ma mère en avait fait autant. Nina ne s'éloigne pas encore si loin... Pour le moment. Lorsqu'elle m'annonce son inscription pour une année de recherche en Australie, mon désarroi est plus douloureux. Une éternité au bout du monde ! Le jour de son départ, à la fin de l'été, je nage sous l'eau pour qu'elle ne me voie pas pleurer. Je me soumets à l'ordre des choses. Comme toutes les mères, je tais mon chagrin, je crie ma fierté, je l'aide de mon

mieux à prendre son envol. Toi, tu t'enfuis en pleurant :
« Ma sœur m'abandonne ! » Tu reviens souriante. Tu
me défies de ton beau regard noir : « Tant mieux. Je
suis ta fille unique, maintenant. On sera mieux tous les
trois. »

Tu n'as pas tort. Ta présence me rend le départ de
Nina moins pénible. Quelle belle idée j'ai eue de
t'adopter ! Mais je ne veux pas te faire jouer le rôle de
roue de secours, de lot de consolation. J'y veille. Mal.
Ton éducation manque de contraintes, de limites, de
discipline. Tu deviens le prototype de l'enfant gâté.
Thierry ne m'aide pas à redresser la barre. Mes remarques l'exaspèrent : « Tu as oublié à quel point tu étais
laxiste avec Nina quand elle avait son âge ! Tu ne lui
demandais jamais de ranger sa chambre, tu ne l'empê-
chais pas de regarder la télévision avant de se coucher. » Sur ce thème, nous nous disputons de plus en
plus fréquemment. Au début, la mauvaise foi de
Thierry me choque. Mais il argumente, me fournit des
exemples, m'assène des preuves. L'incertitude me
gagne. Non, je ne doute pas de t'aimer autant que
j'aime Nina. Mais peut-être, inconsciemment, ai-je fait
une différence ? Peut-être suis-je décidée à t'élever
plus sévèrement parce que tu n'es pas de mon sang,
parce que, au fond de moi, j'ai moins confiance en toi
qu'en Nina ?

Je me livre à des introspections sans réponse. Rapidement, tu profites de mon désarroi. À la moindre de
mes remontrances, tu te précipites dans les bras de ton
père. Il te fait voltiger. « Montre-moi ta fossette, ma
princesse, tu es la fille de Simón Bolívar, il avait la
même. » Tu protestes, maligne et câline : « Je suis la
fille de mon papa et mon papa, c'est toi. »

Dans vos rires, vos boucles se mêlent. Le bonheur
de Thierry m'émerveille. Je fonds de tendresse. Je vous

aime tant, tous les deux. Qu'importe donc que tu aies, une fois de plus, renversé le Nutella sur ton oreiller ! Faut-il que je sois stupide pour te le reprocher ?

L'inquiétude sourdement revient. Ton désordre ne ressemble pas à ceux que j'ai connus et si bien tolérés. Il manifeste plus qu'une simple nonchalance d'enfant gâté. J'y perçois comme une rage secrète, une violence mystérieuse. Tu ne te contentes pas de casser systématiquement tes jouets ou tes fournitures scolaires, tu fourrages les stylos jusqu'à en extirper la mine, tu vides de ses piles la télécommande.

Je tente de plaisanter : « Tu as la maladie des piles, maintenant ? » Tu me réponds gravement : « Ce n'est pas une maladie, maman, c'est pour comprendre. » Immédiatement, je m'en veux de sous-estimer ton intelligence. Thierry m'approuve, heureux de mes remords. « Et si elle était surdouée ? Pourquoi ne pas lui faire mesurer son QI ? »

Ton QI se révèle parfait. Normal, donc parfait. Mais tu commences peu à peu à faire des trous. Dans tes oreillers, dans ton matelas, dans le parquet, bientôt dans les murs. Des trous de plus en plus gros. Au début avec un tournevis, puis avec des canifs que tu rapportes de l'école, sans doute à la suite d'un troc quelconque. « Tu cherches un trésor ? » demande Thierry. « C'est moi, ton trésor », réponds-tu pour la plus grande joie de ton père. « Elle a éventré son ours », se désole la baby-sitter, un soir que nous rentrons d'un dîner. Je sursaute. « Éventré » ? N'est-ce pas le mot que je cherche depuis quelques semaines, le mot que je refoule ? Thierry réagit sévèrement : « Tes fantasmes sont déraisonnables ! » Je ne demande qu'à le croire.

« Je déteste ma chambre, me déclares-tu d'un air boudeur. Je voudrais choisir mes meubles toute seule. Je n'ai pas l'impression d'être chez moi ! » Je refuse tout net ce qui me paraît relever d'un caprice. Ta chambre vient à peine d'être réaménagée. Tout y est neuf. Au téléphone, Paule me désapprouve : « J'avais une chambre immense qui me faisait peur. En velours marron, avec des portraits du tsar de Russie et de la reine de Belgique. Laissez-la choisir sa chambre ! » Cette fois, Paule m'agace. Dans ta chambre, je ne t'ai imposé ni tsar ni reine. Même si, il est vrai, j'ai tendance à critiquer tes posters de starlettes, plus stupides les unes que les autres. Tu ne tardes pas à me punir. Un à un, tu détruis tous les meubles. Un à un, ton père les remplace. Tu le remercies avec une tendresse qui le bouleverse.

L'année passe. Et Nina rentre d'Australie. Quel bonheur ! Je retrouve ma fille aînée, ma complice de toujours. Je lui fais part de mes inquiétudes. Ton dernier bulletin vient de me parvenir. Il est effroyable. Tu te précipites vers ton père : « Maman va encore me gronder. Elle veut que je sois toujours première comme Nina. Et comme elle aussi quand elle était petite... » Il caresse tes boucles et m'adresse un soupir navré. « Mais toi, papa, je suis sûre que tu étais un très mauvais élève. Comme moi. » Thierry n'ose pas te contredire. Devrais-je le faire à sa place ?

Ton institutrice me convoque. Tu la déconcertes. Certains jours, tu parais ailleurs, déconcentrée, n'écoutant rien, tailladant ton bureau avec un canif que régulièrement elle te confisque. Mais il t'arrive aussi de faire le pitre, d'entraîner la classe entière dans des sarabandes survoltées. Ton niveau baisse, tu lis mal, écris encore moins bien. Peut-être faudrait-il envisager un redoublement plutôt que de te laisser intégrer la classe de sixième au collège ? Elle me conseille aussi de t'emmener « voir quelqu'un ». Quelqu'un ? Elle précise : « Un psychothérapeute pourrait l'aider. »

Thierry se fâche. Pas question d'aller consulter un psy à la moindre mauvaise note. C'est une mode à laquelle il ne se pliera pas. D'ailleurs, si l'institutrice me donne ce conseil, c'est qu'elle sait que tu es adoptée. Qu'elle s'occupe plutôt de Cécile, ta meilleure amie depuis la maternelle. Elle a bien plus de problèmes que toi et pourtant elle est biologique ! Et depuis quand fait-on redoubler un enfant de ton âge ? Les enfants n'apprennent pas tous au même rythme. Chacun est particulier. Comment peut-on envisager d'en faire un troupeau uniforme ? Comment peut-on leur infliger si jeunes une telle humiliation ? Il ira voir ton institutrice, et même le directeur. Et, s'il n'arrive pas à les persuader, il te changera d'école, mais jamais, jamais, il ne te laissera redoubler.

Thierry a des convictions que je partage en général. La polémique sur le redoublement fait rage. Ma position est plus nuancée que la sienne. En outre, s'agissant de toi, est-il impartial ? Peu importe. Sa détermination est exemplaire. Je n'ai pas envie de douter de lui, de nous. Et je voudrais aussi profiter de ma nouvelle liberté, ne pas la gâcher en me rongeant d'inquiétude à ton sujet. Je n'insiste pas, je préfère me mentir un peu.

Par un heureux hasard, je trouve dans ton cartable une lettre du médecin scolaire. Tu as « oublié » de nous la communiquer. Ta vue paraît défaillante. Il nous conseille de consulter un ophtalmo. Je prends immédiatement rendez-vous. Que n'y ai-je pensé plus tôt ! Si tu vois moins bien, tes difficultés scolaires s'expliquent. Diagnostiquant un début de myopie, l'ophtalmo prescrit le port de lunettes. Nous les choisissons ensemble, toi et moi. Les plus légères, les plus gaies possible. Elles te vont bien. Elles te donnent un petit air sérieux et mystérieux.

Au Chili, personne n'aurait sans doute constaté ta myopie. Tes études en auraient été davantage abrégées, ta personnalité abîmée, ton équilibre en danger. Un détail dans cette immense injustice que l'adoption, au moins, répare ? Quelles réflexions stupidement humanitaires ! Pour qui suis-je en train de me prendre soudain ? Vais-je confondre le devoir d'ingérence et l'adoption ? Je me suis offusquée des applaudissements de mes amis et voici que j'en fais autant. La tentation de s'applaudir soi-même n'est jamais loin.

Les lunettes provoquent chez toi un inconsolable chagrin. Tu les casses, les piétines à plusieurs reprises. Je t'en commande d'autres, que tu perds. Tu m'en veux de t'avoir conduite chez ce crétin d'ophtalmo. Bizarrement, Thierry aussi. Comme si nous étions responsables de ta myopie, l'ophtalmo et moi.

Les vacances d'été mettent provisoirement fin à cette crise. Tu n'es plus obligée de porter tes lunettes. Tu redeviens joyeuse, dynamique, tyrannique, adorable. J'admire surtout ta fidélité en amitié. La plupart des enfants de ton âge changent d'amis au gré de leurs rencontres. Pas toi. Tu les choisis sérieusement, tu veilles à préserver vos confidences et vos secrets. Cécile reste ta préférée. Nous l'invitons chaque été. En revanche, lorsque, pour une raison ou une autre, l'une de tes amies s'éloigne, tu trépignes de colère et de chagrin. « Elle nous casse les oreilles avec son syndrome d'abandon », s'exaspère Nina. Thierry ne supporte pas cette remarque : « Quel abandon ? Elle est comme nous avec nos amis, elle nous ressemble de plus en plus. L'éducation, c'est l'exemple... »

L'été nous permet d'oublier les égratignures de l'année. Il nous rapproche, Thierry et moi. Notre amour flamboie. Pas seulement notre amour pour toi. Notre amour, tout simplement. Si tant est que nous puissions encore faire une différence.

Un soir, Carmen nous présente un ami chilien. Un résistant, un poète, un musicien. Sa guitare fait taire les cigales. Mais toi, tu sembles manifestement exaspérée par notre admiration.

– Tu ne trouves pas qu'il chante bien ? Toi aussi, plus tard, peut-être que tu chanteras comme lui.

– Je chanterai mieux que lui. Mais lui, je ne l'aime pas.

– Pourquoi ? demande ton père, étonné.

Tu cries en te bouchant les oreilles, une grimace moqueuse à notre intention :

– Je déteste les Chiliens !

Téo chante. En silence, nous regardons les étoiles. La main dans la main, nous écoutons cette voix puissante et les paroles de Violeta Parra. « *Te amo. Eternamente...* Quand je t'ai vue, j'ai su que c'était certain... *Tu mano*, j'ai besoin de ta main... Ces torrents qui m'animent... Éternellement, je t'aime... Mais si je dois mourir... »

Soudain, mon cœur bat plus vite. Je n'ose pas regarder Thierry. Il ferme les yeux. Il a entendu aussi. Sans le savoir, Téo vient de prononcer un prénom enfoui, enterré, oublié. Un prénom minutieusement effacé de tes papiers d'identité, effacé de nos mémoires. Ton prénom d'avant. Sans le savoir, Téo déclenche une déflagration. Thierry se lève. Il me prend dans ses bras. Nous dansons, suppliant les étoiles de ne rien révéler de notre émotion. Thierry me serre trop fort. Les tambours de son cœur répondent aux miens.

« Éternellement... »

Chuchotant contre la poitrine de Thierry, je traduis les mots. Je m'arrête au prénom. Notre secret. Je

n'arrive pas à le prononcer. « Mon amour, mon
amour », répète Thierry, sans que je sache à qui
s'adressent ces mots. À sa femme, à sa fille ou à elles
deux ?

« Je t'aime tant... Depuis si longtemps, depuis toujours. »

Je calcule le nombre des années. Non pas celles qui
nous séparent, mais celles qui nous rassemblent.

Une tornade brune nous bouscule. « Papa, papa,
danse avec moi, pas avec maman. » « Et si elle nous
foutait la paix ? » soupire en moi une amante rivale.
Thierry te prend dans ses bras tout en me serrant contre
lui. « Dansons tous les trois. Ensemble », tranche-t-il,
tendrement, fermement.

Je m'écarte. Tu me fatigues. Tu m'agaces. Ton
immaturité m'inquiète. Tu vas avoir douze ans. Tu te
conduis comme un bébé. De loin, je t'entends dire à
ton père : « Et si on faisait un bébé, toi et moi, et qu'on
le mette dans le ventre de maman ? »

Pourquoi ?

Nous passons l'été entourés d'une ribambelle
d'enfants, leur organisant des jeux, des concours, des
ballets aquatiques. Carmen et Paule n'ont pas leurs
pareilles pour les déguiser, leur frotter les joues au
bouchon noir et les lancer dans de folles courses au
trésor. Quand tu gagnes, Nina applaudit. Tu cours dans
mes bras :

– Maman, maman, à mon âge, Nina était aussi forte
que moi au jeu du bouchon ?

– C'est toi mon petit bouchon, intervient ton père.

Pour m'éviter une gaffe ?

Tu m'annonces, tout excitée : « J'ai invité des nouveaux copains. Je les ai rencontrés au village. Ils
viennent passer la journée de demain. » Tu aurais pu
me demander la permission. Je me garde de t'en faire

la remarque. Tes nouveaux amis ont une drôle d'allure : oreilles percées, tatouages, accent vulgaire. Mais ils paraissent très polis. À la vue du tuyau d'arrosage que je tiens en main, le premier me salue avec commisération : « Ce n'est pas trop dur, ce travail ? La propriété est si grande ! Vous êtes bien payée, au moins ? » Tu ne me laisses pas le temps de répondre. Ton regard me supplie. Un doigt sur la bouche, tu exiges impérieusement mon silence. Je m'éloigne, interloquée, dévorée de curiosité. Qu'as-tu encore inventé ?

Tes amis prennent congé. Tu te précipites vers moi :

– Maman, merci, tu es si gentille. Je voulais tellement qu'ils viennent. S'ils avaient su qu'on était propriétaires, ils n'auraient pas osé. J'ai raconté que tu étais la gardienne ! Du coup, ils n'ont pas deviné que j'étais adoptée !

– Je ne vois pas le rapport.

– Parce que tu crois qu'une gardienne a les moyens d'adopter un enfant !

Tu mélanges tout. Tu m'angoisses. Un peu. Je me tais.

C'est au tour de Thierry de se voir proposer de lourdes responsabilités administratives dans le cadre du ministère des Affaires étrangères. Il hésite. Il brûle d'envie d'accepter. Mais ce poste impose de nombreux voyages à l'étranger. Je l'encourage. Il étouffe dans son rôle d'universitaire. Il a mérité d'aller faire un petit tour sur d'autres terrains. J'y encouragerais d'ailleurs n'importe lequel de mes collègues. Je suis désormais convaincue de la nécessité d'échapper pour un temps à l'université et de frotter son intelligence à d'autres réalités. Thierry plus que n'importe qui. Il s'arrangera pour que ses absences ne bouleversent pas notre vie familiale. Je crois en lui, j'ai confiance en moi, j'ai déjà élevé un enfant, je continuerai de même avec toi...

C'est moins facile que je le pense. Sans que je puisse affirmer que les nouvelles fonctions de ton père soient en cause. En son absence, j'ai de plus en plus de mal à te réveiller, à te sortir de ton lit. Le collège t'ennuie. Je trouve des astuces.

– Si tu t'habilles rapidement, on prend le petit déjeuner au café d'en face. Tu pourras faire une partie de flipper.

– Quelle bonne idée, ma petite maman chérie ! À condition que tu joues avec moi. Je t'apprendrai.

La bonne idée devient vite une habitude. Nous formons un couple d'habitués étrange, chaque matin, vers huit heures. Les gens nous regardent d'un drôle d'air. Tant pis. Au moins ai-je réussi à te sortir du lit sans drame. Mais, à l'heure du départ pour l'école, ton regard noir se ferme, ton dos se voûte sous ton lourd cartable, tu pars sans un seul mot. Il arrive aussi que tu reviennes te jeter dans mes bras : « Maman, maman, je t'aime tant. Quelle horreur, cette longue journée sans toi ! »

J'adapte les horaires de mes cours de manière à venir te chercher à la sortie du collège. À ma vue, tu traînes les pieds, boudeuse. Tu finis par déclarer que ce n'est plus de ton âge, tes amis se moquent de toi. Tu exiges tout de même que je t'attende au café pour une nouvelle partie de flipper... Soit.

Tu n'aimes pas faire tes devoirs, encore moins que je t'aide. J'engage donc un répétiteur. Ce jeune étudiant paraît sérieux. Mais, un jour, je t'entends crier qu'il a mis sa main dans ta culotte. Honteux, mortifié, le jeune homme jure qu'il n'en est rien. Dois-je le croire ? Vrai ou faux, je suis bien obligée de me passer de ses services. Tu perçois mon malaise, tu me devines trop bien, tu me dénonces à ton père : « Maman me prend pour une menteuse, elle ne me croit jamais. »

« Si c'était arrivé à Nina, elle, tu l'aurais crue ! »
proteste Thierry. Il a raison. En une telle circonstance,
jamais je n'aurais douté de la sincérité de Nina. Toi,
j'ai de plus en plus de mal à te croire. Par la suite, je
prends soin de ne plus faire appel qu'à des répétitrices.
Elles se succèdent à grande cadence sans que tes résultats scolaires s'améliorent.

Tu joues de ta séduction en toute occasion. Parfois
jusqu'à me mettre mal à l'aise. Tu te prends de passion
pour l'un de mes thésards. Il vient régulièrement me
rendre compte de l'avancement de ses recherches. Tu
l'interromps, tu lui fais du charme. Courtois, il te
trouve délicieuse. Mais le jour où tu lui demandes s'il
a des poils sur la poitrine, il paraît décontenancé.
Lorsque tu tentes de déboutonner sa chemise, il est très
gêné. Je le suis encore plus. Je t'ordonne de cesser de
l'importuner. Tu hurles : « Attention à ma mère, elle
est nymphomane, elle va vous violer. Et si vous
refusez, elle vous mettra un zéro ! »

Mon récit fait rire Thierry : « Nymphomane ! Quel
vocabulaire extraordinaire pour son âge ! Mais
n'oublie pas qu'elle a toujours été très jalouse. Elle a
un petit crabe dans le ventre... »

Ton professeur de français se désole. Ses cours, tu
ne les « kiffes » pas. Tu l'as traité de grand-père, tu
n'aimes pas sa grammaire, tu préfères celle des textos.
Mes amies tentent de me rassurer. Après tout, tu n'es
pas le seul enfant de ton âge à t'ennuyer en classe.
Elles ont presque toutes connu ce genre de difficultés.
Que l'air du temps aggrave. Les enfants ne sont plus
ce qu'ils étaient... Le rap et le chat, la pub et la télé
les ont transformés. Patience, il faut s'adapter. Je tente
des diversions culturelles ou sportives. Sans succès. Tu
te fais rapidement renvoyer des cours de danse, de
théâtre ou de tennis. Pourquoi ne pas essayer le dessin,

pour lequel tu manifestes des dons évidents ? L'échec n'en est que plus pénible. Je suis découragée mais coupable de ne pas insister. Reste la musique. Tu casses à coups de marteau les touches du piano que je t'ai loué. Quant au professeur de guitare, il s'avère aussi « pédophile » que ton premier répétiteur.

— Dommage, soupire-t-il en empochant son salaire. Elle a vraiment une voix d'enfer !

— Ce n'est pas vrai ! J'ai une voix de caisson. Depuis que je suis toute petite, ma mère me le répète !

Tu aimes la musique. Mais seulement pour l'écouter. Je suis très vite dépassée. Le rap envahit l'appartement. J'y suis malheureusement allergique. J'essaie de me raisonner. Je me rappelle l'incompréhension de ma mère lorsque, à ton âge, je faisais hurler les Beatles. Sans doute s'agit-il des mêmes provocations puériles. J'essaie de m'en persuader. En vain. Je préfère les Beatles à NTM. À la naissance de Nina, penchée sur son berceau, je lui chantais *Help* et je l'appelais déjà mon enfant d'océan. *Ocean Child*. Je ne savais pas que plus tard tu viendrais, toi, comme Yoko, enfant de l'océan. Tu me nargues subtilement : « Nique ta mère, au moins, c'est français. Pas comme tes Beatles ! »

Inconsciente, ma génération rebelle a semé les campanules de la mondialisation. La tienne au moins réhabilite le langage de l'immigré. Un langage de Français avec papiers. Comprenne qui voudra... Mais « niquer sa mère » provoque en moi un malaise indicible. Une expression comme une autre ? Je ne parviens pas à la banaliser. Thierry me juge sectaire. Peut-être. Je tente, une fois de plus, de faire appel à ma raison. Mais c'est l'oreille qui ne suit pas. Cette musique m'exaspère. Une affaire de génération ?

« Mes copines ont la télé dans leur chambre. Pourquoi pas moi ? » Je cède. Après tout, une télévision peut vous ouvrir le monde. Je pourrais te sélectionner quelques programmes intéressants, les regarder avec toi, les commenter, les discuter. Tu ris. On n'aime pas les mêmes programmes... Mais tu me remercies avec fougue en me serrant si fort dans tes bras que je me rassure. Tu es ainsi, changeant d'humeur à tout moment. Je dois respecter ton caractère.

Tu ne tardes pas à réclamer une PlayStation. Accrochée à ta manette, secouée de mouvements frénétiques, tu débordes d'énergie. De mon bureau, je t'entends crier : « Bingo, j'ai gagné ! » Tu me proposes de jouer avec toi. J'en suis incapable. Moi qui aime tant jouer, je ne peux pas. C'est au-dessus de mes forces... Au moins retrouves-tu tes rires, ta fossette. J'en suis lâchement soulagée. Après tout, tu es une adolescente comme les autres. Et moi, j'ai sans doute pris un petit coup de vieux. En réalité, j'oscille entre fermeté et démission. Je me trompe chaque fois. Exagérément ferme là où il faut plus de compréhension et inversement. Mes examens de conscience blessent-ils mon orgueil ? En tout cas, ils m'épuisent.

Tu revendiques le droit de fermer ta chambre à clé. Je m'y oppose. Nathalie, mon amie psy, me désapprouve : « Les enfants d'aujourd'hui mûrissent plus rapidement qu'avant. Ils ont besoin de cette indépendance. » Une preuve de maturité ? En ce qui te concerne, je crains plutôt une régression. Cette fois, je ne céderai pas ! Hélas, je finis par négocier. Deux heures par jour, tes devoirs terminés, tu auras le droit d'accrocher à ta porte une pancarte « Ne pas déranger ». Je m'engage à respecter ta nouvelle intimité. Laquelle de nous deux rompt le contrat la première ? Moi, sans doute, lorsque je découvre que tu n'ouvres même plus ton cartable.

Tu commences à fumer. J'essaie de te convaincre de

la nocivité du tabac. Une nouvelle erreur de ma part.
De quoi vais-je me mêler ? Je t'ai donné l'exemple.
Tes paquets de Marlboro, c'est dans mon sac que tu
les prends ! Tu me dénonces à ton père : « Cette fouil-
leuse de merde n'arrête pas de rentrer dans ma
chambre, d'ouvrir mon cartable. Et je suis sûre qu'elle
lit mon carnet intime en cachette ! » J'enregistre qu'au
moins tu écris parfois quelque chose. Thierry te
gronde. Mollement. Tu sanglotes sur-le-champ.

– Papa, mon papa chéri, ne pars plus en voyage, je
suis trop malheureuse quand tu n'es pas là. Elle est
toujours sur mon dos. Elle n'arrête pas de me battre.
Chasse-la, elle nous pourrit la vie à tous les deux !

– On ne dit pas « elle » en parlant de sa mère, se
contente de répondre Thierry.

Je proteste que je ne t'ai jamais frappée. Comme si
j'avais besoin de me disculper !

Il ne t'est pas difficile de provoquer ce que tu cherches à obtenir. Je finis par t'envoyer une gifle. Légère,
certes, mais une gifle tout de même. Tu tombes à la
renverse sur ton lit, comme évanouie. Je me penche
vers toi et pousse un cri. Tu as le visage en sang.

Ton père se précipite :

– Ce n'est rien. Elle saigne du nez. Mais tu n'aurais
pas dû la gifler.

Il ne parvient pas à me rassurer.

– Je l'ai à peine effleurée. On ne saigne pas du nez
pour une pichenette. Je vais consulter le pédiatre !

Tu hurles de plus belle :

– Devant toi, elle joue les bonnes mères. Mais elle
ne maîtrise pas sa force !

– On ne dit pas « elle » en parlant de sa mère, répète
machinalement Thierry.

C'est tout ce qu'il trouve à dire !

Thierry sort de la pièce. Il est de plus en plus las de

nos disputes, excédé par mon incapacité à pacifier ta crise d'adolescence. Je ne le suis pas moins par son indulgence et par ta duplicité. Et surtout par ce pressentiment d'un échec que je ne peux supporter.

La crainte de détruire notre vie me donne la sagesse d'un sursaut. Tu obtiens le droit de fermer ta chambre à clé et de t'y enfumer. Le droit aussi d'uriner par terre dans ta salle de bains sans jamais nettoyer les traces. L'odeur ne te gêne pas ? Tu hausses les épaules. La femme de ménage est là pour ça. Tu ne vas pas la mettre au chômage, celle-là, tu l'aimes trop !

Deux mois durant, je me tais. Je te laisse prendre les rênes de notre cellule familiale. Deux mois de rêve. L'espoir revient, la tendresse aussi. « Je t'aime tant, ma petite maman, tu m'emmènes au McDo ? » Ou, mieux : « Viens avec moi, on va faire les soldes ensemble. » Je ne suis pas dupe, mais peu importe. Je ne commets plus les maladresses habituelles. Je me garde bien de répondre que je préférerais t'emmener au théâtre ou au musée. J'ouvre grande ma bourse et savoure ces moments de complicité.

Je retrouve mon humour et mon autonomie, lis les journaux, me lance dans la rédaction d'un manuel, un projet qui me tient à cœur. L'équilibre antérieur est rétabli. Mes relations avec Thierry plus harmonieuses que jamais. Au fond, j'ai compris. Tu n'es pas en cause. Je me mets en garde contre moi-même. Je suis moins forte que je ne le crois. C'est en moi que réside le problème. Ma léthargie, mes tensions, mes surveillances obsessionnelles ? Une dépression passagère que j'ai enfin réussi à maîtriser.

Thierry m'approuve. Heureux de ma lucidité retrouvée.

Bâtards

Le soulagement de Thierry ne me surprend pas. La tristesse de Nina davantage. Ma fille aînée, si lointaine, me surveille. Je ne m'en suis pas rendu compte. « J'ai si peur quand tu vas mal, maman », m'avoue-t-elle d'une petite voix, un jour que nous déjeunons ensemble, complices et tendres, dans un restaurant du quartier. Je l'observe, stupéfaite. Elle pleure ! J'ai honte de ne pas m'être occupée d'elle davantage ces derniers temps. Que lui arrive-t-il ? Des problèmes dans son laboratoire de biologie ? Un chagrin d'amour ? Un imbécile qui l'a délaissée ? Nina secoue la tête en signe de dénégation. Avec son amoureux, tout « baigne ». Avec la biologie aussi, son directeur l'encense. « J'ai peur pour toi. Tout le temps. Même quand tu vas bien ! » Cette fois, Nina sanglote. Dans un restaurant ! Devant tout le monde ! Ce n'est ni son genre ni le mien... Je suis affolée. « Peur pour moi ? Mais de quoi ? » Elle balbutie convulsivement. Elle ne veut pas que je me suicide. Pourquoi ma mère s'est-elle suicidée ? Je n'ai jamais réussi à le lui expliquer. Elle ne cesse d'y penser. Elle n'a jamais osé me l'avouer. Elle a craint de me faire plus mal encore.

La situation me paraît grave. Au point que je lui suggère de consulter un psychothérapeute. Venant de moi, le conseil devrait la surprendre. Nina m'approuve. Par défi ? Elle paraît s'étonner de m'en voir soulagée.

J'en suis aussi surprise qu'elle, mais je ne peux pas supporter qu'elle soit déprimée. Elle travaille beaucoup trop. Elle a droit, parfois, à l'expression soudaine d'une détresse. Ce n'est pas moi qui vais le lui reprocher. Je l'aiderai. J'ai confiance en elle, en moi, en nous deux. Et je n'ai aucune envie de me suicider.

J'ai surtout besoin de sérénité pour poursuivre mes recherches. Je voudrais terminer la rédaction de ce manuel d'économie avant l'été. J'aimerais cesser de m'inquiéter pour mes filles ! Faire une pause. Thierry m'y engage fortement.

Tu ne m'en donnes pas le temps. L'accalmie ne dure pas. Nos rapports se détériorent à nouveau. La guerre recommence, plus·féroce encore.

Au téléphone, mes récits alarment Paule : « Attention, elle va peut-être avoir ses règles ! Moi, quand j'ai été indisposée, je n'ai pas compris ce qui m'arrivait. Ma mère n'a rien voulu m'expliquer. Elle avait honte, personne ne devait le savoir. » Je la rassure. Nous avons le temps, tu es encore jeune. Mais je promets de veiller à t'éviter un traumatisme.

Ta réaction est violente : « C'est dégoûtant ! Une mère ne doit pas parler de ça avec sa fille ! » Résignée, je confie à Nina la délicate mission de t'entretenir du sujet.

Son compte rendu me laisse sans voix. Tu as eu tes premières règles au printemps dernier. Tu as réussi à me le cacher. Comment ? Pourquoi ? Je suis si triste. Un nouvel échec. Mon bébé devient femme. Je n'ai pas su l'aider.

En outre, j'ai lu tant d'articles alarmants sur les cas de puberté précoce des enfants adoptés. J'aurais dû consulter un endocrinologue. Il aurait conseillé un traitement. Trop tard ! Je déraisonne : tu n'es pas si jeune.

Et du moins tes sautes d'humeur s'expliquent-elles mieux.

Paule s'inquiète : « À l'adolescence, on souffre du regard des autres. Moi, ma mère m'épiait constamment. Je ne lui faisais pas honneur, elle me trouvait laide et vulgaire. Surtout, ne faites pas comme elle. Dites à votre fille que vous la trouvez belle... »

Tu es toujours aussi belle.

Mais tu deviens boulimique. En quelques mois, tu prends dix kilos et pas un seul centimètre. Devant tes amis, tu fais la fière, tu ris aux éclats en plongeant la main dans ton pot de Nutella. Je t'obtiens un rendez-vous chez un nutritionniste de renom. Bien mal m'en prend. « Tu m'emmènes chez un médecin parce que je kiffe le Nutella ! Tu es dingue ou quoi ? » Non seulement tu refuses, mais tu m'en veux. « Allez, dis-le. Tu me trouves trop grosse ? »

Ce rendez-vous n'a pas été facile à arracher. Le nutritionniste est une star injoignable. Nathalie m'a aidée. De quoi aurai-je l'air si je dois l'annuler ! Non seulement tu ne me remercies pas, moi, ta sainte mère, mais, en outre, tu me fais perdre la face vis-à-vis de ma meilleure amie. Je ne maîtrise plus ma colère : « Mais regarde-toi dans une glace ! Tu as vu tes bourrelets ! » Que puis-je dire de plus inutilement cruel ? Tu ne te prives pas de réagir comme je l'aurais fait à ta place. Enfin, presque. « C'est mon corps, j'en fais ce que je veux. Occupe-toi plutôt de tes fesses. Elles pendent, elles sont déjà ridées. Avec des fesses pareilles, je me demande comment papa peut t'aimer encore. Moi, au moins, grosse ou pas, je suis très sexy. »

J'encaisse. Bien. Très bien, même. J'ai eu tant de chance avec Nina. Elle n'aurait jamais exprimé pareille agressivité. Pareille vulgarité ? À peine ai-je osé le mot que je m'en veux. Tu es différente, mon amour. Et je manque à la fois d'intelligence et de diplomatie.

Rageusement, tu dépenses ton argent de poche en sucreries. Dont tu gardes soigneusement les traces, comme pour me punir. Chaque jour, ton cartable déborde de papiers de bonbons. Tu reviens de classe en lapant bruyamment une sucette. Tu me nargues : « Tu préférerais que je suce encore mon pouce, ma pauvre maman ? Mais j'ai grandi, moi. Et toi, bientôt, tu seras une vieille dame ! » Tu grossis mais refuses désormais que je t'achète de nouveaux vêtements. Tu exhibes fièrement tes bourrelets débordants. « J'ai encore pris un kilo ! Bien fait pour toi ! »

Nina, ta sœur, n'accepte pas mon impuissance : « Tu ne m'aurais jamais laissée grossir comme ça. Fais quelque chose, maman, réagis ! » Je ne sais comment « réagir ». La peur m'inhibe. Je n'ose plus la moindre intervention. Je crains les conséquences d'une nouvelle maladresse.

Tu insistes : « Tu me trouves trop grosse ou tu as peur que je sois enceinte ? Si tu veux voir mon bébé avant de mourir, il vaut mieux que je me dépêche. » Ton poids m'inquiète bien plus que tes provocations sur mon âge. Peut-être ta mère biologique est-elle obèse ? J'ose avouer mon trouble à Paule. Elle en reste tout interdite. « Que les enfants adoptés aient ce genre de fantasmes, d'accord. Mais pas leurs parents ! Surtout ne lui dites jamais que vous voudriez connaître sa mère ! »

Pourquoi pas ? Paule ne se contredit-elle pas ? N'a-t-elle pas souhaité toute sa vie en savoir davantage sur sa mère biologique ? N'aurait-elle pas aimé que sa mère l'y aide ? Mais, concernant mes fantasmes sur ta mère biologique, je reconnais que j'exagère. Encore que... Obèse ou pas, j'aimerais parfois sinon la connaître, du moins l'apercevoir de loin. Peut-être vaut-il mieux refouler une pensée aussi incorrecte.

Thierry est le seul à ne pas s'émouvoir de ta silhouette. Le seul à conserver son calme. Il te trouve belle, tes rondeurs ne sont que celles d'une adolescente en mal de puberté. Je ne suis pas convaincue. Je te trouve belle aussi évidemment. Mais je te connais. J'ai peur que tu ne surmontes pas tes complexes. Je me tais.

En fin d'année, une fois de plus, le conseil de classe propose ton redoublement. Tu devrais t'y attendre. Pourtant, tu pleures de désespoir. Pourquoi ? Peut-être par ma faute. T'ai-je involontairement communiqué ma terreur de l'échec ? Sans parvenir à t'inculquer le goût du moindre effort ? Une fois de plus, Thierry réussit à t'éviter cette humiliation. Tu ne redoubleras pas ta cinquième. Soulagée, tu te jettes dans ses bras. Je ne suis pas certaine d'approuver Thierry. Je garde mes remarques pour moi. À quoi bon ? Autant me réjouir aussi.

Dans la rue, je rencontre la mère de Cécile, ton amie d'enfance. Sur son visage bouleversé coulent des larmes, elle essuie nerveusement des traces de rimmel. Compatissante, je lui propose de prendre un café. La pauvre femme dénude ses bras couverts de bleus. Elle m'avoue que sa fille est devenue très violente. Je m'insurge :

– Elle vous bat ! Et vous vous laissez faire !

– Non. Pas exactement, pas encore... Elle a seulement pris l'habitude de me « jeter » de sa chambre lorsque j'essaie de la ranger. Elle me prend par les bras, elle me tire, elle me cogne contre les meubles... Elle a grandi. Elle est plus forte que moi. J'ai tort d'insister. Je suis trop souvent sur son dos.

Bienvenue au club des mères coupables ! Je la méprise autant que je la plains. Elle insiste, larmoyante :

– Elle le fait devant ses amis. J'ai honte... Mais ce n'est pas grave...

La différence entre ce qui est grave et ne l'est pas m'apparaît moins clairement.

– Hier, elle a menacé sa grand-mère, la mère de mon mari, avec un couteau de cuisine. Elle voulait lui extorquer les clés de sa voiture...

– Sa voiture ? Mais, à son âge, elle n'a pas le permis !

La mère de Cécile me regarde comme si je datais d'un autre âge. Ils sont nombreux à emprunter la voiture de leurs parents sans attendre le permis. Mais ils conduisent tous très bien et, au moins, ils ne volent pas les voitures des autres contrairement à la racaille des banlieues. Décidément, je suis perdue, le problème m'échappe de plus en plus.

– La pauvre grand-mère s'est évanouie. À cause du couteau, pas de la voiture. Je n'ai pas osé en parler à mon mari. Vous croyez que j'aurais dû ?

Lorsque l'enfant se comporte mal, nous cherchons tous le coupable. La mère est la première accusée. Moi-même, spontanément, je la tiens pour suspecte : qu'a-t-elle fait pour en arriver là ? Mais son récit me navre. Je suis sincèrement désolée pour elle. La mère de Cécile tente de profiter de ma compassion. Sa fille doit redoubler. Thierry pourrait-il « faire quelque chose » pour lui éviter les traumatismes de l'échec scolaire ? Elle sait, comme tout le monde dans le quartier, à quel point il se débrouille bien avec les proviseurs...

Je promets d'en parler à Thierry. Mais j'en éprouve une sorte de gêne. Nous voilà donc rattrapés par le réseau, ses privilèges, ses passe-droits ? Nous n'avons pas su échapper au piège. La mère de Cécile se mouche et me remercie.

– Au fait, et votre fille, comment va-t-elle ? Vous savez qu'elle est fâchée avec Cécile ? Quel dommage !

Ravie que tu sois fâchée avec son horrible fille, je m'empresse de la rassurer sur ton état.

– Vous avez de la chance, je vous envie ! s'exclame-t-elle.

Mais elle ajoute, plaintive :

– C'est tellement injuste ! Si elle redoublait, elle, au moins, elle aurait l'excuse de l'adoption.

Sa remarque me bouleverse. Tu es ma fille comme Cécile est la sienne ! Comment peut-elle l'ignorer ! Combien sont-ils encore, ces humains incapables de comprendre qu'un amour maternel ne se mesure pas au fruit de ses entrailles ? Indifférente à mon silence hostile, elle s'enferre :

– Pour vous aussi, ce serait une excuse. Imaginez qu'elle ne réussisse rien ou, pire, qu'elle devienne délinquante : à seize ans, vous pourriez l'émanciper, vous en débarrasser. Mais nous, les vrais parents, même après leur majorité, on s'en occupe encore, on se sent obligés... Mon mari est furieux, c'est à moi qu'il en veut, on n'a pas fait l'amour depuis deux mois...

Elle recommence à pleurnicher. Sa mesquine bêtise m'écœure. Envahie par un ressentiment non moins mesquin, je me jure de ne rien révéler à Thierry de cette conversation. Il serait capable d'empêcher Cécile de redoubler. Qu'elles aillent donc au diable, la fille et sa mère !

Tout va bien. J'ai remis mon manuscrit à temps. Mon éditeur est content. Tout va bien puisque l'été recommence. Un été moins gai que d'autres. Tu as honte de ton corps. Tu refuses de te mettre en maillot de bain. Plus question de plonger dans la piscine. De loin, tu regardes les autres enfants avec rage. Tu passes tes après-midi devant la télévision, en engouffrant quelques kilos de bonbons et de biscuits. Je suis de plus en plus tendue. Moins drôle, moins gaie, moins énergique. Constamment sur le qui-vive. Thierry m'en veut : « Arrête de l'observer. Ton regard la juge toute la journée. Tu la voulais parfaite ou quoi ? Fous-lui la paix. Elle est comme les autres enfants de son âge... »

Il n'a pas tort. Ou, plutôt, il ne sait pas à quel point il a raison ! Cet été, les enfants, tous les autres, je les aime moins. Parfois même, je les déteste. Nous ne partageons plus rien. Ils attendent la nuit pour commencer leur vie. Au petit matin, navrée, je ramasse leurs mégots dans les rosiers, leurs chaussures trempées accrochées aux pauvres pousses de mimosa, leurs serviettes entassées moisissant sous les oliviers, leurs CD jetés au fond de la piscine. Je les maudis en essuyant leurs traînées de Nutella sur le terrain de tennis. Bref, je ne cesse de râler. Mes récriminations gâchent l'été, le leur, celui de mes amis, celui de Thierry, le mien.

Les enfants me le rendent bien. Rapidement, ils se liguent, solidaires de ton sort. Pour eux, c'est clair, je ne t'aime pas. Comment peut-on détester autant son enfant ? Un enfant adopté, en plus !

J'admire amèrement ta victoire. Tu les manipules avec une intelligence qui me coupe le souffle. Moi qui n'ai pas le droit de prononcer le mot « adoption », toi qui ne supportes pas de l'entendre, tu t'arranges pour que chacun, l'un après l'autre, ou ensemble, en chœur, puisse crier que je t'aime moins que Nina, qui, elle, a bougé dans mon ventre ! Ils sont si convaincants que leurs parents, mes propres amis, se divisent. Des amis de cent ans, des amis qui partagent nos étés depuis si longtemps. Certains me suggèrent de t'envoyer en pension, d'autres de te manifester plus ouvertement mon amour : « C'est normal que tu l'aimes moins que Nina, mais... » J'ai beau protester, ils ne m'entendent pas.

Pour la première fois, leur intrusion me pèse. Je me résigne. La vie tribale a ses charmes. Il faut aussi en payer le prix.

Lorsque tu convaincs leurs enfants que c'est toi qui souhaites aller en pension, les camps s'inversent. Ceux qui voulaient que je t'exprime davantage mon amour me supplient d'accepter ton vœu de future pensionnaire. Ceux qui me conjuraient d'être enfin plus sévère me le déconseillent. Mes amis, mes copains de toujours se transforment, sous ta houlette, en juges d'instruction. Je commets le péché suprême. Je refuse de plaider coupable. Je m'enferme dans un silence orgueilleux. Thierry s'énerve : « Calme le jeu. Reconnais tes torts. » Il marque un point. Pas celui qu'il croit. Je ne demande qu'à me donner tort. Simplement, j'ai beau racler ma conscience, je ne trouve pas la faute. Il y en a une quelque part évidemment, et même plusieurs, mais lesquelles ?

Une nuit, bien assurée que tu dors, comme je le fais souvent ces derniers temps, je m'assieds près de ton lit. Je caresse ton visage, tout doucement. À voix basse, comme à moi-même, je murmure : « Si j'ai fait quelque chose de mal, dis-le-moi, aide-moi à comprendre. » Tu ne dors pas, tu me rejettes violemment : « Ne me touche plus jamais. Tu viens m'espionner ? » Je sors de ta chambre, refoulant courageusement une larme, ce qui déclenche un nouvel accès de colère : « C'est ça, continue, joue les victimes. » Une accusation qui revient souvent dans ta bouche. Je n'en comprends pas le sens. Me reproches-tu de te voler ta place de victime ? Ou crains-tu de ma part une sorte de chantage affectif ? Je n'ai jamais l'impression de « jouer les victimes », bien au contraire. Mais, au fond, je me reconnais de moins en moins, je ne sais plus qui je suis. Ma mère me manque. Elle savait toujours quelle erreur il fallait corriger. Elle m'avait transmis sa passion de la raison, elle me l'a enlevée. Depuis sa mort sans raison, je ne sais plus me remettre en question, corriger le tir, trouver des causes et donc des solutions. Je me perds dans un dédale d'interrogations sans réponse. Je déteste cet état. Je me déteste.

Thierry m'aime encore. Il me prend dans ses bras. « Laisse-lui du temps, murmure-t-il tendrement, c'est juste une crise d'ado. » Notre connivence reste intacte. Du même bois, nous aimons le travail et le jeu. Les mêmes lectures, les mêmes vins, les mêmes chansons. Pour rester le plus longtemps possible sa partenaire préférée, je prends chaque matin une leçon de tennis. Je joue comme dans la vie. Thierry monte au filet, il attaque. Pas moi. Mais, en fond de court, il peut me faire confiance, je renvoie les balles. D'une régularité à toute épreuve.

« Un jour, je te battrai six-zéro, me jettes-tu dédaigneusement. C'est avec moi que papa jouera... » J'en ai passé, des heures, sur ce terrain de tennis, avec Nina, avec toi, avec tous ces enfants de nos étés ! Supportant vos maladresses et vos colères, m'émerveillant de vos progrès. Le jour où, enfin, Nina est parvenue à me battre, j'ai été comblée. Mais, ce jour-là, toi, de rage, tu as cassé sa raquette. Et décidé de ne plus jouer avec moi. Ni avec personne...

Mes amis se taisent pour un temps. Je les entends chuchoter dans notre dos. « Ne deviens pas parano », plaisante Thierry.

Paule, aux aguets, veille sur moi. Comme certaines mères savent le faire. À quelque heure de mon réveil, mon café est prêt. Et moi qui n'ai jamais appris – excellence oblige – le langage des fleurs, je respire l'arôme incertain de celles qu'elle dépose sur mon bureau. Une sollicitude que je n'ai jamais connue – courage oblige – me caresse la joue. À la nuit tombée, lorsque je me hasarde encore à tailler une branche d'arbre abîmée par le mistral, de son pas lourd et léger à la fois, Paule approche. Elle me tend un verre de bandol rouge. « Arrêtez de réfléchir, mon petit. C'est l'heure de vous détendre. » Personne, personne au monde ne m'a donné un tel sentiment de protection. J'ai envie de courir me réfugier dans les bras de cette femme si maternante, au creux des seins de cette femme qui n'est pas ma mère, ma mère que je ne veux pas trahir, ma mère qu'elle n'est pas, ma mère que je cherche encore, ma mère que je ne perdrai qu'en mourant moi-même. Mon Dieu, mon Dieu, à quel âge a-t-on le droit de perdre sa mère ? « Paule, je t'en supplie, ne meurs jamais avant moi ! » crie l'enfant que je redeviens, la cinquantaine pourtant bien dépassée. Mais à quel âge est-on adulte une fois qu'on a perdu sa mère ?

« Tu as dit "Mon Dieu" ? Je n'ai pas réussi à te débarrasser de tes superstitions ? » murmure sévèrement ma mère, au ciel ou dans mon inconscient. Au ciel ou dans mon inconscient, c'est pareil. Mais, en attendant de la retrouver, je suis sur terre. Et cette terre, je l'aime de plus en plus. Paule m'aide à y reprendre pied.

Mais voici qu'elle se ferme. Elle s'éloigne, me fuit, ne me parle plus. Que lui arrive-t-il ? Paule hausse le ton. Comment puis-je laisser traîner mon sac dans l'escalier, ma veste sur la table, mon téléphone portable sur le fauteuil ? Je ne suis qu'une écervelée, insouciante et négligente, une bourgeoise... Jamais Paule ne m'a parlé si durement. Sans doute a-t-elle raison, je ne suis pas un modèle d'organisation. Mais elle me connaît, j'ai toujours été comme ça, elle le sait bien. Elle ne me l'a jamais reproché.

Deux jours plus tard, je perds mon téléphone portable. Après l'avoir cherché une matinée entière, je renonce. Je l'ai sans doute oublié dans un magasin.

Thierry me console, tout le monde perd son portable. Ce n'est pas un drame. Mais toi, tu calques ton attitude sur celle de Paule. Toutes deux, vous condamnez ma distraction. Venant de toi, l'accusation me fait sourire.

Ma carte bancaire disparaît. Je fais opposition. Thierry la retrouve le lendemain, sur le lavabo, dans ma salle de bains. Cette fois, il trouve que j'exagère. Mais il me pardonne. Je suis fatiguée, j'ai trop travaillé cette année. Il me conseille de me reposer. Je m'énerve. Je n'ai que faire de sa compassion. Je ne suis pas fatiguée. Mais au-dessous de tout. Cette fois, il me manque de l'argent. Je suis incapable de dire combien. Je ne compte jamais. J'ai honte. Je me tais. Pas envie de me faire traiter de parano ou de je ne sais quoi. Mais au moins je réagis. Je décide de me transformer en détective. Je ne l'ai jamais fait. C'est écœurant mais excitant. Je vais retirer de l'argent à un distributeur. Et, pour une fois, je compte les billets rangés dans mon porte-monnaie. Le lendemain, il en manque la moitié. Serais-tu tombée dans mon piège ?

« Évidemment, c'est moi que tu soupçonnes ! » hurles-tu. « Évidemment, c'est elle que tu soupçonnes ! » hurle Thierry en écho. Forte de l'appui de ton père, tu reviens à la charge : « Tu ne pourrais pas faire un peu attention aux gens que tu aimes ? Moi, ça va, j'ai tout ce qu'il faut. Tu nous bassines avec tes idées de gauche, mais tu n'es qu'une sale capitaliste. Tu ne vois pas que d'autres manquent beaucoup d'argent, ici ? Tu n'as même pas remarqué comme Paule est triste depuis quinze jours ! »

Le message est limpide. Il m'accable. Mais si Paule manque d'argent, pourquoi ne me l'a-t-elle pas dit ? Très fière de toi, tu m'informes que Paule s'est acheté un studio. Elle a dû emprunter une grosse somme. Une folie. Elle n'arrive pas à rembourser. Je suis effondrée.

Mais pourquoi est-ce toi que Paule a choisie pour de telles confidences ! Elle refuse de s'expliquer. En larmes, elle fait ses bagages. Je supplie Nina d'aller la trouver, de lui parler, de lui dire que je ne lui en veux pas, que j'ai déjà oublié, que je suis prête à couvrir ses dettes. Une fois de plus, je me sers de Nina comme ambassadrice. Je voudrais tant que Paule me pardonne. Je ne veux pas qu'elle m'abandonne.

Tu ricanes, sans pitié : « Pauvre maman, tu es vraiment nulle. C'est toi qui lui pardonnes tout, comme d'habitude... À elle, jamais à moi. »

Nina revient, traînant Paule par la main. Ma fille aînée me lance, sévèrement : « Jamais elle n'accuserait un enfant ! » Paule essuie une larme : « Surtout pas un enfant adopté ! »

Tu les fusilles de ton beau regard noir. C'est donc toi ! Et tu m'as laissée accuser Paule ! Ou presque... C'est bien pire ! J'ai fait preuve d'un paternalisme qui me fait vomir. J'ai encore plus honte de moi que de toi.

– Tu n'as pas honte de voler ta propre mère ?

– Je vole qui je veux. Surtout ma mère. Depuis toujours. Mais toi, tu n'es même pas fichue de t'en apercevoir ! C'est bien ce que je te reproche.

– Et mon portable ? C'est toi ?

De ton beau rire provoquant, tu reconnais que tu l'as revendu. Un très bon prix. Et ma carte ? Et mes chéquiers ? C'est toi aussi ?

– Je ne sais pas imiter ta signature, seulement celle de papa...

Je perds mon sang-froid. La gifle part, sévère cette fois. Mais tu ne saignes pas. Il y a longtemps que j'ai consulté ton pédiatre. Il m'a attristée mais rassurée. Tu saignes du nez quand tu veux. Plus question de m'émouvoir.

Thierry s'interpose. En proie à une violente colère.

Tu voles, et alors ? C'est le propre de tout adolescent. Le propre ? Il ose dire « le propre » ! « Tu n'as jamais pris d'argent dans la poche de tes parents, toi ? » Non, j'avoue que non. « Et Nina, la sainte-nitouche, elle non plus ? » hurle Thierry, de plus en plus furieux. Non, à ma connaissance, Nina non plus. Terrifiée par notre dispute, Paule tente de nous calmer. Ce n'est pas si grave. De Marseille à Toulon, elle en a tant vus de ces gosses des banlieues qui volent leurs parents. Je proteste. Tu ne manques de rien, tu n'es pas vraiment comparable à ces « gosses de banlieue ».

Thierry s'emporte de plus belle : « À son âge, moi aussi, j'ai chapardé ! Pour rire et par provocation. Et ça ne m'a pas empêché de réussir, de devenir un type sérieux, honnête, reconnais-le, au moins ! Toi, tu dramatises, tu ne lui pardonnes rien. C'est une adolescente, pas une délinquante ! Que t'arrive-t-il ? J'ai épousé une femme libre, je me retrouve avec une mégère intégriste ! »

Il a raison. Ou tort. Je ne sais plus. Mes certitudes s'écornent, une à une. Sans qu'aucune autre ne les remplace. Ma colonne vertébrale fléchit. Ma vue se fait basse. Ma conscience défaille. Mon être moral prend de sérieux coups de pied au cul. Que reste-t-il de mes inutiles convictions ? J'ai été capable d'instruire quelques étudiants, pas d'éduquer mon enfant. J'en appelle à Nathalie. Mon amie, la psy, me prescrit des tranquillisants. Je me calme. Désormais, je cacherai mon sac. Ce n'est pas compliqué. J'aurais dû y penser avant, au lieu de dramatiser tes comportements puérils.

Tu t'en aperçois. « Elle est vraiment con, ma mère ! Je connais ses cachettes. Quand mon père n'est pas là, c'est facile. Maintenant qu'elle prend des pilules, j'attends qu'elle ronfle. » Qu'à cela ne tienne, je redoublerai de précaution. En l'absence de Thierry, je m'enfermerai à clé dans ma chambre. Comme toi. Chacune son tour. Mais, ces soirs-là, mon malaise augmente. J'ai peur, je préfère rester éveillée, je me garde de prendre mes tranquillisants... Tu frappes à ma porte en m'insultant. Je n'ose pas ouvrir. De loin, j'entends un furieux vacarme. Au matin, je te retrouve, paisiblement endormie, dans un amoncellement de vitres brisées, d'objets fracassés.

« Tu ne l'aimes plus. Pourquoi ? crie Thierry. Je ne sais pas ce que je t'ai fait, mais tu te venges sur elle. Tu n'aimes que l'autre. Mais notre enfant, la nôtre, tu ne l'as jamais aimée autant que Nina. Ils ont raison, n'est-ce pas ? Reconnais-le ! » Jamais Thierry ne m'a parlé ainsi. J'ai perdu ma mère mais, cette fois, c'est l'homme que j'aime qui s'éloigne. Je ne veux pas qu'il s'en aille.

Je consulte les ouvrages traitant des difficultés de l'adolescence. Après le complexe d'Œdipe, je décortique celui du homard. Ce que j'apprends, je tente de te l'expliquer. Tu te bouches les oreilles. « Maman, tu me soûles ! » J'insiste. Pour retrouver mon vrai rôle de mère ? Pour te rester indispensable ? Je t'écris une lettre. Je la dépose sur ton lit.

Lorsqu'ils passent à l'état adulte, les petits homards perdent entièrement leur carapace. Je ne sais pas grand-chose des homards, mais j'imagine qu'ils n'ont pas conscience de leur mue.

En revanche, pour les petits humains, l'adolescence est parfois très douloureuse. Précisément parce qu'il leur faut, à eux aussi, perdre leur carapace d'enfance et s'inventer une peau neuve. Tu souffres de ce qu'on appelle banalement la crise d'adolescence et j'ai bien du mal à t'aider. Tu n'es plus un bébé et pas encore une femme. Tu refuses de sortir de l'enfance et pourtant tu voudrais déjà être adulte. C'est pénible pour nous tous mais surtout pour toi. Dis-toi que c'est normal et qu'un jour tu ne garderas qu'un mauvais souvenir de cette période.

Accroche-toi, bats-toi, contre toi-même s'il le faut. Tu en as toutes les capacités. Je voudrais que tu ne perdes jamais l'estime de toi. Ne te dis jamais que tu es « nulle », ne te dis surtout jamais que tu es méchante. Ni l'un ni l'autre. Dis-toi seulement que tu traverses une période difficile et qu'il te faut conserver à la fois le sens de l'effort et celui des valeurs.

Personne ne veut rester un enfant. Et toi, tu as hâte aussi de devenir une femme, un être humain à l'égal des autres. Autonome, responsable de toi-même, indépendante. Tu as bien raison. Un jour, tu vas découvrir que c'est une expérience formidable et passionnante.

De toutes mes forces, je te souhaite de réussir le passage. Quoi qu'il t'arrive, ma fille, quoi qu'il nous arrive à nous tous, n'oublie jamais que je t'aime infiniment.

Ta maman

C'est une lettre parmi d'autres, comme peuvent en écrire les mamans à leurs adolescents. Lourde de clichés et de bons sentiments. Je t'en écris de plus en plus souvent. Ce genre de missive me prend plus de temps qu'un article. J'y pense longuement, pèse le pour et le contre, efface les mots qui pourraient t'énerver, cherche ceux qui pourraient te toucher. Un exercice épuisant.

Le lendemain, je retrouve la lettre roulée en boule au milieu de ta chambre. Ni déchirée ni brûlée. Peut-être, après tout, as-tu daigné la lire ? Je me garde de te le demander. Tu ne m'en parles pas. D'ailleurs, je me demande si nous parlons encore la même langue.

Pourtant, une fois de plus, c'est toi qui me sauves. En cette fin d'été, l'angoisse de la rentrée scolaire te noue la gorge : « Maman, maman, je t'en supplie, je ne veux pas retourner dans ce collège de bâtards. Ils savent que c'est grâce à mon père que je ne redouble pas. D'ailleurs, moi aussi, j'en ai marre de ses interventions. Ils me détestent tous et je les déteste aussi. Je ne peux plus les supporter. Mais papa ne voudra jamais. Je t'en supplie, aide-moi ! » Pour une fois, c'est à moi que tu demandes de l'aide. Je saisis l'opportunité. J'ai enfin le beau rôle. Je plaide ta cause auprès de ton père.

Surpris, Thierry se laisse convaincre. Il ne reste que quinze jours avant la rentrée. Mais il sait toujours démêler les affaires compliquées, surtout lorsqu'il s'agit de toi. Il persuade le rectorat. Un passe-droit de plus ! Te voici inscrite, en quatrième, dans un nouvel établissement du quartier. Non seulement tu ne redoubles pas, mais tu intègres le collège de ton choix.

« Merci, maman chérie, c'est grâce à toi ! Je t'aime tant ! » Je tire donc les bénéfices de ma lâcheté. Je me suis soumise à un chantage affectif. Ai-je eu tort ? Peu importe, j'en profite. Tu fais taire tes copains. Ils redeviennent aussi affectueux qu'avant. Tu désarmes leurs parents. Ils ont hâte de me prouver leur si fidèle amitié. Mais surtout, surtout, sans le vouloir, tu obliges Thierry à faire amende honorable : « Je n'aurais jamais dû douter de toi. L'idée de la mettre en pension me rendait fou. Tu as trouvé la solution. Je te demande pardon. » Thierry est un homme qui sait demander pardon. Quant à cette histoire de pension, elle me terrorisait autant que lui.

La nouvelle rentrée me fait oublier ce méchant été.

D'ailleurs, il n'a pas été si méchant, n'est-ce pas ? Je m'empresse d'en effacer les relents. Tu es si tendre, si délicieuse, si joyeuse. Tu mérites que tout soit neuf autour de toi, à l'image de mes espoirs et de ton enthousiasme. Tout. Pas seulement les livres, les cahiers, le cartable, mais aussi, pourquoi pas, tes murs, ton tapis, ton lit, ton bureau, ta table de nuit, tes rideaux... Tout. Et tant pis si cette agitation prend un peu d'argent et beaucoup de temps.

Thierry t'offre un téléphone portable. Un tel cadeau ne pouvait-il attendre Noël ? Je me garde de protester. Tu le perds quelques jours plus tard. Ton père t'en rachète immédiatement un autre, sans me demander mon avis. Je continue de me taire.

Pour me rapprocher de toi, je décide de remettre à plus tard la rédaction d'un article pour une revue américaine. Je préférerais sans doute y travailler. Mais Thierry se garde bien de m'y inciter. Que lui arrive-t-il ? Ce n'est pas son genre.

Pour une fois, jour après jour, la météo ne se trompe pas. Ce mois de septembre est superbe. Comme si un nouvel été surgissait.

Tu es parfaite, tu te lèves à l'heure sans protester, tu reviens de ton nouveau collège enchantée. Les profs sont « super ». Sauf celui d'espagnol. Il est injuste. Il t'a tout de suite prise en grippe. « Il croit que je suis bilingue, ce bâtard ! Parce que sur ma fiche d'inscription il a lu que je suis née au Chili ! » Je te plains. Ce n'est déjà pas si facile d'avoir ton âge. Mais si les adultes en rajoutent ! Ton professeur n'est pas malin. Thierry est furieux. Il te suggère de changer de langue. Après tout, pourquoi pas l'italien ? Tu grondes ton père : « L'espagnol, je n'en voulais pas. C'est toi qui m'as forcée. À cause du Chili. Et maintenant tu me proposes l'italien ! Jamais maman n'aurait fait apprendre l'italien à Nina ! » Ton reproche est incohérent. Thierry en est déconcerté. Mais soit. Tu continueras d'apprendre l'espagnol.

Dans toutes les matières, tu obtiens des notes bien au-dessus de la moyenne. Tu me présentes fièrement tes relevés. Je les signe aussi fièrement.

Tu ne vois plus Cécile et je t'en félicite. Tu te fais de nouveaux amis et je les accueille avec joie. Certains, parfois, restent dormir à la maison. Bien sûr, enfermés à clé dans ta chambre, ils font hurler le même rap, écrasent comme toi leurs mégots sur le parquet et pas plus que toi ne ramassent leurs croûtes de pizza. Comme toi, ils portent des sweats décolorés aux manches trop longues, des jeans troués trop larges sur les hanches. Avachis, ils ont tous la même démarche en canard. Cette mode m'évoque un laisser-aller général. Je la regrette d'autant plus qu'elle ne te met pas en valeur. Tu as beaucoup minci depuis la rentrée et tu en parais si soulagée ! Je me sermonne. Chaque génération d'adolescents invente sa mode. Autant que je cesse de critiquer le message de la tienne.

Pleinement rassurés, Thierry et moi nous remettons d'arrache-pied à nos travaux. Nous les confrontons, les corrigeons, les discutons. Notre duo royal reprend de sa superbe. À nouveau, je m'entends rire avec lui. Notre capacité à rebondir me surprend toujours. Je suis fière de notre connivence. Malgré les absences obligées de mon bien-aimé, elle reste intacte. Je chantonne une chanson que Téo m'a apprise. Elle nous va si bien : *Gracias a la vida que me ha dado tanto...* Merci, merci. Je l'aime tant, cette vie partagée avec Thierry. Avec toi aussi.

Un incident vient la gâcher un peu. Un parent d'élève se plaint. Tu as traité son fils de « sale feuj ». Tu t'insurges :

– Le problème, c'est que vous ne captez pas notre langage.

– Qui, « vous » ? demande ton père.

– Ben, vous tous, les profs, les parents... Les adultes, quoi !

– C'est quoi, un adulte ?

Tu me montres du doigt :

– Maman, par exemple. Elle kiffe l'écriture mais elle ne sait même pas lire mes textos.

Thierry paraît aussi déconcerté que moi. Quel rapport avec le racisme ? Ta démonstration aggrave notre perplexité.

– « Sale feuj », pour nous, c'est comme « sale con », ça ne va pas plus loin. On s'en bat la race ! C'est une insulte comme les autres. Même pas une insulte, juste une expression, une colère, quoi, rien d'autre. Pas de quoi en faire toute une histoire. Moi, je traite de feuj le mec qui ne me prête pas son crayon et lui, il me traite de rebeu si je lui refuse une gomme. Ou l'inverse, d'ailleurs. C'est pas grave. Juste une petite bagarre. Point barre. Alors, n'écoutez pas ce bâtard !

Bâtard ? La plupart du temps, les « géniteurs » s'évaporent dans la nature, inconnus. Le tien comme tant d'autres. On appelle leurs enfants les « bâtards ». Mais eux, les pères qui fuient, les pères qui les abandonnent, depuis des siècles, on ne les nomme pas, on ne les marque d'aucune infamie.

– C'est quoi, un bâtard ?

Tu te bouches les oreilles :

– Papa, elle me soûle. Dis-lui de la fermer !

Thierry soupire. Je n'insiste pas. Mieux vaut me taire. Je ne saurai pas quel sens tu donnes au mot bâtard.

Trop d'amour

À ces quelques concessions près, la rentrée est calme. Mais je vois moins Nina. Elle ne vient plus à la maison. Harassée de travail, elle n'a pas le temps. Maladroitement, j'insiste. Elle explose. Je n'ai rien compris. Elle ne supporte plus l'atmosphère qui règne chez nous, tes caprices et ta vulgarité, l'indulgence « criminelle » de Thierry, ma servilité, mon aveuglement : « Tu n'es plus la même mère ! Tu fais l'autruche. Tu as déjà oublié l'été qu'elle t'a fait passer ! Tu dis que tout va bien. Moi, j'ai peur pour toi. Cette gosse te pourrit la vie ! » Elle reproche à Thierry ses absences. Comment, face à tes problèmes, n'a-t-il pas démissionné de son poste ? Comment puis-je avoir quitté son père, l'acrobate, pour un homme aussi égoïste ? Un homme qui se prend pour le président de la République ! Un homme qui se tient si mal à table qu'il te donne un exemple déplorable ! Un homme qui, depuis que sa fille est entrée dans sa vie, n'a plus aimé personne d'autre.

Je l'écoute, épouvantée. Je n'avais pas un instant imaginé l'intensité de ses reproches. Elle dresse un tableau atroce de notre famille. Et, surtout, un portrait si cruel de moi, sa mère. J'en suis profondément humiliée. Je tente de le cacher. Je bafouille :

– Mais tout va beaucoup mieux depuis la rentrée. Si tu venais plus souvent, tu verrais quels progrès incroyables...

Nina ne veut pas m'entendre :

– Quand je te dis la vérité, tu ne la supportes pas, tu m'en veux. Tu te prends pour une victime. Et moi, je m'en veux de te faire de la peine. Alors, autant qu'on arrête de se parler ! D'ailleurs, tu crois tout savoir de moi, tu ne connais pas le quart de mes problèmes ! Heureusement que je vois un psy !

Je feins le plus grand calme.

– Trois séances par semaine, m'assène-t-elle, sur un ton de défi.

Trois séances par semaine pour comprendre qu'elle souhaite ne jamais ressembler à son père ni à son beau-père. Encore moins à sa mère. Trois séances par semaine pour s'écorcher le nombril, sans réussir à expurger son mal-être. Je m'étais fait confiance. J'ai cru en ma toute-puissance de mère parfaite. Elle souffre, j'en suis responsable. Je n'y peux rien, sinon la plaindre. Je lui cache ma pitié. Je souffre aussi, évidemment. Bêtement, j'imagine un petit homme replet et fouineur se léchant les babines d'une joie vicieuse en écoutant ma pauvre Nina allongée sur son divan. Son travail ne lui suffit donc pas ? Alexandre non plus ? Pourtant, elle paraît très amoureuse.

Alexandre est le fils d'un ami d'enfance de Thierry. Au début, leur idylle l'a enchanté : « Il est d'une famille comme la nôtre. Ils ont la tripe tribale, une fidélité de clan, une complicité intergénérationnelle. » Et l'heureux beau-père ne cessait de photographier les amoureux. Incorrigibles de naïveté et d'enthousiasme, nous rêvions de réunions dominicales et estivales mêlant deux clans en voie d'absorption fusionnelle.

Mais aujourd'hui Nina se méfie de moi.

– Tu préférerais qu'il sorte de l'ENA ! Ton gendre n'est pas inspecteur des finances. Et ta fille te déçoit, évidemment.

Nina est injuste. Elle m'agace. Elle me prend pour qui ? Je ne demande rien d'autre à ce garçon que de la rendre heureuse.

Mon propos ne la calme pas.

– De toute façon, j'épouse qui je veux. Et je n'ai jamais dit que j'avais envie de me marier.

J'enregistre l'information au passage. Je n'accorde pas plus d'importance qu'elle au mariage. Nous sommes d'accord et nous ne nous comprenons pas ! L'ai-je à ce point traumatisée qu'elle craigne de ma part un jugement d'ordre social ? Croit-elle que je n'apprécie que les fruits de la méritocratie républicaine ? Ai-je été assez stupide pour le lui laisser entendre ? Elle insiste :

– Alexandre n'est pas un costume trois pièces dévoré d'ambition. Ceux-là, je les méprise. Alexandre, c'est un vrai vétérinaire. Pas par défaut. Pas parce qu'il aurait loupé médecine !

Comment peut-elle imaginer que je méprise le métier d'Alexandre ? Elle déforme le sens de mon message d'excellence. Ce stupide malentendu ravage notre relation.

– Et il aime tellement les chiens ! s'attendrit-elle.

Enfant, elle m'a réclamé un chien. Je le lui ai toujours refusé. Ma mère ne me l'aurait pas pardonné. Nina a donc adopté avec joie le boxer d'Alexandre. Il n'a pas seulement un chien. Des enfants aussi, nés d'un précédent mariage, des jumeaux de quatre ans, une fille et un garçon. Nina et lui les accueillent chaque mercredi et un week-end sur deux. Bien qu'acrobate, le père de Nina s'inquiète parfois : « Belle-mère de deux enfants à son âge, ce n'est pas un peu lourd ? Elle est si jeune... » Moi, j'ai confiance en Nina. Après tout, n'a-t-elle pas une certaine expérience des familles dites recomposées ? Mais Nina crie qu'elle ne veut pas d'enfant.

– Avec les parents que j'ai eus, j'en suis incapable !

Son désespoir me terrifie. Il me révolte aussi. Qu'avons-nous fait pour la rendre si malheureuse ? Son ton est tranchant, convaincu, cinglant. Je ne tente pas de discuter. Je prends le parti de m'éloigner. Je ne me demande pas si elle a raison ou tort. Je ne supporte pas qu'elle me juge. Pas plus que ma mère ne l'aurait supporté de ma part.

Deux mois plus tard, ma fille aînée retrouve son sourire ironique, son regard d'un bleu intense, le même bleu que celui des yeux de ma mère. Ses cheveux si blonds, du même blond que ceux de ma mère, dansent sur ses épaules. Elle est ravissante et manifestement apaisée. Elle a reçu une promotion et tient à fêter avec moi cette bonne nouvelle. Elle n'a donc aucun souvenir de notre dernière conversation, de sa dureté ? Soit. Moi-même, je n'ai qu'une envie, l'oublier aussi. Nathalie m'a fait lire un article sur les crises d'humeur des patientes en analyse. Moi, sa mère, je suis forcément au centre de sa quête d'identité, j'en subis les aléas. Mais je la trouve un peu âgée pour ces mouvements de l'âme et ces combats inégaux de la relation mère-fille. Elle a passé la trentaine, même si à mes yeux elle est toujours mon bébé. Elle me provoque avec un humour tendre et lucide :

– Ne t'en fais pas, maman. N'oublie pas que le suicide de ta mère m'a privée de ma crise d'ado ! Tu allais trop mal, je n'avais pas le droit de te faire de la peine. C'est mon psy qui me l'a expliqué. Il dit que j'ai bien le droit de me rattraper un peu, maintenant.

Je cesse de m'inquiéter pour elle, tout en bénissant l'inconnu auquel elle confie tant de secrets... En le bénissant ou en le maudissant ? Au fond, je suis incapable de transiger avec mes convictions. Ma ligne reste plus rigide que droite. Je ne peux supporter d'admettre qu'un autre, un psy surtout, ô engeance héréditairement vouée aux gémonies, puisse lui faire davantage de bien que moi.

Nina suit donc régulièrement ses séances de psy. Elle va nettement mieux. Elle me plaint parfois. Pourquoi ne vais-je pas moi-même me faire aider ? Je n'engage pas le débat sur ce terrain douteux. Elle est là, rieuse et belle, blonde et bleue, lumineuse, je ne l'ai pas vue depuis trop longtemps, je ne vais pas gâcher ce moment, je la dévore des yeux. L'espacement de nos relations rend nos rencontres plus intenses.

Nina va bien. Moi pas.

À la maison, la paix n'a duré que quelques semaines. Nina a été plus lucide que moi... Il ne t'arrive rien d'original. Tu es amoureuse. Un amour d'une semaine. Il ne m'est pas difficile de deviner ton chagrin. Ton angoisse aussi. Manifestement, tu es passée à l'acte. Pour la première fois. Plutôt que de m'en inquiéter, j'y vois l'occasion de me rapprocher de toi. Je prends ma plume. Une lettre pour te promettre d'autres amours, t'assurer de mon soutien. Une lettre sans autre réponse que ton regard noir. Tant pis, je me jette à l'eau. Je parle contraception, préservatifs. Je te propose une consultation chez ma gynécologue. Tu hurles : « Pour qu'elle m'ouvre les jambes ? Tu es folle ! » Tes jambes, ne les ouvres-tu pas déjà au premier venu ? J'évite la réplique qui, d'ailleurs, ne s'impose pas.

À ma surprise, c'est toi qui reviens à la charge. Ai-je entendu parler du RU, la pilule du lendemain ? Timide et insolente à la fois, tu me supplies de te l'acheter. Je proteste. Le RU n'est pas un moyen contraceptif. Tu te remets à hurler. Je m'exécute. Tu me fais jurer de n'en rien dire à ton père.

Ton premier chagrin d'amour provoque chez toi un désir ravageur de revanche. Les garçons se succèdent. Tu les prends, tu les jettes. Tu racontes tes exploits à tes amies. Conciliabules et fous rires, mais sans joie aucune. Je te sens si fragile, si perdue, si malheureuse. Je ne peux rien pour toi. Deux mois plus tard, tu m'obliges à retourner à la pharmacie. Tu as donné ta pilule à une amie... Je ne suis pas dupe. Tu t'en rends compte et te plains à ton père : « Tu sais ce qu'elle a encore inventé ? Elle veut me forcer à prendre la pilule. Pour une fois que tout va bien au collège, elle ne pourrait pas me lâcher ? » Thierry te prend dans ses bras : « Ta maman s'inquiète pour toi. Ce n'est pas méchant. C'est parce qu'elle t'aime trop. Mais moi, je le sais, mon bébé, tu n'as pas l'âge, tu as bien le temps... » Ton père ne veut rien entendre. Je me tais. Sans doute pour retrouver la paix.

Tu ne tardes pas à te venger. Mais de quoi ? Tu me prouves que tu n'es pas enceinte. Tu « oublies » tes serviettes hygiéniques un peu partout. J'en trouve une sur mon bureau, tachée d'un sang noirâtre. Tu me guettes. Sans dire un mot, sans même un regard dégoûté, je la jette dans ma corbeille à papier. Qu'à cela ne tienne. Le lendemain, tu glisses une autre serviette, tout aussi noirâtre, dans mon dossier de cours. Elle roule au bas de ma chaire. Je la ramasse prestement. Dans l'amphithéâtre, mes étudiants ne se rendent pas compte que ma voix tremble.

De ces incidents je ne parle à personne. Surtout pas à Thierry. À Nathalie seulement. Croit-elle encore à une crise d'adolescence ? Et si tu me détestais, tout simplement ?

Mon amie proteste :

– Ne sois pas stupide ! Elle crie le contraire.

J'ironise amèrement.

– C'est pratique, la psy ! Dès que tu dis quelque chose, c'est que tu penses le contraire ?

Nathalie sourit, conciliante :

– Tu as raison, il arrive qu'on exagère. Mais, en l'occurrence, c'est aveuglant. Son amour pour toi l'étouffe. Elle ne sait qu'en faire. Elle t'aime trop. Il faut l'aider.

Allons bon, une de plus ! Trop d'amour ? Bienvenue dans la galère. Nathalie ajoute, énigmatique :

– Si c'était un garçon, tu n'en douterais pas. Son attachement œdipien te sauterait aux yeux.

Dois-je prendre au mot son discours consolateur ? De jour en jour, depuis des mois, des semaines, des années, même, la vie quotidienne est devenue plus insupportable. Pourtant, je me prends vaguement à espérer. Il faut tenir. Un miracle est encore possible. Sur le boulevard Montparnasse, il fait anormalement beau. Quelques cafés ont ouvert leurs terrasses. Je respire, plus détendue. Nathalie m'a réconfortée, son amitié m'est précieuse. J'aperçois, près d'un distributeur bancaire, un jeune garçon en haillons, à genoux, la tête couverte d'un affreux bonnet gris. Par terre, il a écrit « J'ai faim ». Ce spectacle me rappelle qu'il y a des gens plus malheureux que moi. Une passante maugrée contre la France qui laisse mendier les jeunes. Généreuse ou patronnesse, la dame tend un billet de cinq euros. L'enfant s'en empare prestement. Il relève la tête. Un sourire adorable. Et son geste fait tomber le bonnet gris, découvrant des cheveux délicieusement bouclés. Je me fige. Ces cheveux, ce sourire, je les connais trop bien. Je m'enfuis.

L'anecdote désarçonne un peu ton père. Manifestement, la mendicité ne fait pas partie de ses classiques.

Il me conjure de le laisser t'en parler lui-même. À son
retour seulement. Il prend l'avion dans une heure. Je
promets d'attendre, de ne pas t'interroger, d'éviter
toute crise. Au fond, c'est moi que Thierry veut protéger. Je lui en sais gré. Après tout, l'essentiel est sauf.
Puisque tu es correctement scolarisée.

Dès le lendemain, hélas, ton bulletin trimestriel
m'ôte cette dernière illusion. Le conseiller d'éducation
me convoque. Tu m'as fait signer des notes imagi-
naires. En revanche, chaque fois que l'occasion s'en
est présentée, tu as parfaitement imité la signature de
ton père. À plusieurs reprises, tu as manqué des cours.
Je l'ignore ? Le conseiller paraît un peu étonné, gêné
surtout. Le proviseur nous en a prévenus par différents
courriers. Quels courriers ? Lorsque, rarement, tu
assistes à un cours, tu n'ouvres pas tes livres, le plus
souvent, tu dors, affalée sur ton bureau. Le conseiller
s'inquiète de ton sommeil. Peut-être te laissons-nous
veiller trop tard ? Tu n'as jamais mis les pieds au cours
d'espagnol. Mais pourquoi te force-t-on à apprendre
l'espagnol ? Est-ce une bonne idée pour une enfant
adoptée au Chili ? Il m'a écrit une lettre à ce sujet. Je
ne l'ai pas reçue ? Le conseiller s'inquiète également
de l'ambiance familiale. Tu te plains de l'absence de
ton père, de mes investigations excessives. Peut-être
manquons-nous de la moindre autorité ? Il pose des
questions d'assistante sociale. Mais avec une telle bien-
veillance que je n'ai rien à redire. Je suis simplement
effondrée. Comment peux-tu nous avoir menti à ce
point ?

À mon retour, je ne sais pas garder mon calme.
Malgré la promesse faite à ton père, je hurle que je
t'ai vue mendier. J'ajoute une phrase impardonnable :
« Jamais Nina ne m'aurait fait subir une honte
pareille ! » Tu claques la porte. À minuit, tu n'es pas

revenue. Je n'ose appeler ni mes amis, ni la police, ni Thierry, en séminaire à Oslo. Je me sers à boire, je vais à la fenêtre, j'allume une nouvelle cigarette, je regarde l'heure, je guette le bruit de l'ascenseur, j'attends en tremblant. Ma colère t'a jetée dehors, toi ma fille, mon amour, dans la nuit, dans le froid, à la merci de n'importe quel accident.

Le téléphone sonne. Je me précipite. C'est Alexandre. Quel Alexandre ? Oui, bien sûr, le fameux Alexandre de Nina. Je tente de recouvrer mon calme. Il ne m'en laisse pas le temps. Ils ont eu un accident au retour d'une soirée bien arrosée, c'est lui qui conduisait, c'est sa faute, Nina est dans le coma. Je ne perds pas une minute à consoler cet alcoolique, cet assassin, ce crétin de vétérinaire. J'appelle un taxi, enfile un manteau, prends mes clés, mais j'oublie mon téléphone portable. Devant l'hôpital Trousseau, je retrouve Alexandre, hagard. Nina vient d'être admise aux urgences. Il faut attendre les résultats du scanner. La peur me glace. La tête entre les mains, je murmure : « Mon Dieu, je vous en supplie, faites que Nina ne meure pas, sauvez mon bébé ! » Près de moi, Alexandre sanglote, répétant bêtement, comme en écho : « Nina, mon bébé, mon bébé... »

Deux heures plus tard, le chirurgien me rassure. Nina est sortie du coma. Elle n'a qu'une fracture du genou. Rien à la tête. Il vient de la plâtrer. Par sécurité, elle restera hospitalisée une petite semaine.

– Et le bébé ? demande timidement Alexandre.

– C'est la première question qu'elle a posée en se réveillant, répond le chirurgien en souriant. Pour le moment, tout va bien. Mais il faudra surveiller sa grossesse de près. Pardonnez-moi, une nouvelle urgence m'attend...

Stupéfaite, je me tourne vers Alexandre. Il acquiesce

du regard. Ils ont attendu la première échographie. Ils devaient me l'annoncer demain. Ils sont allés, tous deux, fêter la nouvelle chez des copains. J'ai envie de le gifler. Je lui tombe dans les bras, à bout d'émotion. Je décide de passer la nuit près de Nina dans sa chambre d'hôpital. Elle dort calmement. Je rentre chez moi au petit matin, épuisée.

Pendant quelques heures, je t'ai oubliée. Où es-tu ? Violée, noyée, écrasée ? Voici que la honte et l'angoisse me reprennent. L'ascenseur est bloqué au sixième. Une fois de plus, quelque fêtard distrait a-t-il négligé de le fermer ? À bout de souffle, je grimpe l'escalier. Tu es étendue sur le palier ainsi que quatre de tes amis. J'identifie rapidement Jézabel, Olivier et Rachid. Je ne connais pas le quatrième qui est peut-être une fille. Vous dormez si profondément que je n'ai pas envie de vous réveiller. Vous êtes si beaux, si jeunes dans l'innocence de votre sommeil. Toi surtout, évidemment. Tu serres dans tes mains une demi-bouteille de plastique agrémentée d'une bizarre petite grenouille. Me reviennent en mémoire des images de toi, bébé, dormant dans ton berceau, serrant ton doudou contre ta joue.

L'irruption du gardien de l'immeuble me fait sursauter. Un jeune Marocain aimable, efficace. Un gardien comme il faut. À sa place. Un gardien comme on les apprécie dans nos beaux quartiers germanopratins.

– Vous voilà enfin ! Votre fille et ses copains ont fait la java toute la nuit ! Pour éviter des ennuis à votre mari, je n'ai pas appelé les flics. Mais ce n'est pas l'envie qui m'en manquait !

Avant que je n'aie le temps de protester, il frappe d'un coup de pied le corps endormi de Jézabel.

– Et vous les laissez se défoncer ?

De quoi parle-t-il ? Je n'en ai aucune idée. Il frappe

d'un nouveau coup de pied le corps inerte de Rachid. Je le regarde faire. Hébétée. Une vague terreur commence à m'envahir. Il arrache de tes mains le doudou en plastique et me l'agite sous le nez.

– Vous savez à quoi elle sert, cette bouteille ? À mieux aspirer le shit. C'est un bang.

– Un quoi ?

– Une sorte de narguilé, si vous préférez.

Je proteste :

– Ils ont dû le trouver dans la rue. À leur âge, ils ne savent pas ce que c'est.

Il s'emporte, sans me ménager :

– Vous faites la naïve ou quoi ? Et demain ce sera l'ecstasy, le crack, la coke, l'héro... C'est ça que vous voulez ? Vous ne voyez pas qu'ils sont complètement défoncés ?

Je suis plus que naïve, complètement ignorante. Lui, en revanche, maîtrise parfaitement le registre des substances illicites. Je balbutie des excuses, tremblante, affolée. Il a pitié de moi. Je n'ai donc rien compris ? Je n'ai vraiment aucune idée de ce dont il parle ? Moi, la prof, je ne sais pas que ma fille se drogue ? Moi, ta mère, je n'ai pas remarqué tes yeux vitreux et cernés, je ne me suis pas demandé pourquoi tu as tellement maigri depuis la rentrée ? Lui, le gardien, il s'en est vite aperçu ! Mon aveuglement le met hors de lui.

– Dire que ce sont des gosses de bourges, même pas des paumés des cités !

Il me conseille ironiquement de sortir du quartier et d'aller faire un tour du côté de Mantes-la-Jolie, là où il a grandi. Il enjambe les corps de tes copains. Il m'aide à te traîner dans ton lit. Je suis dans un tel état de choc que je parviens à peine à le remercier. Je le regarde secouer les autres. Il les insulte. Les ados se marrent en dévalant les marches. Sauf Jézabel, dont les sanglots me peinent. C'est la plus touchante de tes amies.

– Mademoiselle, vous n'êtes pas en état, vous voulez rester chez moi ?

– Merci, madame, ça va aller, hoquette Jézabel en me jetant un regard perdu.

– Prenez l'ascenseur, au moins. Vous titubez.

Dans ton lit, tu ronfles paisiblement. Je suis épuisée. Je voudrais dormir un peu. Mais il ne faudra pas oublier d'annuler mes rendez-vous. Et aussi d'appeler le proviseur pour le prévenir de ton absence. Inutile de lui donner davantage de raisons de te renvoyer.

Je retrouve mon portable oublié. Cinq appels en absence. Pourvu que ce ne soit pas l'hôpital ! Pourvu que l'état de Nina n'ait pas soudainement empiré ! Pourvu qu'elle n'ait pas perdu son bébé...

C'est Thierry. Toute la nuit, il m'a appelée d'Oslo, fou d'inquiétude et d'énervement. Tu lui as raconté que j'étais sortie dîner avec « un ami », que je n'étais pas revenue, que je ne répondais pas sur mon portable, que tu n'avais pas tes clés. Tu voulais rentrer sagement te coucher, mais tu n'osais pas réveiller le gardien. Au cinquième appel, la voix de Thierry est plus sèche : « Il paraît que ce n'est pas la première fois. Pas étonnant que tu aies tant de problèmes avec cette petite fille. Si tu as un amant, tu ne peux pas t'arranger pour le baiser plus discrètement ? » Je m'enfonce sous ma couette, bien décidée à ne pas rassurer ce pauvre type. Mais je laisse mon portable sur la table de nuit. Au cas où le ciel me tombe davantage sur la tête. Je n'ai pas dormi deux heures qu'un appel me réveille en sursaut. Mon Dieu, faites que ce ne soit pas l'hôpital !

C'est Nina. Sa voix douce, émue, joyeuse. Une voix de ressuscitée : « Maman, tout va bien, je suis tellement heureuse. Désolée que tu l'aies appris comme ça ! Mais surtout ne dis rien à papa, je préfère le lui annoncer moi-même. Si tu peux, apporte-moi des fruits. Des mangues, si tu en trouves. » Je n'avais pas pensé à l'acrobate ! Je me rappelle soudain son bonheur à la naissance de Nina, son sourire émerveillé, son profil tendrement penché sur le berceau de sa fille. J'aurais aimé partager la nouvelle avec lui. Nostalgie, nostalgie...

Le téléphone à nouveau. Thierry est furieux, très angoissé, surtout. Je le rassure : « Tout va bien. Elle est là. Elle dort, mais... » Un fou rire aussi nerveux qu'injuste m'oblige à raccrocher. Il me rappelle trois fois. Je ne réponds pas. Je vérifie que tu dors. Comme un ange. Ma petite fille à moi, ma jolie droguée.

Je pars porter une corbeille de fruits exotiques à mon autre fille bien-aimée, la biologique, que son vétérinaire n'a pas tuée. Dans le taxi du retour, mon portable sonne. C'est Thierry. Glacial. Il ne me laisse pas le temps de lui raconter mes aventures nocturnes. « Je suis à Oslo et tu veux que je m'occupe de tout, que je règle les moindres détails ! Je te prie de donner trente euros à ta fille. Elle vient de m'appeler. D'ailleurs, tu ne lui donnes pas assez d'argent de poche. Elle se plaint que tu caches ton sac... Regarde où cela la mène ! Avec Nina, tu n'étais pas si radin ! » Je proteste. As-tu encore égaré la carte de crédit sur laquelle ton père te verse chaque mois une somme astronomique ? Thierry n'a pas le temps de discuter. D'une voix sèche, il m'ordonne de te donner ces trente euros. « Elle en a besoin pour inviter à dîner son amie Jézabel qui part demain en famille d'accueil. » Il raccroche.

La stupeur me cloue recroquevillée au fond du taxi. J'essaie d'assimiler les mots de Thierry. Trente euros, c'est une somme absurde. Peu importe. Mais il a bien dit « famille d'accueil » ! De quoi parle-t-il ? Je n'en sais rien sinon que, manifestement, il ne s'agit pas d'un séjour au Club Méditerranée. La touchante Jézabel en famille d'accueil ? Mais pourquoi ? Je rappelle Thierry. Je le dérange, il est en réunion. Il n'a fait que répéter ce que tu lui as dit, sans réfléchir à cette histoire de famille d'accueil. Mais il me supplie de te foutre la paix, et à lui aussi par la même occasion.

Tu m'attends, souriante, pressée d'avoir ton argent. J'exige des explications sur ta consommation de haschich. « Mamounette chérie, ne crois pas ce bâtard de Marocain, je te le jure, je n'ai jamais fumé autre chose que tes putains de Marlboro. Mais dépêche-toi, je ne veux pas rater mon rendez-vous avec Jézabel. Où est ton portefeuille ? » Du ton le plus neutre possible, je t'interroge sur cette histoire de famille d'accueil. « Ben oui, quoi, c'est son bâtard de père qui a appelé le juge pour enfants. Et maintenant elle est obligée de partir là-bas. Tout ça parce qu'elle a cassé une vitre, sans même le faire exprès. Ses parents ont divorcé, et c'est le bâtard qui a la garde. Tu vois ce qu'il en fait ! Heureusement que vous n'avez pas divorcé, papa et toi. Trente, ce n'est pas assez. Donne-m'en cinquante, comme ça tu ne casseras pas ton billet... » J'exige le numéro de téléphone du père de Jézabel en échange de quarante euros, pas un de plus. Un baiser pour me remercier. Tu as réussi ton marchandage. Le sourire aux lèvres, tu claques la porte, dévalant l'escalier.

Au bout du fil, blessé, brisé mais résigné, un homme me fait part de son désespoir :

– J'ai tout essayé depuis trois ans que dure l'enfer. Jézabel a déjà fait trois séjours en hôpital psychiatrique, elle a subi des semaines de désintoxication, mais chaque fois le cauchemar a recommencé. Des fugues, des tentatives de suicide. Les psychiatres n'arrivent à rien, j'ai dû saisir la brigade des mineurs.

Et maintenant la voilà placée en famille d'accueil. Mon enfant que j'aime tant...

D'une voix étranglée, je lui pose la question la plus imbécile :

– Elle est adoptée ?

Manifestement, je le prends au dépourvu.

– Adoptée ? Non. Pourquoi ?

Il ne me laisse pas le temps de me confondre en excuses.

– Madame, adoptés ou non, ces enfants-là se reniflent, ils se retrouvent toujours pour partager leurs angoisses. Je connais bien votre fille. Elle n'est pas encore passée à l'héroïne comme la mienne. Mais ça ne va pas tarder... Faites attention à elle.

Je repose le combiné d'une main tremblante. Une fois de plus, je n'ai rien deviné. « Normal, tu ne captes rien », dis-tu si souvent. Rien. Je suis nulle. Jézabel, que j'ai accueillie si souvent, sans la moindre méfiance. Quelle mère suis-je donc ? Incapable de veiller aux fréquentations de son enfant !

Le lendemain, Thierry est enfin de retour. En vrac, je déverse tout. L'accident de Nina, sa grossesse, tes mensonges, ton absentéisme scolaire, le conseiller d'éducation, ta nuit d'enfer, ta grenouille et tes copains drogués, Jézabel... Thierry m'embrasse, me caresse les épaules, s'excuse de sa colère injuste, il sait bien que je n'ai pas d'amant, il me console, tente de me rassurer : « Une fois de plus, tu dois dramatiser... Tu es trop pessimiste. Au pire, elle aura fumé un joint. Et alors ? On n'en a pas fait autant, toi et moi, dans notre folle jeunesse ? Et je suis si content pour Nina ! Quant au proviseur, je vais m'en occuper, ne t'en fais pas, elle ne sera pas renvoyée. »

La porte claque. D'un même mouvement, nous nous

précipitons. C'est toi, debout, immobile dans l'entrée, yeux baissés, sourire ironique aux lèvres.

Thierry pousse un hurlement : « Que t'est-il arrivé ? » Quant à moi, hébétée, suffoquée, je refoule mes larmes. Tu fixes ton père de ton beau regard noir. « Je ne retournerai plus dans ce collège de bâtards. Je veux aller en pension puisque Jézabel est partie. Entre elle et moi, c'est à la vie, à la mort. D'ailleurs, on est lesbiennes. » Me désignant avec mépris, tu ajoutes : « Elle va pleurnicher, celle-là, faire la victime comme d'habitude, elle ne sait faire que ça ! Papa, tu ne trouves pas qu'elle est pire que Le Pen ? »

Tes histoires de collège et de pension, tes intuitions politiques pas plus que tes initiations sexuelles ne nous paraissent prioritaires. Horrifiés, ton père et moi, nous contemplons ta nouvelle coiffure, nous fixons ton crâne. Il est entièrement rasé ! Comme en un geste de coquetterie, tu te caresses la tête. « Ça vous plaît ? Moi, je trouve que ça me va bien. Avant je faisais trop roumaine. D'accord, c'était pratique pour mendier. Mais je préfère avoir l'air d'une vraie caillera ! » Tu relèves prestement ton sweat. Sur ton ventre si joli, ton ventre de bébé que j'ai si souvent embrassé en te faisant pouffer, sur ton ventre de femme que je n'ai plus le droit d'apercevoir, se dessine un vilain serpent vert et noir. « Et mon tatouage d'Indienne, vous le trouvez comment ? »

Sans un mot, Thierry fait volte-face. Il s'enferme dans son bureau. Les hommes ne jouent pas les victimes. Ils n'aiment pas qu'on les voie pleurer.

Le lendemain, c'est toi qui pleures : « Papa, maman, je n'en peux plus, aidez-moi, envoyez-moi en pension ! » Ta supplique nous brise le cœur. Mais Thierry n'est pas prêt, il préfère convaincre le proviseur de faire un nouvel essai. Il y parvient sans difficulté. Cet homme généreux ne demande qu'à t'aider, à nous aider. « Merci, mon papa chéri, j'étais sûre que tu y arriverais. Tu gagnes toujours, tu es magique ! » déclares-tu avec une admiration sans bornes pour les « pouvoirs » de ton père, des pouvoirs que tu t'attribues dès qu'il les exerce.

Mais, cette fois, tu fais preuve d'une détermination nouvelle : « Je me fous de ce bâtard de proviseur. Après tout ce que j'ai fait, les profs m'ont dans le collimateur. Et ici j'étouffe, je fais trop de bêtises. Il n'y a qu'en pension que je guérirai. » Guérir ! C'est toi qui prononces ce mot ! Tu es plus raisonnable que nous. Tu veux t'en sortir. Tu n'y arrives plus « en famille ». Tu réclames une rupture provisoire.

Thierry cherche un compromis. Un autre lieu, un autre cocon pour t'accueillir quelques semaines, le temps que tu reprennes confiance en nous, en toi. Mais auquel de nos amis pourrions-nous demander un service aussi lourd ? Nina la première vient à notre secours. Elle en a discuté avec Alexandre. Il est d'accord. Tu pourras t'installer dans la chambre des jumeaux les soirs où ils ne sont pas là. Comme toujours, dans les cas où un être humain lui tend une main solidaire, Thierry déborde de gratitude et d'émotion. Deux heures durant, je l'écoute discourir avec ferveur. Il n'a jamais douté de la générosité d'Alexandre et de Nina. D'ailleurs, Nina ne tient-elle pas un peu de lui, son beau-père ? Ne l'a-t-il pas tout de même un peu élevée ? Je suis émue aussi. Mais plus inquiète. Ou plus égoïste. Instinctivement, je préférerais protéger Nina. A-t-elle mesuré la charge que tu représentes ?

Tu ne me laisses pas tergiverser. Ta décision est prise : « C'est mort. » Qui est mort ? Ma question t'énerve prodigieusement. Cette fois, je dépasse les bornes de l'ignorance. Tu hurles. Je ne capte pas ?

« C'est mort, mort de chez mort. *Die*, quoi ! » Je dois comprendre que tu refuses toute discussion. Tu ne veux pas d'une autre famille, tu exiges une pension. Tu pleures. Tu te cognes contre des murs sans savoir les nommer. Je voudrais tant te porter secours, mon enfant à moi, mon enfant qui souffre. Il me faut d'urgence convaincre Thierry.

Je trouve la phrase décisive : « Je ne supporte pas plus que toi cette idée de pension. Mais reconnais que, si elle n'était pas adoptée, on l'entendrait, on accepterait... » Résigné, Thierry se démène comme chaque fois. Il consulte tous les organismes susceptibles de l'aider à t'inscrire, au plus vite, en cours d'année scolaire, dans un internat confortable. Je supplie : « Et surtout pas trop éloigné de Paris. Qu'au moins on la récupère chaque week-end. » Bien sûr, Thierry y parvient.

Nous prenons tous les trois ce train vers l'est, vers ta future prison. Un château superbe, accolé à une somptueuse abbaye du XIIIᵉ siècle. Le directeur est un homme ouvert, affable, passionné des vieilles pierres. Le tarif est élevé – restauration du château oblige.

Tu réponds sagement à ses questions, l'œil vif, le propos carré : « J'ai fait des bêtises. Je veux les réparer. Ne me laissez pas gâcher mon avenir. » Tu impressionnes favorablement l'aimable directeur. Tu pourras intégrer son internat dès la semaine prochaine. En attendant, il nous convie à une visite de son établissement.

Je voudrais tant oublier ce moment. Au troisième étage, le dortoir 12 respire la tristesse. Huit pauvres lits alignés, huit étagères à vêtements. Les salles de douche sont communes. Tu approuves, enthousiaste. Tu t'y sens déjà mieux que chez toi. Je voudrais tant oublier ces regards désespérés que nous échangeons, Thierry et moi, cette connivence dans le malheur qui nous jette l'un vers l'autre. Nous voici brutalement de retour au Chili, dans le foyer de Concepción. Mais, cette fois, ce n'est pas pour aller t'y chercher. Cette fois, ce n'est plus pour chanter que nous allons te sortir de là.

Thierry remplit le formulaire d'inscription et signe un chèque pour le trimestre en cours. Au moment où nous partons, le directeur lui remet un mot personnel à l'attention du ministre de l'Éducation nationale afin qu'il prenne en compte les difficultés financières de son établissement. Il est certain que Thierry connaît le ministre... Un petit arrangement supplémentaire ? En échange de quoi, monsieur le directeur ?

Dans le train du retour, tu babilles, tout excitée. Je n'ose pas regarder Thierry, son profil désespéré, la petite goutte de sueur le long de sa tempe. Je refoule mes larmes.

Je ne pleure que la semaine suivante, après t'avoir quittée, toi, si gaie sur le quai de la gare, ta valise pleine de vêtements neufs à ton nom, ton cartable neuf aussi, bourré de fournitures et de bonbons.

Thierry et moi ne parvenons plus à nous parler. Nous partageons le même sentiment d'échec, la même honte affreuse. Paule tente de me réconforter : « Vous avez choisi la meilleure solution. Même si elle vous fait de la peine, soyez courageux. Moi, quand ma mère m'a mise en pension, ce fut la plus belle année de ma vie ! » Un propos involontairement bien cruel. Une fois de plus, Paule m'accable en me comparant à sa mère si détestée.

La seule qui pourrait me consoler, c'est Nina. Je suis fragilisée par le souvenir de son accident, émerveillée par sa grossesse, j'ai besoin de m'occuper d'elle, de la choyer, de lui rendre service. Je deviens à nouveau intrusive. Comme toutes les mères en mal de consolation, je cherche désespérément à me rendre utile. Un rêve « modeste et fou » ? Ou l'alibi orgueilleux d'une solitude extrême ? Nina a du mal à cacher son exaspération à chacun de mes appels : « Je me porte très bien, j'ai beaucoup de travail, je n'ai pas le temps, un rendez-vous urgent et le week-end prochain nous allons en Normandie, Alexandre et moi. » Nous ne nous sommes pas vues depuis si longtemps. Est-elle certaine de ne pouvoir déjeuner avec moi ? Un café au moins, en coup de vent ? « Maman, n'insiste pas. Je sais qu'elle te manque. Nous t'avons proposé de la prendre chez nous. Si elle est en pension, ce n'est pas ma faute. Ne fais pas de moi ta roue de secours... »

Sa roue de secours ? L'expression me blesse plus que de raison. Que veut-elle exprimer ? Quel étrange malheur la ronge ? Argent, amour, admiration, de quoi a-t-elle manqué de ma part ? Que peut-elle donc me reprocher ?

J'essaie de réfléchir. Sans doute lui ai-je trop demandé de m'aider, de me protéger. Aurais-je donc inversé des rôles à jamais établis ? J'ai eu tort. Soit. Mais la litanie de ses refus me submerge de chagrin. De chagrin ou de colère ? Pour la première fois, je me révolte : lui ai-je refusé mon soutien lorsqu'elle criait SOS, combien de recherches ai-je abandonnées illico pour corriger les siennes, combien de rendez-vous ai-je annulés pour voler vers elle ? Je ne parviens plus à refouler mes ressentiments. C'est la première fois que je lui en veux à ce point.

Un doute, pourtant, me taraude. N'en ai-je pas fait autant avec ma propre mère ? Avant de mourir, ma mère a-t-elle parfois éprouvé aussi douloureusement la distance des générations ? Au fond de moi, je reconnais que oui, bien sûr, j'en ai fait autant. Et cet aveu dédouane Nina. Je m'accuse, je lui pardonne. Nous avons en commun d'avoir, chacune, « trop » aimé notre mère. Nous les voulions triomphantes. Nous ne supportions pas de les voir pleurer. Nina est comme moi. Si elle m'aime trop, c'est ma faute, je lui ai donné le pire exemple. Elle a si peur de ma mort que, pour en conjurer la menace, elle la mime par anticipation.

« Moi aussi, ma mère, je la poussais à bout », dit Paule. La comparaison me révolte. À bout de quoi ? Je n'ai toujours pas l'intention de me suicider. Mais, pour la première fois, la prescience d'une mort inévitable m'habite. Si le temps passe, pourquoi le laisser passer sans nous voir, sans nous parler ? Avant qu'il ne soit trop tard, Nina ?

Mes rares confidences semblent impressionner mon amie psychiatre. Face à mon refus obstiné de consulter – encore un verbe devenu intransitif –, Nathalie ajoute à mes tranquillisants un antidépresseur. Je n'en ressens pas le besoin, mais je n'ai rien contre. Elle me parle médicaments, donc médecine, pas marabout. L'antidépresseur me rassure avant même que je l'avale. Sous ma langue, il est médicalement correct. Il m'évite de parler.

Couteau papillon

Lors de ton premier week-end à la maison, tu es radieuse. La pension est « super », tu « kiffes grave » les professeurs, « sauf le prof d'espagnol, un vrai bâtard » – comme par hasard celui-là, une fois de plus ? –, et tu te fais de nombreux copains. « Je me suis même tapé le surveillant ! » Ton père sursaute. Tu le nargues : « Un surveillant de trente ans, c'est chaud... T'en fais pas, je l'ai seulement embrassé. » Thierry sourit, soulagé. Pas moi. Mais je me contente de critiquer ton vocabulaire. Tu n'apprécies pas. « Quand on dit qu'on se tape un keum, c'est qu'on n'est pas amoureuse de lui. J'ai le droit d'être féministe, moi aussi. » Toi, féministe ? Je t'aurais donc transmis un message ? Tu en déformes le sens. Tu fais fausse route, et j'ai perdu l'illusion de te remettre sur le bon chemin. À quoi bon ? Je me tais.

D'ailleurs, tu as mieux à faire qu'à m'écouter, tu es pressée, tu veux de l'argent, tu as rendez-vous avec tes « potes », « des nouveaux, des corrects, pas des cons qui gâchent leur avenir en fumant de la merde ». Ce discours nous rassure. D'autant plus que tu promets de revenir dîner avec nous. La pension a décidément du bon. Sur le pas de la porte, soudain, tu me serres le cœur :

– Je parie que ma sœur ne me fera pas l'honneur de venir me voir ?

Je tente de disculper Nina :

– Le week-end, ta sœur a besoin de se reposer, n'oublie pas qu'elle est enceinte...

– Tu parles d'une excuse ! Je la hais !

– Tu es injuste, elle t'avait proposé de venir t'installer chez elle !

– La vérité, c'est qu'elle n'en a rien à foutre de moi depuis qu'elle attend un bébé !

– Ne sois pas jalouse. Toi aussi, plus tard, tu en auras, murmure Thierry en t'embrassant.

Tu n'écoutes pas ton père. Tu le repousses. Tu me serres de toutes tes forces dans tes bras.

– Maman, maman, je la hais ta fille, c'est une pute, dis-moi que tu m'aimes plus qu'elle !

Je réponds, bêtement loyale :

– Je vous aime toutes les deux autant, tu le sais bien.

Tu te dégages en hurlant :

– Elle est moche ! Un jour Alexandre la trompera avec moi. Je lui prouverai que je suce mieux qu'elle...

Écœurée, je te tourne le dos.

– Ce ne sont que des mots, gémit Thierry.

Des mots qui me font trop mal. La honte me submerge.

– Une provocation d'ado, rien d'autre. Tu la connais, c'est son crabe, elle est jalouse de Nina, mais ce n'est pas grave..., supplie Thierry.

Depuis quand une provocation devient-elle une excuse ? Je ne sais plus lequel des deux, du père ou de la fille, me fait davantage vomir.

Tu en rajoutes :

– Dans deux jours, j'ai mes règles et je vous crache mes ovaires à la gueule !

Je n'y comprends rien. Je t'aime tant. Je ne sais plus t'accompagner, je ne peux pas te suivre. Tu éclates de rire.

– Papa, elle est vieux jeu. Psychorigide. Complètement dépassée. Tu l'aimes encore à son âge ?

– On ne dit pas « elle » quand..., proteste machinalement Thierry.

J'entends les voix ironiques des Nicole, des Nadine,
de tous les experts, sociaux ou pas. Je les entends
murmurer : « Encore une adoption ratée... »

Brusquement, tu sanglotes :

– Maman, maman, pourquoi tu ne l'as pas empêchée
d'être enceinte ? C'est moi qui voulais te faire un bébé,
moi la première...

Je suis désarçonnée par ton chagrin si violent, par
ces mots incohérents. Pourquoi ce désir d'enfant ? Tu
n'en as pas l'âge ! Et pourquoi me faire un bébé à moi,
ta trop vieille maman ? C'est toi, mon bébé...

Tu renonces à sortir. Tu ne veux rien manger. Tu
exiges seulement que je dorme avec toi toute la nuit,
dans ton lit, que je te caresse le front, que je te chante
une chanson. Puis une autre. Les chansons que me
chantait ma maman. D'un regard, Thierry m'encourage. Sans dissimuler mon ravissement, je m'exécute.
Cela fait si longtemps que tu refuses mes câlins. Sous
la couette, je te berce longuement. Tu te laisses faire,
le pouce dans la bouche, sanglotant à petits hoquets.
Dans mes bras, tu t'endors comme un bébé. Je ne
comprends rien à ce qui t'arrive. Qui es-tu ? J'appelle
mon intelligence au secours. Elle ne me répond pas.
Je suis perdue. Une fois de plus, tu souffres et je n'y
peux rien.

Tu souffres. Mais de quoi ? Pourquoi ? Pour
combien de temps encore ? Tu respires doucement. Je
n'ose pas me dégager, rejoindre Thierry. Je ne veux
pas te trahir. Je m'endors près de toi, jusqu'au matin.

« Je suis sûre que papa est fou de jalousie »,
déclares-tu fièrement à ton réveil. Nous prenons évi-

demment le parti d'en rire, Thierry et moi. Et, le soir
de ce dimanche-là, de te cacher notre tristesse. Tu
parais tellement ravie de retourner dans ton internat.

Nous décidons de nous secouer. De profiter de ton
absence pour retrouver un peu notre ancienne joie de
vivre. De revoir nos amis délaissés, d'aller au cinéma,
de faire l'amour, de resserrer nos liens.

Quelques jours plus tard, le téléphone sonne. Une
voix sèche. L'adjoint du directeur nous ordonne de
venir te chercher sur-le-champ. Ils t'ont supportée pendant ces deux semaines, mais tu ne t'es jamais adaptée.
Ils ne nous ont rien dit, ils ont patienté, pensant que
tu finirais par accepter les règles de l'établissement.
Tu es revenue les poches pleines de cannabis que tu
as revendu à d'autres pensionnaires. Tu as mis un
désordre sans précédent dans la vie de tes professeurs.
Ils n'en peuvent plus. Et tu es devenue un danger pour
toi-même. Tu ne passeras même pas en conseil de
discipline, c'est inutile. Tu es renvoyée pour ton bien.

Thierry prend le premier train. Il apprend que tu as
passé plusieurs nuits à taguer une salle de classe : « Je
suis née à Concepción. L'Indienne du Chili vous
emmerde ! » L'adjoint n'a qu'une hâte : que tu t'en
ailles au plus vite. Par courtoisie, Thierry demande à
saluer le directeur. Il est en réunion, il n'a pas le temps.
Quant à toi, ta valise est prête. Tu exultes, impatiente
de revenir enfin dans *ta* maison.

Nous annulons notre dîner pour t'emmener au restaurant. Tu es ravissante, tes cheveux ont repoussé, une
courte masse sombre et bouclée, comme lorsque tu
étais bébé. En silence, je t'admire. Thierry t'interroge.
Tu réponds, sérieuse, mûrie, réfléchie :

– Papa, tu peux être fier de moi. Je te ressemble
tellement. Quand tu veux quelque chose, tu l'obtiens
toujours. Moi aussi. J'ai su me faire renvoyer. Et

maintenant je saurai toujours. Ne me chasse plus jamais. Ici, je suis chez moi.

Qu'ils sont beaux, le père et la fille, leurs têtes penchées mêlant leurs cheveux bouclés, main dans la main... Rien ne m'émeut davantage que leur adoration réciproque. Je ne peux m'empêcher de t'interrompre :

– Nous ne t'avons pas chassée ! C'est toi qui nous as obligés à t'envoyer en pension.

Tu ne daignes pas me jeter un regard. Tu ne parles qu'à ton père. Un ton calme, implacable.

– Elle a raison. Je t'ai fait de la peine. Pardon, papa. Mais comprends-moi. Je ne l'ai jamais aimée. Tu m'obliges à vivre avec elle. Tu as été jeune, toi aussi, mais tu ne sais pas ce que c'est de vivre avec une mère qu'on n'aime pas.

Je tremble. Je m'en doutais depuis longtemps. Je les redoutais, ces mots. Une fois prononcés, ils m'explosent le cœur. Tu insistes :

– Je n'aime pas ma mère. Voilà, je l'ai dit. Et ça me fait du bien.

– Pourquoi ? demande Thierry, bouleversé.

– Je ne sais pas. C'est plus fort que moi. Elle me dégoûte. Je n'aime pas son odeur, sa peau, sa tête de victime toute ridée. Quand elle me touche, j'ai envie de vomir. Quand elle est là, je ne peux plus respirer.

Blême, Thierry demande l'addition. Dans la rue, c'est moi qu'il prend dans ses bras : « Pardon, mon amour, pardon. Je n'avais pas mesuré le calvaire qu'elle te fait vivre. » Je suis stupéfaite. Je m'attendais à une condamnation définitive, pas à cette compassion. Toi non plus, apparemment. Tu t'enfuis. D'un commun accord, ton père et moi, nous décidons de ne pas nous préoccuper de ta fugue. Nous dormons mal. Toute la nuit, nous guettons le bruit d'une porte.

Tu reviens tôt le lendemain matin, le sourire aux

lèvres, les bras chargés de croissants. Tu n'es pas seule. Rachid, Olivier et Jézabel t'accompagnent, crasseux, épuisés, triomphants : « Jézabel a fait comme moi. Elle est virée. Sa famille d'accueil n'en veut plus. Son bâtard de père est obligé de la reprendre ! claironnes-tu joyeusement. C'est lui qui a payé les croissants. »

Je ne comprends rien aux allers et retours entre famille d'accueil et famille d'origine. Je me promets de me renseigner sur ces procédures bizarres. « Si tu ne captes rien aux familles d'accueil, c'est parce que tu m'as adoptée. » Peut-être. Les familles adoptives deviennent des familles d'origine. Mais lorsqu'on leur arrache leurs enfants pour les placer en famille d'accueil, comment les nommer ? Je ne m'accorde pas le temps de réfléchir à la tromperie des mots. La situation est préoccupante. Tu as retrouvé ta bande maléfique.

Tu es parfaite, courtoise, empressée. Tu mets la table du petit déjeuner pour nous tous. Depuis quand n'ai-je plus osé te demander la moindre participation ménagère ? Tes copains te regardent faire avec adoration. « Maman chérie, viens leur dire bonjour. Ce sont mes meilleurs amis, on ne se quittera plus jamais. Ils sont malheureux tous les trois, mais je les protège, ils ont confiance en moi ! » Compte tenu de tes propos de la veille, de ta disparition nocturne, ton doux babillage est plus qu'insolite. As-tu oublié ta haine ? Prudent, Thierry préfère fuir, prétextant un rendez-vous urgent.

Je prends le parti d'entrer dans ton jeu, faisant asseoir tes amis, les interrogeant avec précaution. La bouche pleine, trempant son croissant dans son bol de chocolat, sans essuyer les gouttes qui tombent sur son jean déchiré, Olivier offre un spectacle répugnant.

– Je ne suis pas malheureux, seulement orphelin,

finit-il par déclarer, après avoir avalé goulûment une dernière bouchée de croissant.

Tu l'interromps, les yeux brillants d'émotion :

– C'est bien pire, maman ! Son père a été assassiné à coups de couteau sous ses yeux. Par un dingue, tu te rends compte ! Et les dingues, ils ne vont jamais en prison.

Je m'en veux immédiatement. Pauvre enfant ! Je l'ai sévèrement jugé et de quel droit ? Je ne me pardonne pas mes préjugés. Le gardien a tort. Le malheur a droit de cité, même chez les bourgeois ! Je bafouille quelques mots compatissants :

– C'est affreux, je suis désolée pour toi... Et c'est pour cela que tu es vêtu de noir de la tête aux pieds ? Tu es en deuil ! Et cette grande croix sur la poitrine ?

Ils éclatent de rire tous les quatre.

– Pauvre maman, tu n'y comprends rien, tu ne vois pas qu'il est gothique ? C'est son style.

Je suis dépassée, en effet. J'ai mis un certain temps à apprendre les marques. Les styles m'échappent. Sans doute une mère plus jeune que moi ne s'y serait-elle pas trompée. La voix pâteuse, Rachid ne me laisse pas en douter :

– C'est pas sa faute, elle est trop vieille, ta reum.

Tu l'avertis :

– Fais gaffe, Rachid, tu vas avoir droit à un sermon !

Ironiquement, tu récites, imitant mon ton de voix :

– « Il vaut mieux une vieille mère que pas de mère du tout. »

Ton ami Rachid me fixe de ses yeux vitreux.

– Je sais, ma reum aussi, elle me le répète tout le temps.

Poliment, sans relever sa triste comparaison, je lui demande s'il est adopté.

– Tu le sais très bien, maman. Tu connais sa mère.

Je regarde Rachid sans comprendre.

– Tu ne te souviens pas de lui ? Tu avais soûlé sa mère avec tes histoires d'adoption !

Rachid ? Ton copain de maternelle ? Le petit Algérien ? Je ne l'avais pas reconnu, en effet. Mais toi, tu l'as retrouvé. Vous avez fini par vous ressembler. Je me rappelle les mots du père de Jézabel : « Adoptés ou non, ces enfants-là se reniflent. » Rachid semble deviner mes pensées :

– Moi, je n'ai pas de blèmes avec mes parents. Ils sont vieux mais, au moins, je leur ressemble... D'ailleurs, je n'ai aucun blème avec les profs non plus. Je n'ai pas redoublé, j'aurai mon bac et je serai bourré de thune comme mon père. Il dirige Canal +.

Il ment. Je le sais. Pour Canal +, je n'ai évidemment aucun mérite. Pour le reste, il ment trop mal. Tu lui jettes un regard admiratif. Es-tu complice ou crédule ? Et lui, se ment-il à lui-même ?

Tu t'enfermes avec tes amis dans ta chambre. Le rap hurle. La vie reprend son cours normal. Presque normal. Je me demande anxieusement comment nous réussirons à t'inscrire dans un nouvel établissement scolaire. En attendant, c'est moi qui suis en retard, j'ai une réunion à la fac. Pas le temps de réfléchir plus longuement. Une fois de plus, Thierry se débrouillera. Je lui fais confiance. À tout hasard, je téléphone tout de même à la mère de Rachid. Peut-être m'aidera-t-elle à y voir plus clair. À peine ai-je dit mon nom, sa voix se fait sèche. Comment ai-je osé l'appeler ? Après tout ce que tu as fait endurer à son fils. Un si gentil garçon, jusqu'à ce jour néfaste où tu es revenue. Depuis, tu as fait de lui ta chose, il te suit partout. Pour toi, il ment, se bagarre, vole, braque, deale et rackette. La police l'a arrêté plusieurs fois, mais il t'a toujours couverte. Dans un sanglot, elle me raccroche au nez. Bref, si

Rachid va mal, c'est à cause de toi ! Je suis effondrée, mais révoltée aussi. Sommes-nous donc tous semblables, nous, les parents ? Incapables d'assumer l'état de nos rejetons, nous leur trouvons sans cesse une excuse, un alibi, une circonstance extérieure ?

En apprenant ton renvoi, Nina ne cache pas son mépris. « Thierry n'a jamais voulu qu'elle aille en pension. Son orgueil ne l'acceptait pas. Tout le monde l'a compris sauf toi. Au premier prétexte, il est allé la reprendre ! Mais tu as déjà vu un internat virer un enfant au bout de quinze jours pour quelques tags dans une salle de classe ? » Le doute m'habite soudain. Je me rends compte que la plupart de mes amis partagent son avis. Et Paule aussi : « Vous avez commis la même erreur que ma mère. Vous n'avez pas supporté de la maintenir en pension. Sous prétexte qu'elle est adoptée ! »

J'interroge Thierry. En vain. Je reviens à la charge. Il finit par m'avouer que, « pour mon bien », il a évité de m'affoler : « Elle a fait une tentative de suicide. L'internat ne voulait pas en assumer la responsabilité. Et toi, je te connais, au seul mot de suicide, tu te mets à délirer... » Il a raison évidemment. Le suicide me hante en permanence. Une fois de plus, je n'ai donc rien compris. Tu as failli mourir ! Et moi, ta mère, je n'ai pas su t'en empêcher.

Mais, toi, tu ris : « Trop pas ! Je n'ai pas voulu mourir, maman, seulement me faire renvoyer. Je ne suis pas folle comme Jézabel ! Mais surtout laisse papa croire que j'ai fait une TS... » TS ? Tu soupires, agacée. Une tentative de suicide, bien sûr ! Je ne capte vraiment jamais rien. Tu as raison, les communautés jargonnent, les frontières du langage protègent leurs initiés, les mots s'aplatissent, s'affalent, se confondent, j'ai du mal à suivre tes savantes abréviations qui s'accordent à la vitesse SMS. Tu relèves tes manches, exhibant fièrement tes longs bras, marqués de profondes cicatrices. « Regarde, c'est Jézabel qui m'a appris à faire ça. Des scarifications. Un couteau de cuisine suffit. Mais c'est mieux avec un couteau papillon. »

J'ignore tout des couteaux papillons. Mais je connais le risque des scarifications. Tu es en danger. La priorité n'est pas de trouver un nouveau collège, mais de te faire soigner. Mes dénis, mes reculs, mes professions de foi antipsy ont fait de moi une mère lamentable. J'aurais dû me faire soigner moi-même ! Trop tard. Tant pis. Tant mieux. Ma vie est faite, pas la tienne, et je n'ai pas le droit de te refuser une aide extérieure. Il me faut te l'imposer. Mon amie Nathalie pousse un soupir de soulagement. Depuis un certain temps, elle tient tes troubles pour pathologiques. Elle nous sait tellement susceptibles qu'elle n'a pas osé insister. J'ai un peu de mal à convaincre Thierry, mais j'y parviens. Un rendez-vous est pris avec le docteur Ouzo, un spécialiste de la résilience. Question vocabulaire, je rattrape le temps perdu. Je n'en suis qu'à mes débuts. Bientôt les troubles obsessionnels compulsifs, les fameux « toc »...

« Je crains que vous n'ayez perdu beaucoup de temps », déclare sévèrement l'expert. Il nous pose donc la question qui m'obsède si souvent. Depuis quand ? Depuis quand manifestes-tu un trouble du comportement ? Quel âge avais-tu lorsque nous, tes parents, nous avons commencé à nous en inquiéter ? Depuis quand ? Ni ton père ni moi ne pouvons répondre. Nous sommes incapables de dater un début. Le début de quoi ? Avons-nous été aveugles ? Indifférents ? Pas aveugles, non. Encore moins indifférents. Mais nous n'avons cessé de minimiser, de louvoyer, de différer. À notre place, d'autres parents auraient-ils été plus lucides ? Nous étions si sûrs de nous, si confiants, si forts de notre bonheur, persuadés que notre exemple suffirait à lui seul.

Je bafouille une réponse vague :

– Je ne sais plus exactement, docteur... C'était une enfant pleine de vie. Peut-être certains débordements un peu exubérants auraient-ils dû m'avertir...

Tu m'interromps brusquement :

– Je vous préviens, je n'aime pas ma mère, c'est pour ça qu'elle m'oblige à vous voir.

– C'est bien de ne pas mentir. Votre fille a le mérite de la franchise, répond le docteur Ouzo.

Bizarrement, c'est toi que choque le plus cette déclaration.

– J'aime encore moins les psys ! Je mens tout le temps et je vous emmerde !

Tu t'enfuis en claquant la porte. Il ne l'a pas volé ! Même Nathalie en convient. Il vaut mieux te trouver un autre psy. « À condition que ce soit une femme. Pas un horrible mec comme celui-là ! » supplies-tu. Soit. Les femmes ne manquent pas dans le métier. Mais Aurore Stanis ne t'agrée pas davantage. Pourquoi ? Elle me ressemble trop. « Elle est comme toi. À peine elle m'a regardée, elle a tout de suite pensé du mal de moi ! Elle se la joue reine mère. »

Une reine mère ? J'essaie d'en rire :

– « J'ai faim, dit le bouffon. – Bouffons, dit la reine. – Quoi ? dit le bouffon. – Le bouffon, dit la reine... »

Bien involontairement, je parviens à te surprendre. Tu me félicites ironiquement :

– Tu sais ce que c'est un bouffon, toi ? Depuis quand ? Le bouffon, c'est celui qui a des bonnes notes à l'école. Comme toi ! Ou comme Nina, si tu préfères.

Dès la première séance, donc, à nouveau tu t'enfuis, laissant la douce Aurore Stanis plutôt désemparée.

J'avoue à Nathalie : « Dommage, moi, si j'avais eu besoin d'un psy, elle m'aurait plu... » Mon amie psy se tait. Son regard perspicace m'agace un peu.

Tu cherches à négocier. Un chaman, d'accord. Mais pas un psy. « Un chaman ? » demande Thierry, surpris. Il a parfois moins de vocabulaire que toi... Mais, cette fois, il ne cède pas à ton caprice de petite sorcière.

Que faire ? Nous ne pouvons pas t'emmener de force voir un psy... « Pourquoi pas ? » murmurent sévèrement certains de nos amis. Leurs conseils contradictoires nous accablent et nous déchirent. Leur compassion laisse place à la lourde artillerie des « yaka ». Il n'y a qu'à nous faire obéir, il n'y a qu'à te fixer des limites claires, il n'y a qu'à te punir, il n'y a qu'à te laisser tranquille...

Je fais appel à Nina. Ta sœur est si convaincue des bienfaits de la psychanalyse qu'elle saura peut-être te persuader. Elle y parvient, en effet. À sa manière. À condition qu'il s'agisse d'une psychothérapie « familiale ». C'est le seul moyen de m'aider, moi, à me retrouver enfin chez un psy. « D'accord, si maman reste tout le temps avec moi. » Tu le feras donc pour moi ! Nina est ravie de son subterfuge. Tu ne l'es pas moins. Qui a manipulé qui ? Peu importe, Nina a cru bien faire. Pour ton bien, mais aussi pour le mien... J'accepte. Contre mon gré. Prise au piège. En mon for intérieur, révoltée. Mais la situation est suffisamment grave pour que je fasse taire mon for intérieur. Dont, manifestement, tout le monde se désintéresse.

Tout le monde, sauf Nathalie et Thierry. De la tolérance autant que de la psychanalyse, Nathalie fait une pratique professionnelle. Elle ne fume pas, ne boit pas, mais fulmine contre les interdits. Et elle n'est jamais certaine qu'une analyse fasse plus de bien que de mal. Dans mon cas, elle n'est sûre de rien et me laisse au

moins cette liberté. J'en profite pour fondre en larmes.
Mon amie s'inquiète : « Tu ne commencerais pas une
dépression ? » Je ne m'en accorde ni le temps ni le
droit. J'ironise, je parade, je donne le change, je fuis :
« Tu en connais beaucoup, des gens capables de faire
une dépression parce qu'on les force à aller voir un
psy ? »

Quant à Thierry, lui seul connaît l'intensité de mes
terreurs enfantines. Enfantines ou puériles ? Mais il
plaide, raisonnable : « Je suis désolé pour toi. Il faut
essayer. Après tout, ce n'est pas la mer à boire. Fais-le
pour elle. » Pour toi, la mer, je suis prête à la boire.
Prête à la labourer aussi. Comme Simón Bolívar. Mais
Thierry sous-estime la violence de mes résistances. Je
n'ai pas la force de Bolívar. Ce n'est pas la mer à boire,
mais je ne veux pas voir de psy. « Je sais », dit tendrement Thierry. Il croit qu'il sait. Il ne sait pas. Ce
n'est pas sa faute. Personne ne peut comprendre.
Quand on se suicide, on a les prétextes que l'on peut.
Quand on ne se suicide pas, on s'en cherche d'autres.
Moi, si j'ai survécu, c'est parce que j'ai tenu bon, parce
que je ne me suis jamais allongée... « Arrête de dire
des conneries. Tu deviens ridicule. Personne ne te
demande de t'allonger. » Thierry insiste. « Il faut la
sortir de là. » Il ne peut trouver meilleur argument.
Mon enfant, mon amour, moi aussi, je voudrais tant te
sortir de là.

Je cède. Mais je regarde ma vie au loin. La vie d'une
autre. Et je m'en vais désormais vers une autre vie.
J'ai galopé sur ma vie comme sur un cheval blanc. Un
coursier menteur ? Peut-être. Mais sans lui, désormais,
comment pourrais-je labourer la mer ? Je cède, mais
j'étouffe. Une camisole de force m'enserre. Avant, je
ne savais pas toujours où la vie m'emmènerait. Mais
je m'efforçais d'en maîtriser les lignes. Cette fois, pour

la première fois, je sais qu'on m'emmène là où je ne veux pas aller. Je ne veux pas rentrer chez moi, en moi. Je ne veux pas me parler. Je ne veux pas m'entendre. Ma vie, je l'ai construite, pas à pas, et mes rires ne servaient qu'à faire taire le silence de mes pas. Les herbes de mon rire, les pas de mon silence. Mais toi, aujourd'hui, tu hurles : « Elle nous soûle avec sa poésie ! Elle se prend pour qui ? »

Mon orgueil m'a-t-il perdue ? Ma mère disait que pour être fort il suffisait d'en avoir l'air. J'ai passé ma vie à sauver les apparences. Pas toutes. J'ai détourné le message maternel. Je n'ai pas obéi aux contraintes de l'apparence physique. Certes, je tâche de rester sportive. Je me soumets à l'impératif collectif du régime minceur. Mais la soixantaine passée, je ne me suis pas encore fait lifter. Et toi, aujourd'hui, tu t'insurges, ironique et lucide : « C'est comme pour la psychanalyse. Elle crève de trouille ! Les mères de mes copines sont plus courageuses, elles le font, et pourtant elles sont bien plus jeunes. »

Ma mère l'avait fait dix ans plus tôt. « Par devoir ». Autour de moi, mes amies y passent l'une après l'autre, et même plusieurs fois. Je résiste. Une attitude purement individuelle, sans souci d'aucun précepte moral, sans religion ni prosélytisme. Mon visage se refuse au bistouri. Pourquoi ? Pourquoi pas ? Sans doute Thierry me conforte-t-il dans ce choix. Près de lui, je n'ai pas l'impression de vieillir. Il m'aime sans âge, et près de lui je n'en ai pas.

Mais toi, aujourd'hui, pourquoi parais-tu la seule à me juger sur mon âge ? Ton verdict me fait vieillir l'âme, il ne réparera pas mon visage...

J'ai détourné le message maternel et voici qu'il me revient en boomerang. « Tout le monde n'a pas la chance de mourir d'un infarctus. Appuie sur la touche

"cancer" et fais ton choix. Le poumon ou le côlon ?
Lequel des deux as-tu le plus mérité ? À moins que tu
ne préfères l'Alzheimer ? Et tu comptes faire subir aux
autres le spectacle de ta prochaine déchéance ? Un peu
d'honneur, ma fille, fais comme moi. Meurs dans la
dignité. N'attends pas. Tu n'auras plus le courage. Il
sera trop tard... » J'entends ma mère. J'aurai bientôt
l'âge qu'elle avait lorsque... Elle me suggère d'y
penser. Et c'est ta voix, aujourd'hui, qu'elle emprunte
pour m'y inciter : « Regarde-toi dans la glace. Un vrai
thon ! La mère de Cécile, elle, au moins, elle a une
autre gueule ! » Je me tais. Je t'obéis, subjuguée. Je ne
peux m'en empêcher. Je me regarde dans la glace.
Pourtant, en général, j'évite. En vieillissant, je ressemble de plus en plus à ma mère. Surtout lorsque je
souris. Un sourire éclatant comme le sien. Aussi trom-
peur. Et chacun s'y trompe comme je m'y suis
trompée. Quand je me vois dans la glace, ce n'est pas
la mère de Cécile qui me fait peur. Aucune autre mère
que la mienne. Devant la glace, j'entends sa voix, une
injonction douce et ferme.

Je ne suis pas prête. Je n'ai pas envie d'obéir. Pas
encore. Pas tout de suite. Je me bouche les oreilles. Je
l'entends tout de même. Elle me rassure. Il me reste
un peu de temps. Pas mal, même. Quelques années,
deux ou trois. Mais il faut savoir se préparer. « Dans
la vie, on a le droit de tout rater une fois. Sauf son
suicide. » Je dirais volontiers l'inverse. Rater son suicide, c'est même un devoir. Pourquoi n'a-t-elle pas raté
le sien ?

Ma peau ne tient qu'à un fil. Un fil si fin qu'il
suffirait d'un papillon sans couteau pour le découdre.
Ma peau, on me l'écorchera. Ma carapace, mon écorce,
mon bouclier on me les arrachera. Mais toi, aujour-
d'hui, tu cries, avec une grimace de dégoût : « On s'en

bat la race, papa et moi, de ta vieille peau de Blanche. »
Sans carapace, ni écorce, ni bouclier, je ne serai que
blessure. « Sois sage, ô ma douleur. » Ma douleur n'est
pas sage. « Ils » vont s'engouffrer dans la brèche de
mes mensonges et m'obliger à les regarder en face.
« Imposture », crieront-ils à juste titre. Mais de quel
droit, de quelle science déduiront-ils que ma vie
d'avant, celle que j'ai construite patiemment, loin
d'eux, sans eux, n'a été qu'artifice ? De quelle science
s'autoriseront-ils pour m'imposer une vie transpa-
rente ? De quel droit m'ôter mes fières apparences ?

Là-haut, ma grand-mère et ma mère me narguent.
Quant à mon père, il se tord de rire. L'heure n'a-t-elle
pas sonné de les rejoindre tous les trois ?

J'avais fini par donner le fauteuil rouge de mon père,
mais il revient, plus rouge que jamais.

Chaque nuit, j'entends à nouveau la sirène de
l'ambulance qui a hanté mon enfance.

Chaque matin, je vomis à nouveau l'odeur du
cadavre de ma mère.

Je me prépare donc à assister à ma défaite. Et, lit-
téralement, je me défais.

La ronde des psys commence.

La ronde des fous aussi.

Un doigt d'honneur

Le premier, nous le trouvons bien jeune. Tu glousses qu'il est encore trop vieux pour toi. Et surtout qu'on n'a pas le droit de s'appeler Toubien. Il t'explique la règle du jeu. Tu as le droit de tout dire. « Absolument tout, mademoiselle. Je suis un thérapeute, pas un juge. Mon écoute sera neutre. » Tu comprends immédiatement ce que tu peux tirer d'une telle liberté. Tu te précipites avec aisance dans le défouloir ainsi tendu.

– Quand j'étais petite, j'avais peur, docteur. La nuit, ils buvaient et se battaient. Après ils faisaient l'amour. Le bruit m'empêchait de dormir. Ils m'ont rendue insomniaque.

– C'est faux ! proteste Thierry. Tu dors comme un bébé !

Plusieurs séances se succèdent selon le même rituel. Avant chaque rendez-vous, la tension monte. Nous savons que la négociation sera rude. Parfois, tu menaces de t'enfuir : « Vous ne me reverrez jamais ! », parfois, tu t'enfermes à clé dans ta chambre et nous devons te supplier d'ouvrir. Il nous est de plus en plus difficile de te persuader de te rendre chez le psy.

Ton père et moi, nous nous efforçons de soigner notre tenue. Pourquoi, d'ailleurs ? Toi, tu offres un spectacle lamentable. Repoussante de saleté, vêtue d'un vieux tee-shirt constellé de trous, d'un jean lacéré pendant sous les fesses, de baskets sans lacets. Dans la rue, tu te traînes, les épaules tombantes, maussade, aspirant la fumée d'une énième Marlboro : « C'est la mode, je suis baggy... » C'est la mode, certes. Mais tu sembles désireuse d'accentuer une différence qui te rend de plus en plus étrangère à nous.

Devant le thérapeute, nous subissons, navrés ou résignés, les contrecoups de ta fureur. De séance en séance, affalée, jambes écartées, doigt dans le nez, tu deviens toujours plus grossière, plus vulgaire. Je tente parfois de t'interrompre : « Docteur, ne la jugez pas sur cette apparence. Il lui arrive de se conduire courtoisement. En tout cas, chez les autres. Mes amis ne tarissent pas d'éloges sur sa politesse, sa délicatesse. » Ce n'est pas faux. Je force à peine le trait. Tu joues si bien l'enfant sage que certains de nos amis n'ont toujours rien compris. Mais pourquoi insister auprès de ce docteur Toubien ? Pour te restaurer dans l'estime d'un tiers ? Pour me défendre, pour me rassurer ? Je finis par douter de mes motivations. Pur narcissisme ? En moi, une voix ne supplie-t-elle pas : « Monsieur le psy, ne doutez pas que je l'ai bien élevée. J'ai été une bonne mère. Ma fille n'a rien à voir avec ce déchet. J'ai su lui léguer de "bonnes manières", une parfaite civilité... » Qui veux-je rendre plus convenable ? La mère ou la fille ? Face au spécialiste impénétrable, je suis pitoyable.

Tu te déchaînes. Tout y passe, mes amants, un à un, les dates de nos rencontres, chaque fois devant toi, pauvre petite que je force à assister à nos ébats. Certains des noms que tu énumères me sont parfaitement inconnus. D'autres moins, des amis, parfois les pères de tes amis... De séance en séance, je contiens ma honte et ma fureur, sans protester.

Devant ma résistance passive, tu changes de cible. Tu penses à juste titre m'accabler davantage en chargeant ton père. Tu évoques les maîtresses de Thierry. Il t'en a tant parlé. Depuis que tu es petite, c'est un secret entre ton père et toi. Thierry se tait. Si malheureux que, sous le regard impassible du spécialiste, j'interviens : « Aucun de nous ne te croit ! » Mon interruption reste sans effet. « Ils se partagent la même maîtresse depuis tant d'années. C'est normal qu'ils soient inséparables... »

Je perçois une ironie interrogative dans le regard de ton confesseur. Deviendrais-je de plus en plus parano ? Parano mais tout de même attentive. Que vas-tu encore inventer ? Ton imagination sans bornes finit par exciter ma curiosité. Si étonnant que cela paraisse, elle a parfois raison de ma lassitude. Tu me domptes. Je t'écoute : « Demandez à ma mère pourquoi j'ai rompu avec ma meilleure amie. Cécile n'arrêtait pas de tourner autour de papa. Quand il a fini par coucher avec elle, j'ai cru qu'il allait nous abandonner, maman et moi. » Bouche bée, Thierry semble subjugué, lui aussi : « Elle est trop, ma mère ! Elle a encore gagné. Ils se sont mis à coucher tous les trois ensemble. Vous vous rendez compte ? Avec ma meilleure amie ! » Tu mens. Mais le psy, lui, peut-être te croit-il ?

Thierry et moi, nous tenons bon. Notre complicité ne laisse place à aucune suspicion. Ton manège a un but. Tu cherches à nous séparer. Nous n'y sommes pas prêts. Il m'arrive toutefois de mieux comprendre le divorce des couples ainsi livrés en pâture aux psys par leurs propres enfants. Combien de temps résisterons-nous ?

Tu insistes, avec l'aplomb d'une innocente victime, tes grands yeux noirs emplis de larmes angéliques : « Leur vie d'enfer, ils me l'ont fait subir. Tout cela, ils ne l'avoueront jamais. L'alcool, le jeu, les coups. Ils font semblant de s'aimer. Mais ils n'arrêtent pas de se menacer. Ils vont bientôt se quitter... Jusqu'où iront-ils dans leur dénégation ? » Une fois de plus, ton vocabulaire m'intrigue. J'en suis presque fière. Fière de toi ou de moi ? Ta voix prend les accents grossiers et saccadés de Doc Gyneco, mais tes expressions trahissent mon influence... Bref, tu as une mère et c'est moi. Je m'accroche au moindre espoir, les acquis l'emporteront un jour.

« Et s'ils se séparent, ces bâtards, qu'est-ce que je vais devenir ? » As-tu si peur de parvenir à tes fins ?

Tu varies les accusations. Lorsque tu étais petite, par ambition, j'ai accepté un travail qui m'a tenue à distance de mes devoirs maternels, je t'ai confiée trois étés durant à Paule. D'ailleurs, je n'ai jamais cessé d'engager auprès de toi des « intermittentes de l'affection ». Comme tu parles bien ! Tu te lamentes d'une voix plaintive et sincère : « Paule, c'est la mère que j'aurais tant aimé avoir... » Tu me brises le cœur. Que cherches-tu à me faire payer ? « Tu vas la renvoyer, papa ? Je parle de maman évidemment, pas de Paule ! » Pourquoi Thierry te répond-il ? À quoi bon ? « Depuis quand renvoie-t-on un membre de sa famille ? » Tu cries : « Et moi ? Vous m'avez bien mise en pension, non ? »

Après les séances, tu pars très vite. Tu ne dormiras pas à la maison. Tu en as décidé ainsi, sans te préoccuper de notre autorisation. Tu dors chez Rachid. Lui, au moins, il a une mère « normale ». Je sais que tu mens, je sais ce qu'elle pense de toi, la mère normale, elle ne te supporte pas. Je n'ai jamais osé t'avouer notre échange téléphonique. De guerre lasse, nous te laissons t'en aller au diable. Thierry insiste pour que nous rentrions en métro. C'est un moyen plus rapide. Je n'ai rien contre le métro, sauf qu'on y pleure devant tout le monde. Thierry, lui, ne s'effondre que dans l'ascenseur. Ses larmes m'obligent à sécher les miennes. Ne l'avais-je pas prévenu que ce serait humiliant ? Il réplique : « Humiliant ? Je m'en fous. C'est surtout injuste. » Je ne le comprends pas. Pour moi, injuste ou pas, c'est l'humiliation que nous ne méritons pas. En temps ordinaire, un temps bien révolu, nous aurions échangé une conversation passionnée sur cette bizarre alternative.

Séance après séance, le jeune spécialiste note chacun de tes mots en hochant la tête. Parfois il te pose une question : « Et vous, mademoiselle, à quoi vous intéressez-vous dans la vie ? » « Au sexe, docteur. Je baise. » Ton père sursaute. Je lui jette un regard un peu méprisant. Il n'a jamais voulu m'écouter. Tu te sers de ce psy pour lui passer un message ? Il n'a que ce qu'il mérite. Mais c'est à moi que tu en fais payer le prix : « Elle, évidemment, elle ne sait plus ce que ça veut dire. C'est à cause d'elle que papa va aux putes maintenant ! » Tais-toi, mon amour, tais-toi. Je m'en veux d'avoir méprisé ton père. Je t'en supplie, ne l'humilie pas davantage. Tu t'en gardes bien, ce n'est pas lui que tu cherches à humilier : « Tu te crois encore baisable ? Il faut bien qu'il aille se vidanger, le pauvre ! » Je pleure. De rage. De honte. D'épuisement.

Thierry se lève. Pour la première fois de sa vie, va-t-il porter la main sur toi ? Le psy lui fait un geste d'apaisement. Il se rassoit, livide.

« Vous croyez que je mens, docteur ? C'est la victime qui m'a appris. La mère mytho, elle ment tout le temps. Je vous en donne la preuve tout de suite... » Tu n'attends pas l'autorisation du spécialiste : « Demandez-lui la couleur de sa culotte. Elle va mentir. Je le sais déjà ! » Le jeune docteur Toubien me jette un regard embarrassé. Je me lève. Lentement. Sans te quitter des yeux, je fais glisser la fermeture Éclair de

mon pantalon. J'entends Thierry : « Arrête, je t'en supplie, ne fais pas ça ! » Je cède. Je me rassois. Au
soulagement de ton père. Une note d'admiration dans
la voix, tu t'exclames : « Bingo, elle m'a eue, elle a
failli ne pas se dégonfler. » Le thérapeute paraît désar-
çonné. « Elle ne porte jamais de culotte, docteur, même
pas un string ! Elle allait vous montrer sa chatte... »

Le docteur Toubien soupire, un peu gêné :
« Madame, monsieur, je suis désolé pour vous. C'est
souvent ainsi lors des premières séances. Et cela peut
durer longtemps, très longtemps... Mademoiselle, il
serait peut-être utile d'aborder la question de votre
adoption... » Déchaînée, tu fais valser les papiers et les
objets qui encombrent le bureau du thérapeute : « Mon
adoption ? Pourquoi ? Va niquer ta mère, docteur
Ducon. Ne m'emmerde plus avec la mienne ! » Tu
t'enfuis. Effondrés, nous t'entendons dans la rue hurler
des insanités. Le docteur Toubien arbore un sourire
satisfait : « Il était temps que j'évoque cette adoption.
Nous avons enfin avancé ! »

Avancé ? À la séance suivante, le thérapeute te
cherche des yeux. Trois fois de suite, le même scénario
se reproduit. Tu n'es pas là. Nous sommes seuls devant
lui. Seuls, penauds, coupables. Il est déçu, furieux :
« Vous êtes incapables d'exercer la moindre autorité ! »
Incapables, en effet. Mais lui ? Tu ne reviendras plus.
Aurait-il échoué ? « J'ai sans doute été maladroit,
convient-il. Vous devez m'aider. Les enfants profitent
de ces moments, ils exagèrent. Mais il n'y a jamais de
fumée sans feu, n'est-ce pas ? » Muets, nous nous
regardons sans comprendre. Il poursuit, d'un ton réso-
lument neutre : « Votre enfant a perdu tout repère.
Pourquoi ? Dites-moi la vérité. Quel est votre rapport
à la loi ? Vous, monsieur, vous occupez un poste de
haut fonctionnaire. Pas de délit d'initié ? Pas de mise

en examen, pas de redressement fiscal ? » Nous voici
tétanisés. Il insiste : « Il paraît que vous organisiez des
séances de black-jack, la nuit, dans votre maison de
vacances. Et que vous obligiez les enfants à y participer. »

Ce n'est pas faux. Dieu que nous avions ri. Les
enfants aussi. À douze ans, Nina était encore plus
joueuse que Thierry et moi. Ce jeune spécialiste s'est
donc renseigné sur notre vie passée. Dans quelle poubelle amicale a-t-il fouillé ?

– Et vous, madame, vous fréquentez encore les
casinos ! Un triste exemple pour votre fille. Vous la
fragilisez. Elle est terrifiée à l'idée que vous ruiniez
votre mari !

Effarée, je me défends comme je peux :

– Ce n'est pas interdit par la loi...

L'expert ne lâche pas prise.

– Dès qu'il y a accoutumance, le jeu est un vice !

Il commence à m'énerver sérieusement.

– Et vous, les psychanalystes, vous n'avez pas de
vices ? Aucun d'entre vous ne joue à la roulette ?

– Peut-être, madame, mais nous, nous sommes
analysés !

Sa réplique me coupe le souffle. Comment sait-il
que je ne me suis jamais « allongée » ? Fort de cette
pierre jetée, sans doute au hasard, dans mon jardin de
moins en moins secret, il ne se maîtrise plus :

– Il y a du linge sale dans vos placards ! Pour le
bien de votre fille, il faut m'aider à les vider. Réflé-
chissez jusqu'à la prochaine séance.

Thierry paie en liquide. Nous convenons poliment
d'un prochain rendez-vous, déjà d'accord, tous les
deux, pour ne plus consulter ce professionnel. Dehors,
dans la rue, nous voici pris d'un fou rire. Au premier
bar, Thierry commande deux coupes de champagne. Il

veut fêter notre dernière séance de « psy familiale ».
« Au point où nous en sommes, commande une bouteille ! Ce soir, mon placard a besoin d'une bonne
cuite ! »

Consternée, Nathalie admet sans rire : « Vous êtes
mal tombés. Il s'est vexé. Il a disjoncté. Il y a des fous
dans toute profession. Même chez nous... »

Hélas, le sens du devoir... Le sens de quoi, au fond ?
Le doute nous ronge désormais en permanence. Es-tu
malade ? Ou seulement trop gâtée ? Devons-nous
devenir plus fermes ? Ou, au contraire, plus attentifs à
ta fragilité ? Et que préférons-nous ? Que tu sois
malade ? Surtout pas, évidemment. Mais au moins la
maladie serait-elle une explication, voire une excuse...
Nathalie nous convainc non pas de mettre fin à ces
séances, mais seulement de changer de psy familial.

En attendant, Thierry te trouve un nouveau collège.
Une institution privée qui t'accepte en connaissance de
ton dossier. Des enseignants courageux prêts à relever
le défi. Te voici transformée. Délicieuse, enjouée,
tendre, et même propre ! Tu nous remercies de te faire
confiance. Tu promets de rompre avec ta bande de
« foncedés », de ne plus jamais sécher un seul cours...
Je ne demande qu'à y croire. Étrangement, toi aussi.
Tu fais de réels efforts. Une part de toi aspire à
retrouver une vie « normale », à ressembler aux adolescents de ton âge. Ils ont des problèmes mais ils
semblent les surmonter. Je t'entends soupirer « Pourquoi pas moi ? ». Tu te bats contre toi-même. Un
combat si difficile. Je te plains. Je t'admire. Il faut que
tu réussisses ! Je vais tout faire pour que tu profites de
cette ultime chance. Je t'aiderai.

Thierry n'est pas de cet avis. Si je veux regagner ta
confiance, je dois me désintéresser de tes études. Il me
conjure de cesser de m'occuper de toi. Je supporte mal

ce message. Si nous divorcions, m'enlèverait-il la garde de mon enfant ? Cinglant, Thierry riposte en fustigeant mon narcissisme. Blessée mais résignée, je cède. Manifestement, je n'ai pas su m'y prendre. Le résultat le prouve, j'ai échoué. Autant que je te laisse tranquille.

Ma nouvelle indifférence porte ses fruits. Te voici de plus en plus affectueuse. À condition de prendre garde à chacun de mes gestes, à chacun de mes mots, je parviens peu à peu à revivre des instants de tendresse et de complicité. À condition de ne pas te faire la moindre remarque désobligeante, de ne pas même te suggérer de te laver les dents : « Mes dents, maman, je m'en bats les couilles ! » Tu rectifies, souriante : « Pardon, je m'en bats le clitoris. » Je te trouve plutôt drôle. J'en suis là ! Tu n'es plus la seule à perdre tes repères...

Un jour, tu viens même me chercher à la sortie de mon cours. J'en suis tout émue. Pour moi, chaque petit pas compte. Même les plus infimes. Dans le bus, une vieille dame te prie de lui céder ta place. Tu refuses. Mon regard te supplie. N'importe quel enfant bien élevé s'exécuterait. Tu bondis en me faisant un superbe doigt d'honneur. Les passagers me contemplent avec pitié. Ce geste me heurte plus que d'autres. Pourquoi ? Tes mains si belles, tes mains si fines que j'ai soignées depuis des années, qu'en fais-tu, mon amour ?

De retour à la maison, tu souris tendrement : « Il fallait que je me défoule. Mais, tu as vu, maman, ce n'est pas à la vieille bâtarde que j'ai fait ce doigt. Tu ne l'aurais pas supporté. C'est plutôt délicat, non ? » Soit. Qu'importe l'horrible geste, du moment qu'il se veut « délicat ». Mais la nuit je me réveille en sursaut, ton long doigt planté dans ma gorge. Plus meurtrier qu'un couteau papillon en guise de bistouri.

« Maman, ton cou me fait rire. Il pendouille. » Machinalement, je tâte mon cou. « Mes copines me prennent pour une dingue. Quand je bouge la tête, je leur demande si mon cou pendouille comme celui de ma mère... Tu ressembles à un hamster. Ce n'est pas grave. Un vieux hamster, ou un crapaud si tu préfères, mais très mignon... » Je m'efforce de conserver un sourire impassible. Tu me tends un magazine féminin : « Regarde, j'ai trouvé ça pour toi. Une pub pour une crème antirides. Spécial cou... » Je me tais. Tu pleurniches : « Maman, tu n'es pas gentille. Tu veux toujours que j'écoute tes grands discours. Mais quand je te donne un conseil, tu t'en fous. »

Pourquoi me suis-je retrouvée dans cette parfumerie ? Au retour, sur le meuble de l'entrée, je pose en évidence la crème antirides « spécial cou ». Dois-je me réjouir de ton regard triomphant ? Thierry juge l'anecdote « positive ». Chaque fois que je te fais plaisir, tu vas mieux. Nos relations s'améliorent. C'est indéniable, et je ne vais pas bouder mon soulagement. Thierry est content, toi aussi. Il est temps que je me mette au diapason, puisque tout va mieux.

Bien sûr, tu mens souvent. Nous le savons. Nous en avons admis le principe. Tu le sais aussi. Du coup, tes mensonges n'ont plus le même sens. « Puisque vous savez que je mens, ce n'est plus du mensonge. » Tu nous mens par affection, pour nous protéger. Et préserver tes jardins secrets. Un joint par-ci, un vol par-là. Peu importe, tu remontes la pente. J'admire ton courage. Nous ne cherchons plus à démêler le vrai du faux. Parfois, cette vie près de toi nous paraît tellement irréelle, tellement inattendue que je me demande si je ne l'invente pas.

Un samedi soir, tu me supplies tendrement. Tu as bien travaillé cette semaine. Jonathan t'a invitée à une fête chez lui. « Dis oui, maman chérie ! » Je ne sais pas qui est Jonathan. En général, tu détestes ce genre de questions intrusives. Mais tu as tellement changé ces derniers temps. Au lieu de m'envoyer au diable, tu t'empresses de répondre. Jonathan est un copain de ton nouveau collège. Pas n'importe lequel. Le meilleur de la classe. C'est un bon point, en effet, susceptible de me rassurer. Mais ton père est en voyage. J'hésite. À ma grande surprise, avant même que je ne l'exige, la mère de ton ami m'appelle. Une voix de bourgeoise exquise. J'accepte. Je ne lui demande que son adresse.

Pourquoi ne t'ai-je pas crue, mon amour ? Pourquoi cette intuition d'un danger imminent ? J'appelle Nathalie. Dans la nuit, telles deux détectives, nous nous retrouvons à l'adresse indiquée. Devant l'immeuble, une fille hirsute. C'est Jézabel, si défoncée qu'elle ne me reconnaît pas. Un homme l'accompagne. Une trentaine d'années, impeccablement vêtu. Jézabel se désole. Ils ont changé le code ! Et elle ne peut même pas les appeler, elle a perdu son portable. Agacé, l'homme la bouscule : « Dépêche-toi de le trouver. Ils ont le matos et moi, je veux le fric. »

Je m'approche de Jézabel et lui tends mon portable. Elle me l'arrache sans me remercier. Son compagnon me fixe de son regard impénétrable. Il se méfie. Il s'enfuit, sans se retourner. Nathalie le poursuit en voiture. Je l'entends klaxonner et crier : « Au voleur, au voleur ! » En vain. L'homme au pardessus élégant s'est volatilisé.

Le bruit fait descendre une bande d'ados ahuris. Je reconnais Rachid, et aussi Olivier, le gothique. Et toi, évidemment. Tous titubent, les yeux rouges et hagards, dans un état pitoyable, m'insultant rageusement. Une jeune femme s'approche. Je lui trouve une drôle d'allure avec ses couettes et sa minijupe à franges. Elle est peut-être simplement à la mode. Je lui tends la main. La mère de Jonathan sans doute ? « Quel Jonathan ? Je suis la maman d'Olivier. C'est moi qui vous ai téléphoné. Ne vous faites aucun souci. Votre fille est si charmante. Ils sont tous très sages. » Je la regarde, abasourdie. De sa voix délicieuse, elle minaude à ton intention : « Tu vois comme elle t'aime, ta maman, elle s'inquiétait pour toi... »

Je reste polie. Polie mais sur mes gardes, j'engage la conversation. Je suis ravie de la rencontrer. Je connais bien son fils Olivier. Le pauvre enfant m'a parlé de ses malheurs. Son père a été assassiné dans des conditions si tragiques... Surprise, la dame dément. Le père d'Olivier a été tué dans un accident de la route. Inutile d'en rajouter. Stupéfaite, je bredouille une excuse. Elle me console aimablement : « Les adolescents ont tendance à exagérer leurs problèmes. Ils aiment passer pour des victimes. Il faut les aider sans être dupe. » Elle me prend pour une imbécile. Je me venge, perfide : « Pardonnez-moi. Je n'aurais pas dû appeler la police. Elle ne va pas tarder... » La dame blêmit. Elle remonte en toute hâte vers son logis, accompagnée des charmants ados.

J'entends ta voix geignarde. Tu te plains à la mère Lolita. Tu n'as pas de chance. Je ne suis pas jeune comme elle, je ne partage rien avec toi, même pas un joint... « En attendant, les enfants, si elle a vraiment appelé les keufs, il faut m'aider à tout planquer. » J'ai menti. Je n'ai évidemment appelé personne. Finalement, je suis un bon détective. Je suis surtout accablée. Toi si fragile, si influençable, voici qu'une adulte irresponsable te sert de complice, voire de modèle.

Les jours suivants, tu me fais chèrement payer mes investigations. Ta haine redouble. Ce n'est plus ton cartable que je fouille, c'est ta vie. « Et maintenant, papa, cette folle voit des dealers partout ! Pour un rien, elle appelle les condés... En plus, elle est venue avec sa connasse de copine psy. Je te parie qu'elles sont lesbiennes. » Thierry plaide ta cause : « Elle n'a rien fait de bien grave. Sans doute fumé quelques joints... Bien sûr, elle t'a menti. Et la mère d'Olivier aussi. Mais tu n'as que ce que tu mérites. Tu es trop sévère ! Pourquoi lui interdire de voir ses amis ? Et quelle idée stupide que d'aller l'espionner ! »

Ton père m'incite à l'indifférence et à la patience. Lui a choisi de fuir dans le surmenage professionnel. Moi qui ai toujours admiré son invraisemblable capacité de travail, je le désapprouve. Il n'apprécie pas : « Tu ferais mieux d'en faire autant. Regarde-toi. Tu travailles de moins en moins. » Il marque un point. Mon courrier professionnel s'entasse sur mon bureau. J'ai beau m'envoyer des coups de pied, me traiter de tous les noms, je deviens d'une paresse impardonnable, léthargique, comme anesthésiée.

Mais sa sollicitude me met au comble de la fureur. « Fous-moi la paix. Tu ferais mieux de t'occuper d'elle. Tes résultats ne sont pas plus brillants que les miens ! » Thierry ne se laisse pas impressionner. Je dois le laisser faire, il va y arriver, il approche du but, tu vas mieux. Est-il naïf ou cherche-t-il seulement à me rassurer ?

Tes amis ont donc à nouveau droit de séjour chez nous. Chez nous ? Je me sens de plus en plus étrangère à ce lieu. Vous entrez et sortez sans m'adresser la parole. Tu m'ignores. Mais tu baisses les yeux. Tu as raison. Je ne m'y trompe plus. Je suis la seule à constater, au premier regard, que tu viens de te droguer. Mon intuition s'arrête à ce constat. Je ne sais pas ce que tu prends, je n'ai pas le droit de t'interroger. Pas le droit ? Pas le courage plutôt. Je découvre une sensation nouvelle. Mes mains tremblent, les battements de mon cœur s'accélèrent. La peur m'envahit, une peur physique. Parfois, lorsque Thierry est absent, je n'arrive pas à la maîtriser. Je m'en vais. Je ne sais où aller. Je n'ose pas appeler Nathalie. Je ne veux pas la déranger. Nina encore moins. Je ne veux pas qu'on me plaigne. Au hasard des rues, je passe la nuit dans n'importe quel hôtel du quartier. Ton père, lui, quand il est là, ne remarque jamais ni tes yeux vitreux, ni ta voix pâteuse, ni ta démarche... « Soyez sages. Et surtout pas d'herbe ! » quémande-t-il. « Avec papa, c'est pratique. Il croit n'importe quoi. Lui, au moins, il me fout la paix quand je suis dans ma chambre. »

Ta chambre ? Une poubelle qu'on ne me donne plus le droit de ranger. L'atmosphère familiale devient intolérable. Je ne parviens plus à refouler ma colère et mon chagrin. Tu me jettes un regard de dégoût : « Occupe-toi de la victime, papa, elle va encore chialer ! » Je ne veux plus de cette vie. La situation ne peut pas durer.

Elle ne dure pas.

Le commissariat appelle en pleine nuit. Thierry, par bonheur, est présent. Nous partons te récupérer. Les policiers vous ont trouvés sur les quais de la Seine. Tes copains se sont enfuis. Tu n'en as pas eu la force. Ils ont trouvé dans tes poches cinq barrettes de shit et un nouveau couteau papillon. Ils s'excusent poliment auprès de Thierry. La présence du couteau les oblige à dresser un procès-verbal. Celle du haschich ne les alarme pas. Ils sont pour la légalisation. Tous les gosses fument. Les interpeller leur fait perdre du temps. Ils préféreraient courir après les « gros poissons ». Sarkozy les harcèle. Thierry n'est-il pas de leur avis, lui, un homme de gauche qu'ils ont vu à la télé ? L'homme de gauche ne sait que répondre. Moi non plus. Quelques années auparavant, nous aurions été surpris et ravis de rencontrer des flics aussi intelligents. Désormais, nous sommes moins sûrs de nous. Je doute de tout et de tous. De moi, de Thierry, des parents complices, des flics indulgents, des adultes comme des enfants. Avec l'âge, sommes-nous devenus de vieux réacs ?

Une semaine plus tard, le directeur de ton collège privé nous convoque. Il est désolé d'avoir perdu le « challenge ». Tu es renvoyée. Sa décision ne me surprend pas. Mais sans doute aggrave-t-elle ton mal-être. Le soir même, tu disparais.

Fumant cigarette sur cigarette, Thierry travaille, son téléphone portable en évidence près de son ordinateur. Comme lui, je garde constamment le mien à portée de main. Mais, moi, je ne travaille plus, je m'abrutis devant la télévision, je zappe et choisis les pires émissions, des histoires d'intimité auxquelles je n'entends rien, sinon qu'elles n'ont d'intimité que télévisée.

Cette fois, ta fugue dure longtemps. Ne faut-il pas la signaler ? Thierry me suggère d'appeler d'abord la mère de ton copain Olivier. Peut-être t'es-tu réfugiée chez eux ? Malgré ma répugnance à l'égard de cette femme, j'obtempère. Sa voix de complice s'est enrouée. L'angoisse ou le hasch ? Olivier a disparu, lui aussi. Elle croit savoir où vous êtes. Elle n'ose rien faire. Elle a peur des keufs. Mais elle s'inquiète pour son fils. Le « bédo », ce n'est pas dangereux, mais il est passé à l'héro, lui aussi... Terrorisée, je la supplie de m'indiquer ses pistes : « Au Bourget, dans le neuf trois. Mais je vous en supplie, ne dites à personne que... » Je raccroche brutalement. Thierry, déjà, enfile un manteau. Je m'apprête à en faire autant. Un coup de téléphone m'en empêche. C'est Alexandre. Nina a perdu les eaux. Ils sont à la maternité depuis six heures. L'accouchement est imminent. Je peste contre ce crétin

qui ne m'a pas prévenue plus tôt. Mais je rayonne
d'émotion. Je laisse Thierry voguer seul vers ses
galères.

À l'hôpital Antoine-Béclère, je passe une nuit d'un
bonheur intense. Je le partage avec la famille
d'Alexandre, présente au grand complet. Avec l'acrobate aussi, émerveillé de son nouveau statut de
grand-père. Avec Nina, surtout, ma fille aînée, mon
bébé. Mon bébé avec son bébé. Mon petit-fils est né.
Une vie nouvelle redonne soudain du sens à la mienne.
À l'appel tribal, il ne manque que ton père et toi. Mais
Nina, joyeusement épuisée, ne paraît pas plus affectée
par ton absence que par celle de son beau-père.

Ledit beau-père m'appelle à quatre heures du matin.
Il t'a retrouvée. Tu t'es enfuie après lui avoir tailladé
les bras à coups de couteau. Les flics ont réussi à te
rattraper et à te maîtriser. Thierry a négocié. Certes, tu
as consommé une grande quantité de substances illicites, mais un père ne porte pas plainte contre sa fille
pour « agression à main armée » ! Il a fait céder les
policiers. Ils ont accepté de ne pas t'arrêter à condition
qu'une ambulance te conduise aux urgences de Sainte-
Anne. C'est là qu'il t'a laissée... Ton père raccroche.
Je comprends qu'il sanglote.

De retour, en taxi, je ne parviens pas à maîtriser mon
angoisse. Mon cœur bat à tout rompre. Sainte-Anne ?
Ma fille, mon enfant, mon amour à Sainte-Anne ? Ma
grand-mère applaudit. Chaque fois que j'ai reçu le prix
d'excellence, chaque année, donc, coiffée d'un
immense chapeau qui gênait tous les parents, ma
grand-mère m'a applaudie. Est-ce le moment de penser
à mon excellence ? Mais où m'a-t-elle menée ? Le
moment de penser à ma grand-mère ? La folie me
prend à la gorge ? La folie, pas encore, mais un terrible

fou rire. Dans le rétroviseur, le chauffeur de taxi me
lance un coup d'œil inquiet.

Thierry m'attend. Je ne sais que faire pour le calmer.
Il tourne en rond, incapable de s'endormir, rongé par
le doute et la culpabilité : « Elle m'a crié : "Papa, je
t'en supplie, ne me laisse pas chez les fous !" » Il veut
aller t'y rechercher. Il me demande mon avis. Mon
avis, à moi ? Pourquoi pas ma permission ! Le piège
m'étrangle davantage.

Il n'est pas le seul à douter. Les jours suivants, une
fois de plus, nos amis se divisent. Certains n'hésitent
pas à nous traiter de criminels. Nina elle-même nous
désapprouve. Elle a pris le parti des psychanalystes,
pas celui des psychiatres ! D'ailleurs, son propre psy
l'a toujours mise en garde... « Ils vont en faire un
légume. Par ta faute ! » déclare-t-elle sévèrement à
Thierry. Peut-être a-t-elle raison. Est-ce le moment
d'avoir raison ? Thierry n'est pas en état de subir une
telle dureté, surtout venant de Nina. Je dois intervenir,
leur éviter de se faire davantage de mal, les convaincre
de se réconcilier. Le téléphone m'en empêche. C'est
l'horrible mère de l'affreux gothique, ton copain Olivier. Sur le ton d'une parfaite mère de famille en quête
d'un club « Sports et Langues », elle me demande
l'adresse de ton HP. Elle voudrait y faire interner son
fils. Je la hais.

Je remets à plus tard mes tentatives d'arbitrage entre
Thierry et Nina. Ils finiront bien par se réconcilier.
Thierry pardonnera, mais oubliera-t-il ? Je n'ai pas la
force de m'en mêler. Nina m'inquiète. Elle paraît
épuisée. Elle a décidé d'allaiter. Encore un verbe de
plus en plus intransitif ! La campagne en faveur de
l'allaitement bat son plein. À l'hôpital, les sages-
femmes distribuent des documents qui en vantent les
bienfaits. Ma mère m'a allaitée jusqu'à vingt mois.

C'était la guerre, nous étions prisonniers, elle m'a sauvé la vie. Mais elle m'a convaincue de ne pas l'imiter. Du moins en temps de paix. Les temps ont changé. Nina ne me demande pas mon avis. « Les hommes préfèrent que leurs femmes assument leur rôle de mère. » Je suis navrée. Que sont-elles devenues, nos belles années de féminisme ? Noyées dans un océan de lait maternel. Les hommes profiteront toujours de la même chanson. Au nom de l'intérêt de l'enfant ? Alexandre n'est pas d'accord. Sa propre mère ne l'a pas allaité et il ne va pas plus mal pour autant. Rien n'y oblige Nina, d'autant plus qu'elle aura bientôt envie de se remettre au travail. « L'avantage du biberon, c'est que les pères peuvent davantage partager les tâches familiales, les nuits blanches, la douceur des contacts... » Si j'avais un fils, j'aimerais l'entendre parler ainsi. Tout n'est pas perdu. Peut-être avons-nous gagné quelques alliés imprévus. Dans son rôle de nouveau père, Alexandre m'enchante. J'aime ses gestes tendres qu'aucune pudeur virile ne retient.

Mais Nina revient à la charge : « Toi, la féministe, tu ne m'as pas allaitée. Mais sa mère à elle, tu crois qu'avant de l'abandonner elle l'a fait ? » Ta mère t'a-t-elle allaitée ? Je n'en sais rien, je n'y ai jamais pensé. Sous le choc de cette question incongrue, je bégaie : « Et alors ? »

Nina n'a pas de réponse. En tout cas, pas pour moi. Peut-être pour son psy ?

La thune

Grâce à l'intervention efficace de Nathalie, tu es transférée dans un hôpital mieux adapté aux adolescents. Maurice Antoine, le psychiatre qui te suit, est intelligent, blasé, harassé, et barbu. Il ne peut pas se prononcer. « À son âge, tout est possible, du simple trouble du comportement à la schizophrénie. Votre fille est très jeune. Je n'exclus rien. Mieux vaut éviter un diagnostic hâtif. »

Il ne dit rien ? Il en dit trop. Beaucoup trop.

Ce n'est pas sa faute. Le docteur Antoine ignore tout de mon propre état psychique. J'ai eu si peur de léguer à Nina un terrain propice à la folie. Dans ton cas, au moins, je me suis crue à l'abri. Génétiquement non coupable. Et voici que tu es peut-être schizophrène ! Je n'y suis pour rien, ni mon père, ni ma grand-mère, ni ma mère. Mon hérédité écartée, ta génétique me joue des tours. La perspective d'une maladie héréditaire me bouleverse. Au Chili, ta mère est-elle internée dans un hôpital psychiatrique ? Je confie mes angoisses à Thierry et parviens à un exploit. Malgré la situation, il éclate de rire.

Pourtant, la suite n'est pas si drôle. Le psychiatre barbu nous convoque tous les trois. Nous te revoyons enfin. Je me précipite vers toi. Tu te jettes dans les bras de ton père :

– Je sais bien que ce n'est pas ta faute, papa. C'est cette salope qui t'a forcé !

– Ta mère n'était pas là, rétorque Thierry.

Tu me fais ton plus beau doigt d'honneur :

– Évidemment, tu étais avec Nina, ta vraie fille ! Son bébé, je ne veux pas le voir. Jamais ! Va le lui dire de ma part.

J'ai à peine le réflexe d'éviter ton crachat. Tu te rues sur moi. Le psychiatre appelle un infirmier. Il te ramène dans ta chambre.

– Ma cellule ! hurles-tu, ton long doigt à nouveau tendu de haine vers moi.

Le psychiatre ne paraît pas surpris. Mais son verdict me bouleverse :

– Madame, vous devez accepter une rupture. Pour le moment, je vous déconseille toute visite.

Au bord des larmes, bêtement, je proteste. Ne puis-je au moins t'apporter des vêtements de rechange ? Le psychiatre, lui qui, pourtant, ne se le permet jamais, ne peut s'empêcher de sourire :

– Votre mari trouvera une solution, madame. Il a l'habitude de résoudre des problèmes plus difficiles, n'est-ce pas ?

De qui se moque-t-il ? Thierry lui jette un regard furieux. Mais je n'ai que faire de leur affrontement de machos. On m'interdit donc de prendre ton linge sale et de t'apporter de nouveaux vêtements. Pas seulement des vêtements propres. Des vêtements neufs que j'aurais achetés pour te consoler. Ce n'est pas juste. Tu ne veux voir que ton père. Tu lui pardonnes et pas à moi. Tu préfères ton père. Est-ce injuste ? Je n'en suis pas certaine. C'est ce que j'ai toujours voulu. Pourquoi, aujourd'hui, en ai-je le cœur si déchiré ?

D'après le docteur Antoine, j'ai empêché Thierry d'exercer son autorité. Le père, c'est la loi. Et la mère ?

J'ai basculé dans le camp des « mauvaises mères », abusé de mon rôle naturellement assigné, empiété sur celui de Thierry. Si l'expert le dit... « Il est temps que vous leur rendiez à tous deux un espace d'affrontement. » D'affrontement ? Pauvre Thierry. J'ai du mal à l'imaginer dans ce rôle avec toi. Mais soit. Il vaut mieux que je m'éloigne. Ils sont tous d'accord, le docteur Antoine, Thierry, Nina, tous. Tous les gens que j'aime. Et aussi ceux que je n'aime pas. Sans doute pas pour les mêmes raisons. Je ne me révolte pas. Je suis épuisée. Je veux m'enfuir vers le sud, me réfugier dans les bras de Paule. Retrouver l'odeur du thym, la caresse des chiens, le balancement des pins... « La parano joue les pestiférées ? » Là-bas, au moins, je ne t'entendrai plus.

À peine arrivée, je prends une bêche trop lourde. Je m'attaque aux ronces. Celles qui s'apprêtent à dévorer mon amandier préféré. Je frappe à grands coups sur le sol rocailleux. Les souches sont profondément enterrées. Chaque fois que j'en extrais une, je hurle de rage et de plaisir. « À mort ! Vous lui avez fait trop de mal, je vous ferai crever... À mort, Jézabel, Olivier, Rachid ! » Je redouble de coups sur les souches des ronces ainsi prénommées.

Au retour de cette corrida, j'ai les mains égratignées, les épaules dorées, le cœur rasséréné. Paule me tend le téléphone. Thierry, déjà. Je lui manque tellement ? C'est toi qui me réclames. Ton psychiatre exige que je rentre à Paris. Thierry hésite, gêné :

– Elle veut que tu parles de ton problème d'alcool.

La rage m'étrangle. Un nouveau procès ? Après le casino et l'adultère, l'alcool !

– Pour l'alcool, elle dit que tu n'as jamais osé l'avouer...

Ils ne savent plus ce qu'ils veulent ! Je croyais que

je devais m'éloigner. Pourquoi ne s'occupent-ils pas de lui, le père ? D'ailleurs, il boit bien plus que moi !

– Je sais, mais tu es une femme, ce n'est pas pareil, c'est plus choquant... Et, d'après elle, Nina aussi s'inquiète à ce sujet.

– Impossible. Nina a le sens de l'honneur. Même sous la torture, elle ne raconterait jamais une saloperie pareille !

– Bien sûr, ta fille est parfaite, réplique Thierry, agacé.

Je raccroche. Submergée de honte, profondément humiliée, déshonorée, mes apparences un peu plus lacérées. Là-haut, ma mère doit s'indigner. Je maudis la lâcheté de Thierry, la méchanceté du monde entier. Pourquoi ne pas m'enfuir ? Prendre le premier vol pour ailleurs ? Paule me console. Elle aussi, à ton âge, elle a raconté tant de mensonges sur sa mère. Mais sa mère ne se mettait pas dans le même état, elle était plus forte que moi... Une fois de plus, Paule aggrave mon cas. Pourtant, j'éclate de rire quand, sur la route de l'aéroport, elle me conseille San Francisco. Son humour solidaire me soutient. Je prends courageusement l'avion pour Paris.

Ils m'attendent. Un aréopage important. Autour de toi, le psychiatre, son adjointe, une stagiaire, l'infirmier, Thierry. La cour au grand complet. Le procès de la sorcière alcoolique peut commencer. À ma surprise – mais comment peux-tu encore me surprendre ! –, tu m'embrasses tendrement. Tu sembles émue de me voir accepter le piège que tu me tends. Je suis calme. J'ai pris le soin d'avaler un Lexomil. Je me jure de répondre à toutes les questions. Ai-je un problème d'alcool ? Je reconnais l'alcool, pas le problème. La stagiaire me jette un regard gourmand. Depuis quand ? Depuis toujours. L'infirmier sursaute. Tu me fixes, ébahie. Quelle sorte d'alcool ? Du vin rouge, de préférence un bon bordeaux. Sauf aux Genêts d'or. Là-bas, je préfère le bandol. Pas d'apéritif, pas de digestif ? Non, pas de chance, je n'aime pas ça. Quand ? Le matin de bonne heure ? Hélas non, je n'ai pas le talent de certaines actrices. Au déjeuner, donc ? Hélas non, cela m'empêcherait de travailler.

La stagiaire paraît déçue. Sans doute m'imaginait-elle ivre morte dans mes amphis. Toute honte bue, j'admets que je bois le soir. Beaucoup ? Plus qu'elle, certainement, il n'y a qu'à la regarder. Pourquoi ? Je devrais les envoyer balader. Mais non, docile, je m'efforce de répondre : « Autrefois, pour me détendre après une journée de travail. Pour rire avec mes amis. Pour rire avec l'acrobate, avec Thierry, les hommes de ma vie. Parce que c'est bon de rire et d'aimer... » Ma litanie passionnée n'émeut pas mes confesseurs. Et maintenant ? « Toute la journée, je travaille, refoulant ma douleur, mon angoisse, mon échec. Le soir, le vin m'empêche de pleurer. Mais il me permet aussi de défouler ma colère. Il m'arrive de dire enfin ce que j'ai sur le cœur. Et de le dire agressivement... » Suis-je consciente que ma fille souffre de mon *alcoholic attitude* ? Je n'ai aucune raison de le croire et tu le sais. Tu m'interromps : « Maman, arrête de faire ta victime. Ils vont te prendre pour une alcoolique. Tu ne vas quand même pas leur donner raison ! » *Leur* donner raison ? Tu m'étonneras toujours. À tout hasard, la stagiaire esquisse un sourire de vague connivence. Elle est manifestement perdue, elle ne te suit plus. Qu'elle aille au diable. Mais toi, tu souffres. Ils ne savent pas de quoi. Moi non plus ni personne. Pourquoi ne pas plaider coupable si cela peut t'aider ? Au moins ce « problème d'alcool » est-il remédiable. J'ai tant d'autres fautes à expier.

Je poursuis mes aveux d'une voix lasse. Sans doute n'aurais-je jamais dû accepter ce poste de direction alors que tu étais si petite... Émoustillée, la stagiaire m'interrompt. Diriger ou adopter, il faut choisir ! Ai-je péché par ambition féministe ? Le psychiatre lui jette un regard agacé. Elle rougit. Tu l'injuries avec passion : « Et alors, pauvre conne, ça te dérange ? » Tu me supplies : « Ne te laisse pas insulter par cette bâtarde, maman. Tu as très bien fait ! Nina et moi, on est fières de toi. » Le docteur Antoine réprime un sourire. « En plus, toi, au moins, tu as gardé ton nom. Pour Nina et moi, c'est le nom du père qui est lourd à porter. Pas le tien ! »

Thierry baisse la tête sur son calepin. Il le noircit de notes. Une vieille habitude de prof ? Une nouvelle rivalité avec les psys ? Il m'inquiète. Il va finir par écrire un livre. Un essai sur l'adoption, peut-être ? Pourquoi pas un roman tant qu'il y est ! Une confession publique ?

Pour clore l'énumération de mes fautes, je termine par la plus grave, la moins remédiable. Toi, ma fille, tu souffres de mon âge. Je ne peux rien y changer. À nouveau tu bondis : « C'est papa qui en souffre. Pas moi ! Mes copains disent que tu ne fais pas ton âge... »

Ton psychiatre paraît satisfait. Manifestement, je bénéficie sinon d'un acquittement, du moins de circonstances atténuantes. Il m'accorde le droit de te rendre visite dès le lendemain. Je ne parviens pas à m'en réjouir. Une sourde rancune monte en moi. Peut-être t'en rends-tu compte. « Tu as vu, maman, je t'ai protégée. Je ne leur ai pas tout raconté... » La lassitude m'ôte toute curiosité. Quels autres vices as-tu gentiment omis de m'inventer ? Je crois que je m'en fous. « Je ne leur ai pas dit que tes parents s'étaient suicidés. Tu aurais eu la tehon. » Je sursaute. Je n'y ai pas pensé, j'avais oublié. Sinon, je n'aurais pas manqué d'ajouter ce crime à la liste de mes forfaits. Je te tourne le dos et je m'éloigne.

J'entends ton étrange supplique : « Papa, fais quelque chose. Elle ne m'aime plus. Elle va m'abandonner... » Tu sanglotes. À cause de moi ? « Maman, ce n'est pas ma faute, je t'aime trop. » Je reviens sur mes pas. Je te prends dans mes bras. Une fois de plus, la tendresse me submerge, effaçant toute rancœur. Le plus difficile, c'est cet espoir qui, chaque fois, revient. Je le sais si destructeur. Pourquoi suis-je impuissante à lui barrer la route de mon cœur ?

Un infirmier nous sépare. Tu soupires. Tu obéis. Tu m'envoies des baisers. En soufflant sur tes longs doigts. Je t'aime tant. Je me jure de te sortir de là le plus vite possible. L'infirmier extrait de sa poche un trousseau de clés. Il ouvre une lourde porte. Il te tire par le bras. J'ai si peur pour toi. Si mal aussi. Pour toi, pour nous...

À peine as-tu franchi cette méchante porte que s'élève un hurlement. Thierry et moi, nous nous précipitons. Que t'ont-ils fait ? Ce n'est pas toi. C'est ton amie Cécile. Méconnaissable tant elle est maigre. Elle injurie ses parents, frappe sa mère, crache sur son père. Deux infirmiers essaient de la contenir. En pleurs, la mère de Cécile me tombe dans les bras. Elle reconnaît Thierry, sèche ses larmes et lui présente son mari. « Un costume trois pièces », dirait Nina. Un homme au regard éperdu. Je n'éprouve aucune pitié. J'ai même envie de rire. D'eux comme de moi. Je réalise à quel point je suis stupide. Ma terreur des hôpitaux psychiatriques se nourrit de fantasmes séculaires. Nous ne sommes plus au XIXe siècle, plus même au XXe. Tout va trop vite. Les psychiatres ont gagné. À qui perd gagne ? La mode et la modernité surpeuplent ces services. Au moindre bobo de l'âme, les parents désemparés se voient requis de leur confier leurs enfants difficiles. Jézabel, Olivier et maintenant Cécile ! Rachid aussi, bientôt ? De quoi dédramatiser nos problèmes. D'autant plus qu'entre adoptés et biologiques la parité semble respectée...

Je me moque d'eux et de moi-même. Quel cirque, cet HP ! Une halte-garderie pour les « toc » de Saint-Germain-des-Prés ! Un institut luxueux où ces pauvres fils de riches viennent soigner leurs troubles entre deux parties de ping-pong et de baby-foot pendant qu'une société aveugle ne cesse de vilipender les incivilités des « jeunes des banlieues ». À qui la faute, ô ministres intègres ? Je ne suis pas solidaire des parents de Cécile, pas plus que de ceux de Jézabel ou d'Olivier. D'aucun parent dans ce monde ! Je leur tourne le dos. Thierry désapprouve mon manque de courtoisie : « Ils ne t'ont rien fait ! Viens leur parler... » La salle d'attente de l'institut psychiatrique ne m'inspire aucune mondanité. Je m'en déclare inapte. Je laisse Thierry réconforter les parents de Cécile.

Mais j'ai de l'estime pour ton psychiatre. Un homme intelligent, sensible, séduisant. Thierry s'en agace : « Tu fais des progrès. Un transfert, déjà ? » Il entretient avec lui d'étranges rapports de force. Parce qu'il a toujours détesté les barbus ? Il lui arrive de l'interrompre violemment. Je reconnais alors sa voix de mauvais perdant. Je ne supporte toujours pas de le voir perdre. À quelque jeu que ce soit. Encore moins d'en être la cause, comme d'habitude. Mais je me rends à l'évidence. Incapable d'assurer en fond de court, je ne renvoie plus aucune balle. Bientôt, peut-être, ne jouera-t-il plus à rien avec moi ?

Les séances quotidiennes se déroulent calmement. À l'hôpital, ils te testent. Ils t'accordent quelques moments de liberté dans la journée. Tu n'en profites

jamais pour fuguer. « Les autistes me font peur. Et j'ai
pitié des anorexiques comme Cécile. Moi, j'ai seulement fait des bêtises. Je ne recommencerai pas. » Tu
ne reverras plus ta bande de cinglés. Tu ne fumeras
plus de shit ni autre marijuana. Tu as hâte de retourner
au collège. Tu as si peur de tripler ta quatrième. Tu ne
veux pas gâcher ton avenir. Tes parents sont formida-
bles. Ta mère surtout : « J'aime tellement quand elle
m'écrit. Chaque nuit, je relis ses lettres. » Te voilà
transformée. Et nous émerveillés. Merci, docteur ! Tu
acquiesces à toutes ses suggestions. Tu te feras aider
par un psychanalyste personnel, tu suivras aussi quelques séances dans un service de désintoxication. Et,
bien entendu, ensemble, nous recommencerons une
psychothérapie familiale. « Dites à ma mère que je ne
suis pas schizo. Elle me prend pour une malade men-
tale. Je lui ai fait tant de mal. Je l'aime tant. Ras-
surez-la, s'il vous plaît... » Pourquoi te gardent-ils
encore dans leur service ? Les places manquent. Ils
sont constamment en surnombre. Comme les orpheli-
nats du tiers-monde ?

Le docteur Antoine t'accorde une « remise de
peine ». Tu peux sortir dès le lendemain. Ces trois
semaines d'hospitalisation t'ont permis de retrouver le
droit chemin. Il te souhaite bonne chance pour tes
études. Je l'approuve avec ferveur. Si tu atteins le
niveau du brevet, tu suivras l'orientation professionnelle de ton choix. Il n'y a pas de sot métier du moment
qu'on le fait bien. Le psychiatre m'interrompt sèchement : « Vous n'y pensez pas, madame. Elle aura son
bac. Elle a autant de capacités intellectuelles que votre
fille aînée. » Il me reproche de revoir mes ambitions à
la baisse. Le monde à l'envers ! Ne m'a-t-on pas soup-
çonnée de t'écraser de mon excellence, de vouloir faire
de toi une bête à concours à mon image ? J'ai encore

dit une bêtise. Je suis grondée. Tu me lances un regard ironique, mais si tendre.

Le docteur Antoine n'en a pas fini avec moi. Il suggère fermement que Nina rejoigne nos prochaines séances de psychothérapie familiale. Il me reproche de ne pas le lui avoir ordonné. Elle fait partie de la famille, oui ou non ? Une onde de fureur s'empare de moi. Pourquoi Nina ? Elle suit sa propre voie. Je l'ai protégée de cet asile, comme je m'en étais protégée. Maintenant nous y sommes bien assez nombreux. Pourquoi obliger Nina à assister à ma torture ? Faut-il ajouter un témoin supplémentaire de ma défaite ! Magnanime, tu viens à mon secours : « Laissez ma sœur tranquille, docteur. Nous n'avons pas le même père. Elle n'est pas vraiment de la famille... »

Nous fêtons ton retour avec émotion. Certes, il reste quelques détails à résoudre : un centre de désintoxication à découvrir, un thérapeute personnel à t'offrir, un nouveau psy familial à subir, un collège où t'inscrire. Rien d'insurmontable au regard de la fermeté de tes engagements, de l'équilibre dont tu fais preuve, du calme qui nous revient.

Après tout, nous ne sommes pas les seuls à affronter quelques problèmes. Nos amis Rachel et Philippe, par exemple, sont bien plus malheureux. Leur fils, Solal, a réussi son bac avec mention très bien, mais sa sœur aînée, la biologique, a raté le sien. Gravement déprimée, elle vient de faire une tentative de suicide. Quelle faute ont-ils commise ? Leurs amis leur reprochent d'avoir surprotégé l'enfant adopté. Ils n'y comprennent plus rien. Ils ont cinq enfants. Des adoptés, des biologiques, qu'ils aiment tous autant.

J'ai hâte de me remettre au travail. Et surtout de retrouver Nina. Peut-être a-t-elle besoin de moi ? Son retour chez elle n'a certainement pas été facile, avec

son bébé, les jumeaux d'Alexandre, le chien ! Je m'en
veux de l'avoir délaissée. Mais Nina est sereine, maîtresse d'elle-même et de son royaume. Elle m'avoue
qu'elle a suivi mon conseil. Enfin, celui d'Alexandre...
Elle a cessé d'allaiter au bout d'une semaine. Elle avait
hâte de retrouver le chemin de son laboratoire. Je
l'approuve. Moi-même, je vais enfin pouvoir rendre
cet article... La directrice de la revue scientifique me
harcèle de ses mails. Tout rentre dans l'ordre. La vie
est belle.

Gracias a la vida..., chantent avec moi Alexandre et
Nina, leur bébé dans les bras. Ils me le confient de
plus en plus souvent. Ce bonheur neuf me convient.
Merci à la vie qui m'en donne le temps. Je réapprends
sans difficulté les gestes et les mots. « Dès qu'on lui
met un bébé dans les bras, la voilà qui rayonne ! Elle
est incorrigible ! » disent certains amis. « Inguéris-
sable », corrigent les autres. Les sourires du petit Julien
me rappellent ceux de Nina au même âge. Les tiens
aussi. L'aimerais-je autant s'il n'était pas le fils de ma
fille ? Je le laisse m'en persuader.

Je reprends confiance. J'ai l'âge d'être une parfaite
grand-mère, ni trop jeune ni trop vieille, enfin le bon
âge pour un nouveau rôle. Avec du temps devant moi
avant que mon petit-fils devienne adolescent. Pour une
fois, le temps m'est favorable. Je suis bien décidée à
en profiter. Et toi, tu parais enfin prête à m'y aider.

Nous te prenons un rendez-vous avec un spécialiste
de la désintoxication. Le docteur Bernard Kevin est
réputé pour ses réussites spectaculaires. Tu applaudis,
exaltée, enchantée, désarmante : « Il paraît qu'il est
capable de désintoxiquer un alcoolique en pleine
agonie ! Ce mec, je te raconte pas, je le kiffe déjà.
Imagine un gars condamné à mort. L'exécution est
pour demain. Il a droit à une dernière cigarette. Ben,

tu sais quoi, le docteur Bernard Kevin, il arrive, il discute avec le gars. Et tu sais quoi, maman, le gars, il jette sa dernière cigarette. Il l'écrase par terre dans son fameux couloir ! Et tu sais quoi, le docteur BK, il est content. Il a sauvé le condamné d'un cancer du poumon ! » Tu m'émeus. Tu viens de passer de rudes moments, pas faciles à vivre pour une enfant de ton âge. Et tu retrouves déjà tant d'humour. Complice, je te relance : « Tu crois qu'il a assisté à son enterrement après son exécution ? » Mais tu m'étonnes. Comment sais-tu tout cela sur ce spécialiste ? Par Jézabel. C'est lui qui l'a désintoxiquée. Je ne ris plus, je frémis. « T'en fais pas, maman chérie. Même avec le docteur BK, il faut être un peu motivée. Jézabel fait de la résistance. Ne t'en fais pas, moi, la résistance, ce n'est pas mon truc... » Une fois de plus, je te trouve drôle. Mais je me méfie. Un peu.

Au retour de ta première séance de désintoxication, tu parais moins enthousiaste : « J'ai écouté son baratin. Franchement, maman, ce bâtard ne m'apprend rien. Tout ce qu'il dit, je le sais déjà, son bla-bla, je le connais par cœur, entre le shit et le bac, il faut choisir. Comme si j'avais besoin de lui pour avoir mon bac ! Mais bon, si ça vous fait plaisir, je continuerai à le voir. » J'ai donc tort d'être pessimiste ? Tant mieux.

Nous te trouvons aussi un psy personnel. « Un psy à moi, enfin ! Comme Nina. J'en ai tellement marre de les voir avec vous, je ne peux rien dire, je suis obligée de vous provoquer. Maintenant, si j'en ai un vrai, un pour moi toute seule, ce sera différent ! » Bien que déconcertés par ton enthousiasme, nous voici rassurés. Et plutôt sévères à l'égard de ton psychiatre. Pourquoi a-t-il attendu si longtemps avant de suggérer cette solution qui tombe sous le sens ? Ingrats, amnésiques, nous oublions que tu as toujours refusé. Nina applaudit. Tu

seras enfin entre de bonnes mains. Pas un psychiatre.
Elle connaît ce psy. Un lacanien. Comme le sien.

Désireux de respecter à la lettre le lourd protocole
dicté par le docteur Antoine, nous nous rendons chez
un nouveau psychothérapeute familial. Je devrais
commencer à m'aguerrir. Pourtant, la même angoisse
m'étreint. En montant les marches de son superbe escalier, une pieuvre m'enserre le cœur, mes mains tremblent. Thierry se moque gentiment : « Avant tes
rendez-vous avec un psy, pense à prendre un Lexomil. »
Il se croit drôle ? Évidemment, j'en ai pris un. Mais rien
n'y fait. C'est comme ça. « Ils » me rendent malade.
Pourtant, le docteur Oscar Martoff est un homme char-
mant. Peut-être va-t-il me guérir ? Ai-je oublié que
c'est de toi qu'il s'agit ?

En quelques minutes, le médecin trouve le fil
conducteur.

– D'après votre tee-shirt, vous vous intéressez au
rap.

– Ouais, je sais. C'est rare pour une fille, réponds-tu
en tirant sur ton affreux tee-shirt.

– À l'origine, le rap est une parole plus qu'une
musique, n'est-ce pas ?

– J'aime les tchatcheurs quand ils crient la haine.

– *J'ai commencé à vivre ma vie dans les poubelles
/ Dans un quartier de camés où les blattes craquent
sous tes semelles*, récite gravement le docteur Oscar
Martoff.

Tu ignores les regards stupéfaits de tes parents.

– Akhenaton ! C'est mon préféré ! Vous savez qu'il
est de Marseille ?

– *De Marseille, où sont nés des génies du genre
Léonard de Vinci*, enchaîne sérieusement le docteur.

– Et vous préférez le hardcore ou le cool... ? Ministère Amer ou MC Solaar ? Radio Nova ou Skyrock ?

Vous rivalisez de références qui m'échappent, de passions que je méprise. Tu « kiffes grave le docteur OM ». De cette séance, tu sors enchantée, Thierry désemparé, moi, terrassée. Le docteur Martoff vient de gagner un pari difficile : personne ne m'a rendue aussi coupable ! Depuis des années, j'aurais dû consulter Internet, acheter les livres et les CD, partager ce à quoi tu t'identifies. Ce n'est pas une question d'adoption mais de génération. J'ai été incapable d'aller vers les enfants de ton âge. Nina prend ma défense : « Le rap est à la mode, et alors ? Tu as le droit de n'y rien entendre. À ton avis, Mozart, c'est démodé ? Ma sœur refuse d'apprendre quoi que ce soit. Pourquoi te croire plus coupable qu'elle ? » Je suis d'accord avec Nina et n'ose pas le reconnaître. Mes contradictions m'étouffent. Tu deviens si tendre avec moi. Au point où j'en suis, le moindre détail affectueux m'est douceur. Merci, docteur OM ! Je vais tenter de supporter le rap. Et, pourquoi pas, de l'apprécier ?

Ton père propose de t'emmener en moto chez ton psy personnel. Tu protestes, raisonnable : « Papa, j'irai en métro. C'est mon psy à moi. Si tu le vois, je te connais, tu vas lui parler, tu ne pourras pas t'en empêcher. Pour moi, ce ne sera plus pareil. » Cette fois, ton changement d'attitude paraît acquis. Après tant d'années si difficiles, nous commençons à entrevoir le bout du tunnel. L'adolescence est un âge critique, la tienne n'est pas des plus simples, mais la situation reste supportable, et je m'en veux d'en avoir fait un tel drame. Certes, ta déscolarisation n'est pas résolue. Ma résignation m'étonne. Elle présente pourtant des avantages. Je ne m'interroge plus heure après heure : « Est-elle au collège ? Quel cours est-elle en train de manquer ? Pour aller où, avec qui ? » Me voici provisoirement débarrassée de ces obsessions. En attendant que nous réussissions l'exploit, en cours d'année, de te trouver un nouveau collège, tu ne fais plus rien. Tu joues des heures avec ta PlayStation. Tu regardes les émissions pour enfants sur Canal J. Sans me l'avouer expressément, je renonce peu à peu à m'angoisser. Les journées passent, plus sereines. Ce qui me rendait malade trois mois auparavant me paraît donc moins grave ? Ô plasticité de la nature humaine...

Tu disparais parfois. Pas longtemps. Tu reviens, aimable, sans agressivité, plutôt amorphe. Défoncée, évidemment. « Moins qu'avant, dit ton père. Depuis qu'elle voit ce spécialiste, elle maîtrise mieux sa consommation. » C'est toi qui le contredis. Ta consommation de shit augmente. Tu le reconnais enfin. Et tu t'en inquiètes. Tu as tellement envie de réussir ton bac ! « On va t'aider », promet ton père, attendri. D'ailleurs, chaque matin, nous sommes heureusement surpris. Tu te lèves de bonne heure alors que tu ne vas pas en classe et que ni ton père ni moi ne l'exigeons. Alors pourquoi ?

Déontologie oblige, ton « désintoxiqueur » comme ton psy personnel mettent plusieurs semaines avant de réagir. Leurs lettres nous parviennent enfin. Tu n'as pas réussi à les faire disparaître, ces lettres que tu guettes chaque matin ! Les deux spécialistes ont le regret de nous prévenir que tu ne t'es rendue ni chez l'un ni chez l'autre. Jamais. Ni le docteur BK ni le lacanien. Tu as tout inventé.

Je renonce à terminer mon article. La directrice de la revue m'en voudra, à juste titre. C'est la première fois que je manque à un engagement professionnel. Tant pis. « Elle a menti. Ce n'est pas un crime... », plaide à nouveau ton père. J'admire son énergie. Tu n'es sans doute pas schizophrène. Mais de plus en plus « double ». Je ne sais pas t'aider à résoudre ce que j'appelle banalement tes « contradictions ». À quoi bon en appeler à ta raison ? En toi se livre un combat de sœurs siamoises, des sœurs qui s'entre-tuent sans pouvoir se détacher l'une de l'autre. Mais laquelle des deux es-tu ? « M'envoyer en hôpital psychiatrique, c'était criminel. Papa m'a prise pour une imbécile. Quand on sait se faire renvoyer d'un pensionnat, on apprend à sortir d'un HP. C'est facile. Tu fais le contraire : en pension, des conneries, en HP, le béni-oui-oui. En pension une TS, en HP surtout pas. J'ai gagné, je les ai bien eus ! Mais, je te préviens, maman, je n'y retournerai jamais ! » Jamais où ? Ni en pension ni en HP. Ni dans aucun collège. Pourquoi serais-tu assez masochiste pour renoncer au luxe et à la liberté ? « Je fais ce que je veux. Je reste à la maison. Jusqu'à mes dix-huit ans. Ensuite, je me barre avec la thune ! »

Tu me stupéfies. De quelle « thune » rêves-tu ? « La thune de papa, évidemment ! Celle qui lui restera après tes soirées de black-jack... » Que viens-tu à nouveau me reprocher, toi qui n'as jamais manqué de rien ? « Il est bourré de thune, mon père ! Et lui, au moins, il n'a qu'une fille. Nina n'aura rien. Bien fait pour elle. Moi, je péterai dans la soie ! »

Tu m'écœures. Voici que tu prends l'âge de la majorité pour celui de l'héritage. Quand tu auras dix-huit ans, ton père ne sera pas forcément mort...

J'ironise amèrement. Au fond, c'est peut-être ça, le problème. J'ai bercé les souffrances d'une enfant abandonnée en oubliant celles d'une fille de riches... Aurais-je confondu les difficultés d'un enfant adopté avec celles d'un fils à papa ? Thierry juge mon humour malveillant. Autrefois, il aurait ri...

« Moi, l'argent de mes parents adoptifs, je n'en voulais pas. Mon rêve, c'était de travailler. Pour leur échapper. J'en avais tellement marre qu'ils me

rappellent toute la journée que je leur devais tout »,
déclare Paule. Tu soupires : « C'est vrai, on nous le
rappelle toute la journée… » Je ne sais pas qui est ce
« on », j'irais bien lui casser la figure, mais j'ai bien
peur que tu n'en saches rien toi-même, je te plains mon
amour, je voudrais tant t'alléger du poids de cette dette
imaginaire. Sans doute est-ce trop tard, le mal est fait,
nous n'avons pas su t'en protéger. Ton regard se durcit :
« Je suis moins bête que Paule. Je n'aurai jamais besoin
de travailler. Je louerai les Genêts d'or. Et chaque mois,
la thune me tombera dans la poche. »

Tes fugues recommencent. Une fois de plus, j'ai
laissé l'espoir m'habiter indûment. Une fois de plus,
tu nous as trahis. Pourquoi ? « N'oublie pas qu'elle est
peut-être malade... », plaide encore ton père. Est-il plus
rassurant de te savoir malade ? Pas plus que moi, ton
père ne sait ce qu'il faut préférer. « Elle se fout de ta
gueule ! » hurle Nina. « Elle cherche un père. Elle
réclame des interdits », tranche le docteur Antoine. Et
moi, je bats ma coulpe de mère inutile. Une tauto-
logie ?

Tu refuses de revoir le docteur Oscar Martoff. Dommage. J'aurais voulu lui soumettre mon dilemme.
Préférer Mozart à Doc Gyneco, est-ce commettre un
crime d'antijeunisme ? « Mozart ou même Francis
Cabrel », ajoute Nina, pour me rassurer.

Imperceptiblement, je change ma manière de vivre.
Je fuis mes amis. Ceux qui savent. Ceux qui m'interrogent. Je n'ai plus envie de parler de toi. Je recherche
des lieux nouveaux, une vague protection dans l'ano-
nymat. À l'université, par exemple. Hier, je désertais
les commissions, désormais je m'y rends régulièrement. À la surprise de mes collègues, je multiplie les
réunions, j'en alourdis les ordres du jour. Dès qu'un
colloque s'organise, je suis volontaire. Seule conces-

sion à mon « autre vie », je n'éteins pas mon portable. Et, s'il sonne, je me précipite. C'est discourtois, je le sais, j'en conviens, je présente mes excuses à l'aimable compagnie. Mes collègues me pardonnent, inconscients de mon angoisse. Ils ne savent rien. Quand ils m'interrogent poliment sur toi, j'élude, je souris, tu vas bien, tu grandis. Je me réfugie dans ce havre de paix où j'échappe à moi-même. Je deviens double. Comme toi. Aujourd'hui, la réunion porte sur le statut de la recherche universitaire, un thème qui me tient particulièrement à cœur. Mon portable sonne. Hélas, il ne sonne pas toujours inutilement. Livide, je range mes papiers. Je me maîtrise, j'invente une excuse, personne ne se rend compte de mon émotion.

Nous voici à nouveau convoqués au commissariat. Un autre, dans un autre arrondissement parisien. Une routine désormais. Pourtant, cette fois, les choses se passent différemment. Les policiers sont silencieux, de mauvaise humeur. Le regard fuyant, aucun ne répond à nos protestations. Nous attendons plusieurs heures. Le commissaire se présente enfin. Il s'adresse sèchement à Thierry :

– J'ai décidé de vous mettre en garde à vue.

Mes sanglots ne m'attirent que condescendance et mépris.

– Vous, vous êtes libre. Provisoirement. Une enquête permettra d'établir dans quelle mesure vous êtes complice...

Complice de qui, de quoi ?

– La « petite » ne vous a pas accusée. Mais ce n'est pas une preuve. Ces enfants-là, nous les connaissons bien. En général, les pauvres, ils protègent leur mère...

Et leur père ? Le tien abuse sexuellement de toi depuis longtemps. Thierry explose. Le commissaire ne se laisse pas impressionner :

– Depuis quel âge ? Avouez ! Cinq ans ? Six ans ?

Je retiens Thierry par le bras. J'ai peur qu'il n'aggrave son cas. D'autant qu'il y a pire. Hier, ton père t'a ordonné de te prostituer. Telle est la raison de ta fugue courageuse et désespérée. Thierry n'ose même plus me regarder. Écœuré, sincère, le commissaire interpelle ses troupes.

– Vous vous rendez compte, les gars ! C'est le troisième cas en un mois dans notre arrondissement. Mais cette fois, c'est avec un enfant adopté ! Encore plus dégueulasse... Si ça se trouve, il n'aurait pas osé avec un gosse à lui. Il y a des pervers qui ont déjà ça dans la tête quand ils adoptent...

– Dans la tête, commissaire ? rit grassement un sous-fifre, en se tapant sur les cuisses. Au cul, plutôt !

Le commissaire te fait chercher pour que tu signes ta déposition sous nos yeux. Ton père s'approche de toi. Tu le repousses brutalement :

– Ne me touche plus jamais. Tu nous as fait assez de mal comme ça, à maman et à moi !

Blême, mâchoires serrées, Thierry suit les policiers. Il murmure :

– Vite, préviens le docteur Antoine. Lui seul peut me sortir de là !

Une fuite de cerveau

Le lendemain matin, Thierry est remis en liberté. Le docteur Antoine est intervenu. Le commissaire nous accable de reproches. Pourquoi ne l'avons-nous pas averti de tes antécédents psychiatriques ? Il oublie que, dans sa furie légitime, il ne nous a pas autorisé un seul mot. Ironie du sort, la psychiatrie sauve Thierry. Elle le préserve d'un déshonneur inévitablement médiatique. Merci les psys ! Le docteur Antoine soupire, navré. Il a sous-estimé ton état. Mais il n'est soumis à aucune obligation de résultat. Lui, non, bien sûr. Mais tes parents ? Notre responsabilité est flagrante, notre échec impardonnable.

Consciencieux, le commissaire n'est pas convaincu de l'innocence de Thierry. De la mienne non plus. Il saisit le parquet des mineurs. Un juge pour enfants te place dans un foyer d'accueil – la loi l'y autorise –, une sorte de centre médico-scolaire. Il nous prive du droit de visite pendant un mois. Aurions-nous souhaité qu'il nous l'accorde ? Peut-être pas. Le choc est trop rude. Un malaise indicible s'installe entre nous. Nous nous parlons à peine. Un malaise sans mots. Bien sûr, je m'interdis de douter de l'innocence de Thierry. Il n'en reste pas moins un parfum de purulence.

À nouveau, Thierry se cherche une fuite dans le travail. Je n'y parviens pas, je ne sais comment occuper mes journées, échapper à mes interrogations obsessionnelles. Je parcours les articles de presse, les revues scientifiques et Internet. Je ne veux plus entendre les histoires bleues et roses de l'enfant du bout du monde, seulement l'écho des cauchemars que je traverse. Je cours au-devant de ceux qui partagent mon sort. Peut-être m'aideront-ils à comprendre pourquoi nous en sommes là ? Une nouvelle association vient de se créer. Elle recueille des témoignages bien plus terribles que le mien. Des experts y dissèquent les « troubles de l'attachement » de l'adolescent adopté et tentent de déculpabiliser les parents effondrés. Je constate au moins que je ne suis pas seule.

Mes rapports avec Thierry se détériorent. Entre nous, la tension monte. Ce n'est pas la guerre, mais c'est sinistre. Il ne partage pas mes engouements associatifs. « Tu vas encore chez tes Alcooliques anonymes ? » Je rétorque, glaciale : « Tu préfères les réseaux de pédophiles ? » Je ne veux toujours pas voir mes amis, même les plus fidèles, même les bienveillants. Je décommande nos rendez-vous au dernier moment. Carmen diagnostique une « ligne de fuite ». Elle est la première à mettre Thierry en garde. Je vais le quitter. Il n'y peut rien. Peut-être même le souhaite-t-il ?

Je cours au-devant de mes nouvelles relations. Pas des amants, seulement des mères accablées. J'en rencontre plusieurs dont les maris ont fait l'objet des mêmes accusations. L'abus sexuel ne laisse jamais indifférents les juges et les personnels sociaux. Quoi de plus ignoble, en effet, que de tels actes ? Les mères protestent toutes. Quoi de pire qu'une telle accusation si elle est sans fondement ?

Je me lie d'amitié avec une femme d'une cinquantaine d'années. Camille est pédiatre. Comme moi, elle adore les bébés. Elle travaille dans un service de néonatalité. Son histoire ressemble à la mienne, à ce détail près que son enfant est un garçon. À treize ans, il a accusé son père, un psychiatre réputé, de pédophilie et donc d'homosexualité. Bien que, par la suite, l'enfant se soit rétracté, le juge leur en a enlevé la garde. Leur couple explose. Camille m'annonce qu'ils entament une procédure de divorce. Leur histoire m'attriste. Leurs métiers respectifs me réconfortent... On a les consolations que l'on peut.

Elles sont nombreuses à douter de leurs maris. D'autres tiennent bon. J'en suis. Jusqu'à quand ? Une « amie » confie gentiment à Nina : « Je ne crois pas au viol. Même pas aux attouchements. Mais tout de même, Thierry entretient une relation trop ambiguë avec sa fille. Je me suis toujours demandé comment ta mère le supportait... Et avec toi, comment était-il ? » Révoltée, Nina prend le parti de son beau-père. Alexandre la soutient. Un semblant de tribu familiale se recompose, une garde rapprochée dont j'ai tant besoin. Thierry caresse tristement la joue de Nina : « Merci, ma Nine, je n'ai jamais douté de toi. Mais à quoi bon me défendre ? Tu perds ton temps. Cela ne nous avance à rien. » Effectivement, le temps semble suspendu, rien n'avance à rien.

« Pourquoi ne pas vous débarrasser d'elle ? » suggère un ami compassionnel. Dans l'association, au moins, les parents ont tous le droit de crier : « Si je pouvais m'en débarrasser ! » Ils le disent, personne ne les croit, eux non plus, mais ils se font du bien. Un peu. « S'ils pouvaient nous en débarrasser une fois pour toutes... », murmure Thierry. Lui aussi a le droit de le dire. Je ne suis pas moins accablée que lui. Mais je ne pleure pas. Lui si. L'espoir ne reviendra plus pour moi, je m'en crois désormais protégée. Mais pour lui ? En me criant ta haine, tu m'as fait mal. Mais du moins ai-je décidé de ne plus quémander ton amour. Ton père, lui, n'a pas connu l'épouvante du rejet. Le résultat n'est pas enviable. Demain encore, il jouera les mendiants. Il a toujours eu peur. Peur que tu ne t'enfuies, peur que tu ne le renies. Je le plains. Je lui en veux. « Tu lui as cédé sur tout sous prétexte de la protéger. Tu n'as jamais supporté l'idée qu'elle ne t'aime plus. Pas même provisoirement. Pas même une seconde. »

Nina m'interroge durement : « Mais toi, maman, ce que tu fais pour elle, c'est pour son bien ou pour qu'elle t'aime ? » Je n'y ai pas réfléchi. Entre une mère et son enfant, comment l'amour n'irait-il pas de soi ? Je me suis trompée. Je n'en suis que plus triste. Et plus coupable.

– C'est ma faute. C'est moi qui ai eu cette idée d'adoption !

– Tais-toi. On l'a fait ensemble, proteste Thierry.

Mais j'insiste. Je lui rappelle tristement qu'il ne voulait pas d'enfant. Nina se fâche : « C'est pour lui que tu l'as voulue. Arrête de jouer les victimes ! Tu l'as toujours laissé passer avant toi ! »

Vais-je enfin comprendre le sens du mot victime ? Le docteur Antoine m'assène : « Vous avez une structure coupable. Comme beaucoup de femmes. C'est un travestissement de votre désir de puissance. » Nina se marre : « Il est moins bête que je le croyais, ce psy. » Ils ont raison. Ou tort. Je ne sais plus. Je t'aime passionnément. Pas seulement comme on aime son enfant. Comme on aime le dernier aussi. Tu restes la petite. Ce n'est pas une question de préférence. C'est comme ça.

Au téléphone, tu cries d'une voix désespérée : « Tu ne m'aimes pas. Tu n'aimes que papa ! » Mon portable grésille. Je n'entends pas bien. Une fois de plus, tu m'accuses de n'aimer que Nina ? « Nina ! Pourquoi me parles-tu encore de ma sœur ? Je ne sais même plus qui elle est. Et je ne veux plus de mon père. Alors, arrête de les aimer ! »

Nous partons vers le sud, Thierry, son ordinateur sur l'épaule, moi, mon petit-fils dans les bras. Nina et Alexandre me l'ont confié pour une semaine. Paule et moi, nous berçons le bébé. Sur nos terres partagées, une nouvelle génération ensoleille notre longue amitié. Et je compte sur ce séjour pour que se ravive ma complicité avec Thierry. Mais il n'a jamais été aussi sombre. Deux jours plus tard, sans explication, il repart pour Paris. Une fuite incompréhensible. Je suis terrassée. « Vous avez un petit-fils. Il n'a pas cette consolation... », dit Paule. Elle voit juste. Quelle maladresse d'avoir emmené cet enfant ! Je m'en veux d'aggraver la souffrance de Thierry.

Deux jours et deux nuits passent sans qu'il ne m'appelle. Les parents de Cécile ont divorcé. Ma nouvelle amie pédiatre aussi. Est-ce notre tour ? J'ai peur. Peur de perdre Thierry, peur de perdre le Sud. « Et si vous, vous divorcez, qui gardera les chiens ? » demande Paule. « Je prendrai le bâtard. Il préfère le vrai. » Je mens. D'ailleurs, je ne veux pas séparer les chiens ni divorcer.

De retour à Paris, je rends mon petit-fils à ses parents. Nina et Alexandre lui trouvent une mine superbe. Un premier parcours sans faute. Un parcours délicat. J'obtiens en bonne et due forme mon certificat de grand-mère convenable. Thierry ne parle pas de divorce. Il est seulement fermé, silencieux, indifférent à ma présence.

L'enquête commence. Une assistante sociale s'invite à notre domicile. Ses propos nous atteignent durement : « Nos services vous avaient certainement mis en garde, il y a quinze ans ! Vous n'avez rien voulu entendre, n'est-ce pas ? Toujours la même histoire. Et les gens continuent de vouloir adopter. Mes derniers clients, je devrais vous les envoyer en stage. Votre échec les ferait peut-être réfléchir ! » J'ironise. L'intérêt des futurs parents la préoccupe à ce point ? Passerait-il avant celui de l'enfant ? Elle ne m'épargne pas. Après ce que nous avons fait de toi, quel est-il, l'intérêt de notre enfant ? Je réplique vaillamment. Rien ne prouve que tu irais mieux si tu n'avais pas été adoptée. L'assistante me le concède. Mais peut-être si tu avais été adoptée par de meilleurs parents, n'est-ce pas ?

L'assistante n'est pas méchante. Seulement en mission, chargée d'enquêter sur les adoptions ratées. Son devoir est de trier les bons et les mauvais parents... Ce n'est pas un travail facile. Elle estime que certaines adoptions sont ratées d'avance : « Aujourd'hui, les gens mentent sur tout. Ils parviennent même à nous cacher qu'ils sont homosexuels ! »

Elle fouille l'appartement, ouvre le frigidaire, paraît déçue. Les carottes râpées y côtoient un poulet fermier. Bref, un frigidaire banal. Mais il paraît que tu te plains. Pour toi, il est toujours vide. Je proteste. Je suis plutôt du genre mère nourricière ! L'assistante plisse ses petits yeux rapprochés. Ai-je râpé les carottes moi-même, ai-je préparé ce délicieux poulet aux morilles ? « Nourricière peut-être, mais pas très cuisinière ! » Je reconnais que la cuisine n'est pas mon fort. J'aggrave ses soupçons. Un cas typique d'intello féministe. Et on m'a laissé adopter ! Faut-il encore que je me défende ? Faut-il avouer que tu ne réclamais que sandwichs et pizza ? Faut-il lui raconter que, une fois défoncés, tes copains et toi ne supportiez que les céréales ? Que vous en avaliez plusieurs bols, allongés à même le sol de ta chambre ? Vais-je gémir que j'en achetais plusieurs paquets de toutes sortes et qu'ils étaient consommés le jour même ? Faut-il reconnaître que, parfois, lorsque je n'avais pas le temps de faire les courses, je te proposais de l'argent pour que tu les fasses toi-même ? Sans même prendre la peine de vérifier à quoi tu dépensais cet argent ?

L'assistante ressemble à toutes les Nicole et Nadine qui nous ont tant humiliés. Elle m'infantilise. De pédophilie en céréales, sur quel terrain vaseux va-t-elle encore m'entraîner ? Est-il vrai qu'en vacances, le soir, tout occupée à mes jeux de cartes, je ne venais jamais te border ni t'embrasser, que je laissais une amie le faire à ma place ? Une fois de plus, je crois entendre Paule parler de sa mère ! L'assistante a centré son enquête sur nos vacances. Je ne m'occupais jamais de toi. Je passais mon temps à arroser les plantes. Décidément, tu n'as omis aucun détail ! L'assistante me contredit immédiatement. De mes arrosages fervents, tu ne te plains pas. Au contraire, ils ont contribué à embellir cette propriété dont tu hériteras plus tard.

En revanche, les témoignages de mes amis lui ont confirmé le point le plus terrible de ton réquisitoire. Je n'ai aimé que Nina. Les larmes aux yeux, je cherche des preuves. Je lui ouvre les albums. Suppliante, je lui commente, une à une, chaque photo. Toi, dans mes bras, accrochée à mon cou. Toi et moi, la main dans la main, lors de ton premier feu d'artifice. Toi à qui j'apprends à nager. Toi, soufflant tes bougies d'anniversaire. Toi, sur ton premier vélo, et moi, te soutenant, affolée à l'idée que tu tombes. Toi et moi, nos fous rires émerveillés...

L'assistante sociale se radoucit : « Ce n'est pas votre faute. C'est juste une question d'âge. »

Une question d'âge ?

Au début, j'étais plus jeune, je savais encore m'occuper de toi. Partager tes jeux, stimuler ta

curiosité, t'offrir le monde. Mais le temps a passé...
Une logique imparable. Mais est-ce seulement une
question d'âge ? À douze ans, Nina adorait Julien
Clerc. Il m'était facile de partager sa passion. De
chanter avec elle contre la peine de mort, au nom de
« l'assassin assassiné ». Une question d'âge si, aujour-
d'hui, je ne parviens pas à niquer les mères ?

Thierry ne bénéficie pas de la même circonstance
atténuante que moi. L'assistante sociale le soupçonne
de « maltraitance ». D'après nos amis, un soir de l'été
dernier, il est entré dans une si grande colère qu'il a
failli t'étrangler. Hors de lui, Thierry me conjure de ne
pas répondre. Il ne lui adresse plus la parole. Elle
s'énerve. Il lui fait perdre son temps. Elle signalera sa
mauvaise volonté, son « refus de coopérer ». « Heureusement que vous n'en avez pas adopté un autre ! »
lance-t-elle en claquant la porte.

L'État français, dans sa bonté, s'occupe de réparer
les erreurs de tes parents. De toi, là-bas, dans ton foyer
d'accueil, nous avons peu de nouvelles. Sinon que tu
ne nous réclames pas. Et que tu te nourris enfin correctement, entourée d'une cohorte de travailleurs
sociaux, d'éducateurs spécialisés. Et bien sûr de nouveaux psychiatres agréés, une concurrence thérapeu-
tique que déplore le docteur Antoine. Ces nouveaux
psychiatres diagnostiquent une grave dépression. Ils
finissent donc par nous accorder un « droit de visite et
de correspondance ».

Nous nous rendons à ton foyer. Sans joie, sans impatience. Pourtant, nous ne t'avons pas vue depuis plusieurs mois. Thierry conduit, mâchoires serrées. Je ne
regarde plus son profil.

Tes yeux éteints, ta voix basse, tes cheveux sales, je
les subis avec indifférence. Tu as pris quinze kilos et
tu t'en plains. Tu geins que c'est ma faute, j'avais peur

que tu ne deviennes anorexique ! Et maintenant te voici
énorme. Tu espères que j'en suis bien punie. Mon
silence impassible te fait hurler : « Je ne le crois pas !
Tu ne t'intéresses plus à moi ? Ça fait des semaines
que tu ne me calcules plus et tu t'en bats la race ? »
En plus, en moins, tes kilos, aujourd'hui je m'en fous.
Je m'en bats tout ce que tu veux, mon amour.

Le lendemain, le juge nous téléphone. Notre visite
a eu un effet catastrophique. Tu as tout brisé dans ta
chambre, tu pleures, tu refuses de t'alimenter. Il nous
interdit à nouveau de te voir.

Une fois de plus, Thierry me surprend. Il me supplie
de l'aider à te sortir de là. Il insiste. Il me conjure de
ne pas l'en empêcher. Je n'en ai ni le pouvoir ni le
désir. Le crabe de l'espoir recommence à lui dévorer
les entrailles. Je le plains. Que va-t-il encore entre-
prendre pour inverser le cours des choses ? J'admire
son énergie. Il ne me rend pas la mienne. La vie vaut-
elle encore la peine ? Penchée sur mon balcon, j'hésite.
Ce serait si facile. Pas si facile. Je pense à Poulantzás,
à Deleuze. À ces inconnus aussi, même pas des soldats,
qui se jettent de la tour Eiffel. Comment ont-ils fait ?
Une fois dans le vide, ont-ils regretté leur geste ? J'ai
le vertige... « Tu vas prendre froid », murmure Thierry,
en m'entourant les épaules de ses bras. Il n'a pas tort.
À survivre à un tel désastre, autant éviter une angine.

Trois mois plus tard, notre dossier est classé. Le juge
renonce à mettre Thierry en examen. Sur les abus
sexuels, tu t'es rétractée. Comme le fils de Camille.
Comme tant d'autres enfants dont je fréquente désormais les parents. Rien ne prouve que tu n'as pas menti.
Rien ne prouve l'inverse non plus. De cette aventure
nauséabonde, quelle trace restera-t-il ? Notre couple se
défait. Ne serait-il pas raisonnable de nous séparer

maintenant ? Faut-il en attendre la mort inévitable ou la précipiter ?

Je reprends sans entrain le chemin de l'université. Plus taciturne que jamais, Thierry travaille avec acharnement. Nous sommes libres. Pas toi. Tu restes placée dans ton foyer. Pour la première fois, tu vas passer ton anniversaire sans nous. La date approche. Je compte les jours. Vendredi prochain, tu auras seize ans. « Tu crois que j'ai oublié ? » hurle ton père. Il a appelé le juge pour lui demander une faveur exceptionnelle. J'avoue avoir fait la même démarche. Le juge te laissera-t-il fêter ton anniversaire chez tes parents ? Ne sommes-nous pas ton vrai foyer, le seul où tu devrais vivre ? Nous recevons tous deux la même réponse. Les services sociaux désapprouvent cette idée saugrenue. Les thérapeutes sont du même avis. Tu n'es pas prête. Le choc serait trop violent. Si tu faisais une bêtise, nous ne saurions pas la « gérer ». Le juge est bienveillant, il nous accorde le droit de te téléphoner, ce vendredi-là, le jour de tes seize ans. Pour le reste, il est au regret, c'est non.

Je partage le désespoir de Thierry. Je me jure de désobéir, de forcer la porte, de t'apporter un cadeau magnifique et de partir tout de suite après. Sans pleurer. Je n'ai rien à y perdre et toi non plus. Ma visite ne te fera aucun mal, j'en suis persuadée. Je me méfie de ce juge. Un fou. Un homme sans cœur. Et tous ces acteurs sociaux et médicaux ne valent pas mieux. S'ils continuent à nous empêcher de te voir, ils finiront par nous accuser de « manifeste désintérêt ». Par te rendre « adoptable » ! C'est moi qui déraisonne, évidemment. Personne d'autre ne voudra désormais de toi, mon pauvre bébé, ma grande fille de seize ans... J'ai tellement besoin de te serrer dans mes bras. Sans m'en parler, Thierry se fait la même promesse. Lui aussi veut désobéir. Il a perdu son respect de la loi...

Nous nous retrouvons devant la porte de ton foyer. Deux pitres malheureux, chacun au volant de sa voiture de location. Aucun de nous n'en est réellement surpris. « Mon amour, tu es là, merci... », murmure Thierry avec une tendresse infinie.

Le directeur accepte de nous recevoir. Il paraît très embarrassé. Il se dit désolé, mais... Thierry l'interrompt fermement. Il n'a aucun droit de te séquestrer. Nous sommes tes parents. Le directeur paraît de plus en plus mal à l'aise. Son aveu nous terrasse. Tu as disparu depuis deux jours. Il allait nous prévenir, il espérait que ses services t'auraient retrouvée...

« Le juge est-il au courant ? » demande Thierry, tremblant de rage. Le directeur l'en a averti ce matin même, et la police aussi. La colère de Thierry explose. Ce matin seulement ? N'a-t-il pas commis une lourde faute ? « Elle n'a jamais fugué auparavant. Elle se comportait correctement. Elle avait même de bonnes notes en musique. Vous savez qu'elle a une très belle voix ? » Toi, une belle voix ? Décidément, cet abruti invente n'importe quoi. Thierry s'énerve de plus en plus. Assez de diversions. Qu'il en vienne au fait. Le directeur se confond en excuses. Ces derniers temps, il a fait relâcher ta surveillance. Il est navré pour nous. Pour nous ? Manifestement, nous ne sommes pas son problème. Il est furieux de devoir prévenir sa hiérarchie. On le lui fera payer. Son avancement va en souffrir, alors que ce foyer est surpeuplé ! Et lui, débordé, épuisé, à bout. Pauvre homme ! Thierry ne contient pas sa rage. Que compte faire ce misérable pour te retrouver ? Et moi j'ai si peur. Où es-tu, mon amour, sans argent, sans papiers, à la merci de n'importe quel égarement ?

Le directeur s'emporte. C'est notre faute, tu as certainement prévu notre visite, nous sommes irresponsables d'avoir ainsi provoqué ta fugue. Je glisse le long
du mur. J'ai mal. Je tremble. Je vais m'évanouir. Je
ressens une douleur brutale au cœur. J'entends ta voix
moqueuse, « papa, dépêche-toi, la victime a des palpi-
tations, elle croit qu'elle fait un infarctus ». J'entends
ta voix angoissée, « papa, fais quelque chose, maman
va mourir ». On me relève. On me tend un verre d'eau.
On me tapote les joues. Je réussis enfin à prononcer le
mot qui me hante. Le directeur me rassure. Ton dossier
médical prouve que non, tu n'es pas suicidaire. Au
pire, tu te livreras à un acte de délinquance quelconque
et la police ne tardera pas à te ramener. Nous ne devons
pas nous inquiéter outre mesure. Il nous préviendra dès
qu'on t'aura retrouvée. Il a hâte de se débarrasser de
nous. Thierry hurle de plus belle. S'il t'arrive quoi que
ce soit, il n'hésitera pas à l'égorger. « Votre fille a de
qui tenir... », se contente de répliquer le directeur.

De retour à Paris, dans nos voitures respectives, nous
partageons la même certitude. Thierry arrive le premier. Il m'accueille tristement. Non, tu n'es pas là, tu
n'es pas revenue à la maison. Je suis plus déçue encore.
Moi aussi, de toutes mes forces, je gardais au cœur ce
secret espoir.

Le téléphone sonne. Thierry se précipite. Il ne parle
pas. Il écoute. Longtemps. Est-ce le miracle que j'attends ? C'est toi ? Tu es vivante ? Je l'entends prononcer un seul mot, « d'accord ». Il raccroche, le
visage radieux. Ce n'était pas toi. C'était Paule. Tu as
fait du stop toute la nuit. Tu es près d'elle, épuisée,
mais tu vas bien. Elle veille sur toi.

Thierry me serre dans ses bras. « Tu te rends
compte ! Elle est là-bas, chez nous. Aux Genêts d'or.
Je prends le premier avion. » Bouleversée, j'acquiesce

avec ferveur. « Allons-y ! » Mais Thierry dit non. La stupeur m'envahit. Je n'en crois pas mes oreilles. « Non. Surtout pas. Elle ne veut pas de toi. Attends un peu, je t'en supplie. Laisse-moi y aller seul... » Une boule grossit dans ma gorge. Tu es revenue, mais à nouveau tu me rejettes. Pourquoi ? Thierry supplie : « Sois raisonnable. Pour l'instant, l'important, c'est qu'elle ait voulu passer son anniversaire avec nous... » Avec nous ? Avec lui, plutôt ! Thierry me tance sévèrement. Je ne pense qu'à moi. Je suis d'un égoïsme impardonnable ! Tu veux fêter ton anniversaire avec ton père. Je ne vais tout de même pas vous gâcher cette joie ? Tu as choisi la maison des Genêts d'or, le foyer de tous nos étés. Mais sans moi. Du nord au sud, tu me fuis ! Je vis cet exil comme une cruauté supplémentaire. Un égoïsme impardonnable ?

Thierry appelle Air France tout en préparant un bagage. Il ne veut pas se sentir coupable à mon égard, il est pressé de me fuir lui aussi. Je le dérange. Déjà, il claque la porte. Il m'aime, il m'appellera dès que possible. Je le poursuis. En larmes, je le supplie de t'apporter le cadeau que je voulais t'offrir. Un bracelet d'argent sur lequel j'ai fait graver tes initiales. Un cadeau pas très à la mode, bien sûr, mais moins banal qu'un tee-shirt Nike.

Thierry parti, je cherche en moi-même des raisons de me réjouir. Je n'en trouve aucune. J'en ai, pourtant, puisque tu es revenue. Je suis inconsolable. J'appelle Nina. Elle ne répond pas. Ni sur son portable ni chez elle. Je donnerais n'importe quoi pour parler à mon petit-fils. Il n'en a pas l'âge. Tant pis pour moi. Tant mieux pour lui. Je sais au moins que Thierry se battra contre tous les juges pour te récupérer. Contre tous les psys aussi. Je l'entends déjà te murmurer qu'il va te sortir de là. Comme autrefois, comme toujours, comme à chaque fois. Tu peux compter sur ton père. Mais pourquoi ne veux-tu pas de moi ?

Nina m'appelle enfin. Elle veut me voir de toute urgence. Elle a une grande nouvelle à m'annoncer. Ce n'est pas le moment. Je n'y suis pas préparée. J'aurais dû m'en douter, bien sûr. Je lis les journaux, je signe les pétitions, je connais l'état des laboratoires, la frustration des directeurs, l'impatience des plus jeunes. La France est incapable de conserver ses meilleurs chercheurs. C'est au tour de Nina de jouer à la fuite des cerveaux : elle part là-bas, en Australie, où elle a effectué son postdoc. Une équipe la réclame. L'espoir d'une carrière exceptionnelle. « Tu te rends compte, maman ? Deux ans que j'attends ce moment. Tu peux être fière de moi ! » Je le suis, évidemment. Je manifeste mon enthousiasme, il va de soi. Quant au reste, je le garde pour moi.

Un détail pourtant me surprend et m'inquiète. Que va-t-elle faire d'Alexandre ? « Il me suit, bien sûr, il trouvera facilement du boulot là-bas. Il a déjà un contact avec un éleveur de kangourous... J'ai gagné, je n'ai pas une mère féministe pour rien ! » Je m'efforce de conserver la plus grande sérénité. Je la félicite. Comment a-t-elle réussi à le convaincre ? Nina soupire. La négociation conjugale n'a pas été simple. Alexandre a longuement hésité. Mais Nina n'a pas cédé. Elle était décidée à partir, quelle que soit la décision de son compagnon. J'admire la détermination de ma fille. Mais elle m'effraie. Je ne doute pas de l'amour que lui porte Alexandre. Mais je sais aussi à quel point il tient à ses jumeaux. Il va souffrir. « Bien sûr, répond fermement Nina, mais je n'ai pas envie de lui sacrifier ma vie. Je ne le lui aurais pas pardonné. Ce n'est pas toi qui oserais me contredire ? » Je n'ose pas, en effet. J'ose encore moins lui faire part de mon chagrin.

Quand les reverrai-je, elle et son petit Julien ? Nina semble deviner mes pensées : « Évidemment, l'Australie, c'est un peu loin... Les jumeaux viendront pendant les vacances. Toi aussi, n'est-ce pas, maman ? » J'objecte timidement. Ces enfants verront beaucoup moins leur père. Ils risquent d'en vouloir à Nina. Et Alexandre aussi. « Tu n'as pas fait la même chose, peut-être ? »

La comparaison n'est pas absurde, seulement injustifiée. Nina l'ignore. Après mon divorce, j'ai refusé un poste aux États-Unis. La femme d'un acrobate adjoint l'a accepté. Elle voulait se donner une chance de survivre à l'amour déçu mais encore si dévorant qu'elle portait à son mari... À l'époque, Thierry était prêt à me suivre. Je suis restée à Paris, je n'ai pas osé répéter le geste de ma mère. Elle m'avait privée de père. J'ai eu peur d'en faire autant avec Nina. Je lui ai préservé un père. Du moins, comme disent les psys, dans son rôle de « référent ». « Mon référent père », chantait Nina. Complice, l'acrobate se contentait de sourire.

Vingt ans plus tard, j'ai retrouvé la fille de l'acrobate adjoint dans mon amphi. Elle paraissait rayonnante, équilibrée. Son père ne lui avait pas manqué, sa mère s'était remariée. Chez eux, personne n'avait eu besoin de psy... Je ne suis plus certaine que de mes doutes.

Alexandre et Nina finissent par m'avouer que leur situation est à la fois plus facile et plus complexe. Ils sont tous deux trop orgueilleux pour se plaindre. Il arrive à Alexandre ce qu'il craignait depuis longtemps. Son ex-femme se remarie avec un Américain. Il vit à San Francisco. Elle le suit et emmène les jumeaux. Raisonnable, Nina commente : « C'est cruel mais c'est la vie. Pour moi aussi, c'est dur, je me suis attachée à ces enfants. Une belle-mère n'a aucun droit. C'est une pièce rapportée... » Comme Thierry pour elle ? Il en a souffert. Quand il la prenait dans ses bras, il avait peur de commettre un abus de droit. Alexandre plaisante courageusement. San Francisco, c'est tout de même moins loin de Sydney que Paris !

Conservant un calme souriant, je parviens, moi aussi, à cacher mon désarroi. Nina ne se rend pas compte de l'effort que j'accomplis. De quel droit gâcherais-je sa joie ? Pas question de pleurnicher. Au contraire, je m'efforce d'aller plus loin encore dans l'optimisme. Quand Nina reviendra, la France reconnaîtra les siens. Elle sera élue à l'Académie des sciences. Qui sait ? Nina éclate de rire : « L'Académie ! Rien que ça ! Maman, je t'adore, tu ne changeras jamais... »

Plus gravement, hésitante, elle m'annonce pourtant qu'elle a un gros problème à régler. Il faut que je l'aide. Je suis donc encore utile ! Rien ne me console davantage.

« On ne sait pas quoi faire de Tabou. » Son problème me prend au dépourvu. Quel tabou ? Je suis sur mes gardes. Une fois de plus, elle se moque de moi. Est-ce bien le moment ? Suis-je en état de supporter une nouvelle agression de la part d'une de mes filles ? Et, d'ailleurs, de qui que ce soit ? « Tu as oublié ? Tabou, le boxer, bien sûr ! Tu ne pourrais pas le garder avec les autres, là-bas, dans le Sud ? » Je respire. Non, je n'ai pas oublié le boxer. Mais il est vrai que j'ai toujours eu du mal à me rappeler son nom. Thierry sera-t-il ravi d'adopter un chien supplémentaire ? Je l'entends déjà hurler que je le prends pour Brigitte Bardot, que les Genêts d'or ne sont pas un chenil. Tant pis. Je n'hésite pas, j'accepte sans le consulter. Et Nina me serre dans ses bras. Elle était certaine de pouvoir compter sur moi. Je suis vraiment la meilleure mère du monde !

Thierry revient le lendemain. Sans toi. Surexcité,

une lueur de folie bagarreuse dans le regard. « Pour le moment, elle reste là-bas. Paule s'occupe d'elle. Tout ira bien. Nous allons gagner. Ne me demande rien. Surtout laisse-moi faire. »

Le message est clair. Il me renvoie à mon fond de court, sans me donner aucune information. Sans me laisser non plus le temps de lui parler de l'Australie. Après tout, c'est mon problème, pas le sien... Mais toi, tu es bien le nôtre ! Pourquoi refuse-t-il de me parler de toi ? Je lui en veux. Je ne pleurniche pas. Cette fois, je crie. Je l'insulte. En vain. Il reste intraitable. Il ne me dira rien. Il me fait taire. Durement. J'obéis. Je lui en veux de plus en plus. J'ai envie de le quitter. Et même si je n'en ai pas envie, c'est ce qui ne va pas tarder à nous arriver. Ce soir, j'irai dormir sur le divan du salon. Pourtant, je les aime tant, nos nuits partagées. C'est la première fois que je refuse de chercher le sommeil contre l'épaule de Thierry. Il ne le supportera pas. Tant mieux. Il mérite un sérieux avertissement.

Non seulement Thierry le supporte, mais je me demande même s'il n'en est pas soulagé. Il hausse les épaules. D'un ton moqueur, il lance : « Tu préfères les divans, maintenant ? » Il ne me fait pas rire. Et si j'allais à l'hôtel ? Mais c'est moi qui cède. Je retourne dans notre lit. J'ai envie de faire l'amour. Pas lui. Pas ce soir. J'insiste. Il ne veut pas. C'est la première fois. Et j'ai peur.

Dès le lendemain, je décide de me remettre au travail sans penser à lui ni à personne, surtout pas à toi. Le temps passe. Je finis par avertir Thierry du départ imminent de Nina, Tabou oblige ! Je ne peux lui cacher l'arrivée du boxer. Mais je n'ai pas l'intention de l'encombrer de mes sentiments. Dont, manifestement, il n'a cure. Je suis injuste. Thierry accepte le boxer. Il aime les chiens, il admire Alexandre, mais surtout,

surtout, il trouve les mots adéquats, les seuls qui puissent adoucir mon chagrin : « Un choix courageux. Ce n'est pas facile pour Nina de s'éloigner de toi. Évidemment, elle a su te cacher son angoisse. Je suis fier d'elle... Fier de toi, aussi, mon amour. » Il réagit comme Alexandre. Les féministes de notre génération sont-ils des hommes ? Je laisse ouvert ce rêve incorrect. D'ailleurs, la question n'est pas à l'ordre du jour. Le sera-t-elle jamais ?

L'attitude de Thierry m'ôte un poids de la poitrine. J'ai eu si peur depuis quelques semaines. J'ai eu tort. Notre amour est intact. Nous ne nous séparerons pas. Tu n'y parviendras pas. Du moins vais-je essayer de m'en persuader.

Dans les bras de Thierry, je ne pleurniche pas, je peux enfin sangloter.

L'Académie

Les semaines se suivent. Thierry multiplie les allers-retours vers toi. Sans moi. Il continue de m'interdire de te voir, et même de te téléphoner. Il ne me donne que des informations élémentaires, sans les commenter. Je dois m'en contenter. Il gagne une première manche sans difficulté. Le juge en a marre, les experts aussi. Après tout, nous sommes tes parents et tu es revenue de ton plein gré. Ils ont tant d'autres cas sur les bras. Ils nous accordent donc le droit de les débarrasser de toi. Cette victoire ne paraît pas étonner ton père. Il est déjà passé à une autre étape. Qu'as-tu encore inventé pour le manipuler ? Que va-t-il encore espérer ?

Tu as seize ans. Nous ne sommes plus soumis à l'obligation de scolarité. Tu n'iras plus jamais à l'école. Thierry est d'accord et très ému que tu aies attendu cette date pour revenir. Tu craignais que ton père n'aille en prison par ta faute. Tu es si touchante. J'explose. Ton aplomb est sans pareil. Après tout ce que tu lui as fait subir, il te croit encore capable de vouloir lui éviter la prison. Est-il amnésique ? Thierry refuse de m'entendre. Il n'a plus aucune envie de discuter avec moi. En tout cas, de toi. Et, puisque je suis incapable de parler d'autre chose, je n'ai plus qu'à me taire.

Il n'ira pas en prison, mais il démissionne de son poste : « Nina avait raison, j'ai été trop ambitieux, j'aurais dû le faire depuis longtemps. » J'admire les lignes droites de cet homme. « De toute façon, j'en avais assez, de ce boulot de merde ! » Il dépasse les bornes, il ment. Je le méprise un peu. À moins que je ne l'en admire davantage ?

Je le harcèle sans cesse. Je ne peux m'en empêcher. Nina est partie. Il me reste une autre fille. Une fille à qui je pourrais être encore utile. Pourquoi n'ai-je pas le droit de te voir ? « Sois patiente. Elle se repose et réfléchit. Je ne l'ai jamais vue aussi épanouie. Elle s'occupe des plantes, elle bêche, elle taille. Elle t'imite, c'est toi qui lui as appris... » Je l'écoute, abasourdie. Il se fiche de moi ? Tu n'as jamais été capable de distinguer un amandier d'un olivier ! Il veut te faire passer un CAP d'horticulture ? Il se fait avoir une fois de plus. Tu seras renvoyée dans un mois ! Il ironise : « Toujours aussi optimiste ! » Mais il n'est pas fâché. Il sourit mystérieusement. « Tu es trop impatiente. Laissons-la tranquille. Elle mûrit un projet... »

C'est moi qui ne suis pas tranquille. Toi, mûrir un projet ? Je m'attends au pire. Quelle nouvelle incartade Thierry me cache-t-il donc ? Dans quelle galère ce père débile va-t-il encore te laisser nous emmener ? Plusieurs fois, je reviens à la charge. En vain. Je me désole. Si tu vas si bien, pourquoi ne veux-tu pas me voir, moi, ta maman ? Thierry hésite, pensif : « Elle a peur que tu ne sois pas d'accord... Elle avait peur de moi aussi. » Je rumine cette phrase. Je cherche à en percer le mystère.

Soudain, partagée entre une vague espérance et une réelle terreur, je crois enfin comprendre. Ton père veut t'envoyer dans une organisation humanitaire. Je n'aurais jamais dû lui raconter que mon amie Camille y a pensé pour son fils. Il va te laisser partir ! En Afrique ? Pourquoi pas en Australie, toi aussi ? Thierry hausse les épaules : « Tu rêves ! Tu la vois refaire le chemin dans nos pas ? L'humanitaire à la place de la révolution ? Cette génération n'est pas sur terre pour restaurer nos illusions perdues. » Je ne veux pas que Thierry perde ses illusions. Je ne l'ai jamais voulu. Il le sait. Je l'aime parce que en lui subsiste « un fond d'enfance inaltérable ». De qui parlait ainsi André Breton ? Thierry, lui non plus, n'a jamais voulu que je perde les miennes. J'étais sa « femme aux cils de bâtons d'écriture d'enfant ». Breton nous avait réunis. Aujourd'hui, je désapprouve la résignation de ton père. Ce n'est pas une question d'âge, ni de génération, mais de passion, de conviction et d'engagement. Cette jeunesse-là, la jeunesse de tous les temps, la mienne, la sienne, je la défendrai toujours. Mais j'ai le droit de mépriser la tienne. Ta jeunesse avide et veule à la fois.

Thierry se moque de mes discours enflammés. Je suis ridicule, grotesque. Il m'incite au devoir d'inventaire. J'y verrais plus clair dans nos conneries d'autrefois. Et je serais moins sévère à ton égard. Il m'énerve, je discute, argumente, pontifie, me lance dans une comparaison interminable entre ces générations qui... Thierry ne me suit pas. Je ne l'intéresse pas. Charitable, il tente pourtant de détendre l'atmosphère. « Elle s'est prise de passion pour Tabou, le boxer de sa sœur. Ça devrait te faire plaisir ! » Je n'ai plus le sens de l'humour. Je ricane méchamment. On a les passions qu'on peut. Et les tabous aussi ? Cette fois, Thierry se fâche. Il ose me reprocher ma haine. Il est fou. Il confond tout. Serais-je devenue son seul problème ? Et le tien aussi ? Si je disparaissais, croit-il que tout irait bien ? Et si je le prenais au mot ? Et si j'inversais les rôles ? Et si moi, ta mère, je te criais ma haine, les psychiatres te guériraient-ils mieux ? J'essaie d'imaginer la tête du docteur Antoine. Le barbu resterait-il aussi impassible ? Ni barbu ni impassible, Thierry claque la porte. Reviendra-t-il ? Après les fugues de ma fille, il me faut désormais vivre celles de son père. Je le comprends. Je deviens odieuse. Je me déteste. Je n'en peux plus.

Les jours passent. Thierry revient, détendu, souriant, séduisant. Il t'a vue, tu le rassures de plus en plus. Tu lui fais du bien. Toi. Pas moi ? Thierry soupire. Je lui en faisais autrefois. Je n'y parviens plus. Je t'en veux. Tu es parvenue à tes fins. Tu as réussi à pourrir notre vie. À tuer notre amour, aussi, peut-être. Thierry me prend dans ses bras. Je le repousse. J'entends à nouveau la porte claquer.

Rachel m'appelle. Une voix joyeuse, enthousiaste. Son fils Solal vient de réussir Normale sup. Et sa sœur est enfin guérie. J'applaudis, solidaire, sans rien révéler de mon désespoir.

Thierry revient. L'angoisse me saisit à nouveau. L'angoisse de quoi ? Je ne manque pas de prétextes. Au hasard, je choisis d'évoquer ta déscolarisation. Elle te prive d'avenir. Je l'accepte moins bien que lui. Mais l'accepte-t-il si aisément ? Son visage se ferme. Toujours les mêmes rengaines. Je l'ennuie. Je le comprends, je m'ennuie moi-même.

Je n'ai pas le droit de te téléphoner mais je désobéis. Je prends le risque. Je n'ai pas entendu ta voix depuis si longtemps. Je me jure de te cacher mon émotion et de ne pas susciter la tienne au cas, certes improbable, où la voix de ta mère pourrait t'attendrir. Très vite, je trouve une phrase stupide. Comment veux-tu réussir ta vie sans aucun diplôme ? Tu n'es pas même en colère. Seulement glaciale. Et péremptoire : « Tu sais à quoi ça sert un diplôme, maman ? À en avoir un autre, puis un autre et après, on a gâché sa jeunesse ! Moi, les gens que j'admire, ils font des trucs qu'ils kiffent et

L'Académie

ils gagnent plein de thune en s'amusant. Tu crois qu'on a besoin du bac pour ça ? » Tu raccroches. Je n'aurais pas dû t'appeler. Surtout pour te parler de tes études. Je n'ai que ce que je mérite. Tant pis pour moi. Et si tu t'en plains à ton père, il ne me le pardonnera pas. Peu importe. Au point où nous en sommes...

Pourquoi m'est-il désormais impossible de me maîtriser ? Je devrais me sentir rassurée que tu sois là-bas, chez nous. Que tu n'aies pas fugué. Et que tu te portes bien. Pourquoi suis-je incapable de m'en contenter ? Peut-être ai-je surtout peur de retrouver l'espoir ? Je ne demande que ça. N'importe quel miracle. Au fond, Thierry et moi, nous nous ressemblons tellement. Depuis des années, nous n'avons jamais cessé d'espérer. Mais je suis si fatiguée. Dois-je prendre le risque d'une nouvelle déception ?

Les semaines passent. Je prépare une intervention difficile sur l'économie mondiale. Je m'en serais bien dispensée. Mais le colloque a lieu à Sydney... De là-bas, les nouvelles sont bonnes. Ils sont bien installés. Nina travaille avec acharnement. Alexandre est heureux. Ses kangourous ne sont pas en peluche. Quant à Julien, mon petit-fils, il sera bilingue. Ils écrivent même que je leur manque. Qui dit mieux ? Je leur manque, ils me manquent, et personne n'y peut rien. Ai-je jamais éprouvé un tel sentiment de solitude ?

Je prends rendez-vous avec ton psychiatre, le barbu, celui qui n'a pas d'obligation de résultat. Une étrange initiative. Toujours aussi barbu, harassé, courtois, humain, le docteur Antoine ne paraît pas surpris de ma visite. Trop peu à mon goût. Je m'empresse de lui retirer toute illusion : « Il ne s'agit pas de moi, docteur. » Le thérapeute esquisse un sourire furtif. Il n'en doute pas. Bref, il se moque de moi. Peu importe. Il n'est ni le premier ni le dernier. Du moins a-t-il, de loin, suivi ton dossier. Il est satisfait que tu aies échappé à ses concurrents, si agréés soient-ils.

Je lui raconte que tu vas beaucoup mieux, que tu es guérie, que tu n'auras plus jamais besoin de lui, ni d'aucun psy. Je lui mens. Je le teste. Il ne sourit plus, il m'observe, se tait, me guette telle une proie. Il attend. Pas longtemps. Je fonds en larmes. Son regard s'adoucit. Va-t-il me prendre dans ses bras ? Thierry a raison, j'ai toujours eu un faible pour cet homme. Au point où j'en suis, je me laisserais faire. Je n'ai jamais eu d'amant psychiatre. Et d'ailleurs aucun amant depuis trop longtemps. Le spécialiste me tend un Kleenex. Je le remercie sans le laisser deviner mes divagations. Je reprends mes esprits et le questionne sur ton cas. Pense-t-il encore à une maladie quelconque ?

Le docteur Antoine n'est sûr de rien. Sinon que tu es loin d'être guérie. Tu souffres d'une immense colère intérieure que ta crise d'adolescence avive. Il se félicite de la décision de ton père. Il a bien fait de démissionner de son poste. Sa présence ne peut que t'aider à guérir. A-t-il conscience de ses propres contradictions ? Hier il nous affirmait qu'une séparation était indispensable, aujourd'hui il prétend le contraire ! Le docteur Antoine s'interroge. Peut-être un jour, plus tard, lors d'un événement extérieur, sans disparaître, ta souffrance s'apaisera-t-elle...

Mais d'où vient-elle, cette souffrance ? Je veux comprendre, je veux t'aider. « Je peux me tromper, bien sûr. Mais je pense que votre fille devient psychotique. Vous n'y pouvez rien. Essayez de l'accepter. » Il m'angoisse davantage. Comment supporter l'éventualité d'une psychose ? Comment ose-t-il me demander de l'accepter ?

De son ton calme et courtois, il m'assène : « Ce n'est

pas sa psychose que je vous demande d'accepter, madame. C'est votre impuissance. Pour votre bien. Comme j'accepte parfois la mienne. » Il a raison. Je suis incapable de m'y résoudre. Il insiste : « Vous n'y êtes pour rien. Ce n'est pas vous son problème. » Si je ne suis pas ton problème, comment puis-je t'aider ? De toutes mes forces, je voudrais t'être utile. Encore ce rêve « modeste et fou ». Modeste, vraiment ?

Après la troisième tentative de suicide de son fils, mon amie Camille, la pédiatre, en a eu assez. Camille dit TS, comme toi. Elle en a eu marre des psys. Pas seulement de son mari, de tous les psys. Elle a décidé de se débrouiller sans eux. Elle a aidé son fils à retrouver sa mère biologique. Elle savait son nom. Elle lui a payé son voyage en Haïti. Une île, c'est plus facile... Je l'écoute, alarmée. J'ai peur de comprendre. Hochant la tête, elle répète patiemment que oui, elle a aidé son fils à retrouver sa mère, que le miracle a eu lieu. Depuis, il est transformé, apaisé. Il lui a pardonné. Pardonné ! À elle, Camille, sa mère ? Mais pardonné quoi ? Ce n'est tout de même pas elle qui l'a abandonné ! Camille sourit tristement. « Au fond, il n'a pas cessé de croire que nous l'avions enlevé... C'est ce qu'il nous faisait payer. » Elle me terrorise. Tous les enfants adoptés partagent-ils ce fantasme et cette rancune ? Mais, en ce cas, pourquoi son fils n'est-il pas resté en Haïti auprès de sa mère ? Camille réfléchit. Elle est incapable de répondre. Elle n'en sait rien. « Quand mon fils parle d'elle, il dit "maman". Mais il est revenu, c'est comme ça. Il n'a plus besoin de la voir. Il nous montre les photos de ses frères et sœurs... » Elle rectifie : « Demi seulement. Demi-frères et sœurs. Sa mère ne sait pas qui sont les pères... Mon fils leur écrit. Ils répondent. Et ça lui suffit... Il a enfin trouvé un travail ici, à Paris. Moi, il ne m'appelle plus jamais "maman". Mais il est très prévenant, plus affectueux qu'il ne l'a jamais été. »

Son histoire me lamine. Pas plus qu'elle je n'en comprends le sens. Elle ajoute que son mari ne lui pardonne pas d'avoir aidé son fils à renouer avec sa famille d'origine. « Les photos, les lettres le mettent en rage. Il me rend responsable de ce voyage, de ces retrouvailles... Pourtant il continue de l'appeler "papa". Peu importe, comme tu le sais, nous avons divorcé. » Bref, Camille considère que son fils est enfin « guéri ». Elle insiste avec gravité : « Grâce à moi. Je n'ai fait que mon devoir. »

Soudain, ses mots me font admettre l'inadmissible. Depuis combien de temps me suis-je refusée à affronter la vérité en face ? Toi, c'est ta mère que tu veux voir en face. Depuis seize ans, sa présence anonyme, son absence innommée nous ont empêchées de nous tendre la main. Elle nous a gâché tant d'années ! Il est temps de mettre un terme à ce supplice. J'ai percé le mystère. Je me résigne au pire sacrifice. Et revoici le crabe ! Tenace, l'espoir me taraude à nouveau. A-t-il jamais cessé ? Après tout, lorsque tu auras enfin rencontré ta mère, peut-être comprendras-tu à quel point je t'aime. Peut-être aussi, pourquoi pas, voudras-tu enfin m'aimer ?

Je suis résolue à tenter le pari. D'ailleurs, Camille n'est pas la seule à avoir osé l'aventure. Elles sont nombreuses à l'avoir risquée, les autres mères de mon association d'adoptions ratées ! Nombreuses aussi, comme Camille, à décliner cette histoire sur le mode : « Ils y vont, ils voient, ils reviennent... Ils sont guéris. » En reviendras-tu ? Rien ne me le garantit. Tant pis !

Je comprends mieux ton secret. Manifestement, tu as convaincu ton père. Il est plus sage et plus courageux que moi. Et c'est à cette évidence que vous me préparez tous les deux ! Alors, autant que je garde l'initiative avant que vous ne me mettiez devant le fait accompli.

Dès le lendemain, je prends la décision que j'aurais dû prendre depuis longtemps. Complice résignée, Carmen me donne le téléphone du palais de justice de Concepción. Je garde au cœur un vague espoir. Après tout, Madame la juge n'a-t-elle pas pris sa retraite depuis plusieurs années ? Peut-être a-t-elle effacé les traces ? L'espoir ne dure pas. En femme de métier, Madame la juge a tout laissé en ordre. Elle a scrupuleusement respecté l'obligation d'archivage. Ton dossier est là. Comme tant d'autres. Toujours quelqu'un sait... Une voix cruelle m'assure que ta mère ne sera pas difficile à retrouver.

Je réserve les billets. Paris-Santiago. Deux allers simples. Je ne pleure pas, je suis fière de moi. Ce geste me brise le cœur. Mon enfant, mon amour, je ne veux pas qu'il me sépare de toi. Au contraire, je veux qu'il m'aide à te retrouver.

Le portail s'ouvre, les chiens aboient, les murs sont couverts de jasmin étoilé. Mais les genêts n'ont plus la moindre fleur. Aucune plante ne vieillit si mal. De vieux parchemins. Quand j'étais plus jeune, leurs branches sèches me faisaient pitié. Je les arrachais avant l'heure. Je n'avais pas lu Leopardi. Je ne savais pas encore que même « sur les pentes du Vésuve, mortes, pétrifiées de lave », les genêts finissent par repousser...

Tu m'aperçois. La surprise te fige. Je cours vers toi. Je me jette dans tes bras.

– Tu as grandi, mon bébé !

Tu n'as pas seulement grandi. Tu es superbe. Toute en courbes rondes et gracieuses. Le visage habilement maquillé, le vêtement d'une élégance nouvelle.

– Papa m'a aidée à me relooker. Tu kiffes, j'espère ?

Ton père ? Il est bien incapable de « relooker » qui

que ce soit. Peu importe. Je suis émerveillée. Je ne te cache pas mon admiration. Elle te comble. Elle t'a tellement manqué. Comme si tu ne savais pas qu'elle t'était acquise. Moi, la mauvaise mère, je n'ai jamais su te l'exprimer. À moins que tu n'aies jamais voulu m'entendre ?

Je ne t'accorde pas le temps de savourer ce bonheur neuf. Du temps, nous en avons trop perdu. Je veux réparer mes aveuglements passés. La bouche sèche, le souffle court, décidée à maîtriser mon émotion, je débite ma déclaration sacrificielle. Ce n'est pas ta faute si tu n'as rien osé m'avouer. C'est la mienne. Tu as eu peur de me faire de la peine. Maintenant que j'ai enfin compris, je promets de t'aider.

Mes mots te prennent au dépourvu. Tu te troubles. Tu rougis. Des larmes coulent sur ton visage maquillé. Tu balbuties timidement : « C'est vrai, maman ? Tu es d'accord ? Tu ne m'en veux pas ? Tu me pardonnes ? Jamais je n'aurais cru que tu l'accepterais. Merci, merci... »

Je contiens ma douleur. De ma voix la plus calme, je confirme. Je t'annonce que j'ai nos réservations pour le Chili. Je les sors de mon sac.

Près de toi, Paule crie : « Non ! »

Je te tends les billets d'avion. D'une main tremblante, tu les prends. Tu acceptes cette preuve d'amour. D'une voix rauque, tu murmures : « Paris-Santiago ? Vraiment ? »

À nouveau, j'entends Paule crier : « Non ! »

Elle exagère. De quoi vient-elle se mêler ? D'ailleurs, elle t'agace, toi aussi. Tu protestes : « Tais-toi, Paule. Laisse-la faire. C'est ma mère, elle est comme ça, elle ne changera jamais. Elle a toujours voulu que j'apprenne l'espagnol ! »

Dans mon scénario, tu éclates en sanglots, tu me

baises la main, tu hurles ta gratitude. Mais toi non plus, tu ne changeras jamais. Depuis toujours, tu masques tes émotions par l'humour. Tu te moques de moi. Ce n'est pas le moment. Es-tu si fragile ? As-tu si peur ? De qui ? Et moi, comme d'habitude, « pauvre victime », au lieu de rire avec toi, vais-je recommencer à pleurnicher ? Laquelle de nous deux est la plus fragile ? Je me drape dans ma splendide générosité. Je te jure que je ne suis pas fâchée. Ne t'en fais pas, mon amour, je te promets que nous la retrouverons. Tu peux compter sur moi.

À nouveau, Paule crie : « Non ! »

Tu lui jettes un regard incertain. Les yeux écarquillés, tu hésites encore. Retrouver qui ? Le visage bouleversé, Paule te prend dans ses bras. Elle m'exaspère. Elle usurpe une place qui n'est pas la sienne.

Je vous sépare, je te regarde dans les yeux, je te caresse les cheveux. Je murmure tendrement à ton oreille : « Ta mère, bien sûr ! » J'insiste fièrement : « Grâce à moi, tu vas retrouver ta mère. »

Tu me contemples, ahurie, méprisante. Tu feins une terrible colère. Tu jettes les billets à terre, tu les piétines. « Alors, c'est bien ça, j'avais raison, tu as toujours voulu me "rendre" ? »

Tu ne veux toujours pas m'entendre ? Je te répète calmement, patiemment, que je ne t'en veux pas, que je suis d'accord, au contraire. Nous n'allons pas en faire une tragédie. Viens dans mes bras, mon amour.

Tu te débats en tous sens. Tu m'insultes. « Pauvre petite maman, regarde-toi, tu me fais pitié, tu es comique ! » À nouveau, cet affreux doigt d'honneur. La haine te défigure.

Ta résistance m'épuise. Ces dernières semaines, ces longs mois, toutes ces années, ce calvaire, ce combat sans fin... Je suis à bout. Et voilà que je sanglote. J'ai tort. Si tu crois que je ne le sais pas ! C'est la dernière chose à faire, bien sûr. Je n'y peux rien. Je sanglote. Toi aussi.

Et tu cries.

Je ne suis pas sûre d'avoir entendu. Je n'entends pas. Je le fais exprès. Une fois, deux fois, je te le fais répéter.

« Ma maman, c'est toi, je n'en veux aucune autre. »

Ta maman, c'est moi. Comme en ces occasions, Eluard me tend une main complice. Pour une fois, j'ose le trahir. Je ne pleure plus. Toi non plus. Ton rire m'allège du poids d'un supplice. J'ai le cœur en fête. Sans doute n'étais-je pas si résignée ?

Tu ne t'attardes pas sur mon poétique soulagement. Tu vas pouvoir enfin me révéler ton grand secret. Il n'a rien à voir avec mon stupide malentendu. Tu as reçu ce matin même la confirmation de ton fol espoir. Tu en as déjà prévenu ton père. D'ailleurs, il arrive, il ne va pas tarder. Il veut célébrer l'événement avec toi. Tu sors une lettre de ta poche. Tu exultes. Tu es sélectionnée ! Tu commences dans une semaine.

Paule t'interrompt : « Ta maman est au courant ? »

Tu as reçu une bonne nouvelle. Je n'en sais pas beaucoup plus. Je ne demande qu'à me réjouir. Mais de quoi ? Paule ne sourit plus. Toi non plus. Tu lui jettes un regard craintif.

– Dis-lui, toi. Je n'ose pas...

– « Star Ac' »..., murmure timidement Paule.

Sur le coup, le sens du mot magique m'échappe. Lentement, une vague mémoire revient. Elle me pétrifie. « Star Ac' » ? Cet océan de connerie qui passionne les foules et fait la une de tous les magazines télé ? « Star Ac' » ? Cet univers pitoyable dans lequel ma douce France se perd chaque semaine, cette télé dite réalité qui nous donne la nausée à Thierry et à moi ? « Star Ac' » pour usurper le grand mot d'Académie ?

Tu as eu peur que je ne te force à retourner à l'école. Mais je ne peux plus t'y obliger. Cette fois, tu as gagné. À l'école, tu n'as jamais été à la hauteur de tes parents. Ni de ta mère, ni de ton père, ni surtout de Nina. Mais tu réussiras quelque chose dont nous sommes incapables. Tu vas nous le prouver. Tu vas enfin nous surprendre, nous éblouir.

« Star Ac' ». Je suis surprise, en effet, mais atterrée. Et ton père est d'accord ? « Bien sûr, maman. Si tu savais ! Il m'a donné plein de thune pour acheter les instruments de musique, travailler mon chant, me préparer à l'épreuve de sélection. »

La tête me tourne. La honte me submerge. Tu poursuis, sur le même ton exalté : « Je lui ai fait écouter mon DVD avant de l'envoyer. J'ai tellement travaillé. Tu ne devineras jamais les chansons que j'ai choisies. Tu crois que c'est du rap ? Tu ne captes rien, comme d'habitude. Papa a pleuré en les entendant. »

L'étendue de la trahison de Thierry me terrasse. Elle en dérègle mon sens de l'humanitaire. Un père a-t-il le droit de vendre son enfant à la folie médiatique des pays riches ? Surtout quand il a su l'arracher à la misère atroce des pays pauvres ? Paule hésite. Elle ne sait plus de quel côté se ranger. C'est toi qu'elle finit par trahir. Quand on a la chance d'avoir des parents comme les tiens, n'est-ce pas un peu dommage de renoncer aux études ? Elle te trahit, mais sans conviction.

Ton père vient de franchir le portail des Genêts d'or. De sa voix de chef, le mauvais perdant a déjà tranché : « N'ayez pas l'esprit étroit, toutes les deux. Ce n'est pas le moment de lui faire la morale. » Décidément, ce héros arrive toujours au bon moment. Et moi, de quoi ai-je l'air avec mon sacrifice sur les bras ? D'une imbécile, comme d'habitude. D'une victime, évidemment.

Je lui jette à la tête mon mépris. Je comprends mieux désormais le sens de sa démission. Que je sache, le Quai d'Orsay n'est pas encore compatible avec la télé-réalité. Thierry ne bronche pas, il ose même plaisanter. La colère m'envahit. Hors de moi, me voici bien décidée à lui rappeler une à une chacune de ses démissions. Je ne veux plus en payer le prix. Je ne suis pas de bonne foi. Pas de mauvaise foi non plus. Je ne crois plus en moi depuis longtemps, et voici que je doute sérieusement de lui. Et j'ai la ferme intention de le lui apprendre, ici même. Et de lui annoncer sur-le-champ que je le quitte. Cette fois, c'en est trop. Vous avez gagné, tous les deux. Vous m'avez rejetée. Je veux divorcer.

Une voix sublime fait taire les chiens et les cigales. Comme Téo, il y a quelques années... Les yeux fermés, sans micro, à l'ombre des pins, tu chantes. J'entends ces paroles qui m'ont tant fait pleurer. Cette chanson d'Aznavour que je n'ai plus jamais voulu entendre après le suicide de ma mère. D'une voix imprévue, de ta voix improbable, tu chantes la mort de la Mamma et ses enfants réunis. Ils sont tous là, même Giorgio, le fils maudit... Je t'écoute, assaillie d'émotions contradictoires. Comme d'habitude, la culpabilité domine. Ta voix de caisson, mon amour ? J'ai toujours cru que tu chantais faux.

Mais la rage m'envahit à nouveau. Une fois de plus, tu me trouves si vieille que tu chantes ma mort ? Ma mère au moins l'ai-je aimée vivante. Toi, tu ne m'aimeras que morte. Je te plains.

Les applaudissements chaleureux de Thierry m'obligent à revenir à la vie. Je ne suis pas morte, et toi, ma fille maudite, tu guettes mon approbation. Vais-je te décevoir, une fois de plus ? Vais-je me trahir moi-même et t'approuver ? Toi à la « Star Ac' » et moi à Canossa ? Paule m'observe, inquiète. Thierry aussi. D'une main, tu caresses machinalement ton chien préféré. Ni le bâtard ni le vrai. Tabou, évidemment, celui de ta sœur. Tes grands yeux noirs m'attendent au tournant. J'en ai connus de plus difficiles, mais pas de plus surprenants.

Moins maquillé que le tien, mon visage ruisselle. Des larmes de rire, pas des larmes de victime. Un fou rire incontrôlable, bienvenu. Comme souvent, il me permet d'échapper au dilemme. Ton père se fige, terrifié. Vas-tu t'enfuir à nouveau, blessée à vif ? Ai-je tout gâché ?

Tu n'as jamais su résister à mes fous rires. Pas plus que moi aux tiens. Nous l'avons oublié, toi et moi, depuis ces longues années. J'ai trop souvent pleuré. Tu te mets à rire comme jamais, à rire comme avant. Thierry soupire. Le traître paraît soulagé. Je ne lui adresse aucun reproche. À quoi bon ? La vie me fait une farce, autant cesser d'en faire une tragédie.

Depuis quand as-tu appris à chanter ? Tu as toujours su, j'aurais dû m'en douter, mais tu avais peur que je ne m'en aperçoive : je t'aurais mise au conservatoire. « Et moi, le conservatoire, ce n'était pas mon truc. »

Reste à m'enquérir de ton avenir proche. Le visage rayonnant, tu t'animes. Dans deux jours, tu intègres le château. Une nouvelle histoire de prince héritier ? Et combien de temps comptes-tu tenir en cette royale pension ? Mon ironie ne t'atteint pas. Au château, tu espères rester le plus longtemps possible, tu vas t'accrocher. Tu ne seras pas renvoyée. Tu gagneras toutes les épreuves jusqu'à la fin...

D'où te vient ce soudain goût de l'effort ? Je

t'épargne mes doutes. J'adopte un ton neutre, proche
de celui du docteur Antoine.

– Je croyais que tu détestais les internats ? C'est tout
de même un peu ça, ton château…

Tu n'es pas dupe :

– Dis tout de suite que c'est un asile ! Si c'est ce
que tu penses, maman, surtout ne t'en prive pas.

Naïve, sérieuse et tendre à la fois, tu tentes de me
rassurer. Je ne dois me faire aucun souci. Au château,
deux psys t'accompagneront chaque jour, et même
chaque nuit s'il le faut. Tu me stupéfies. Deux psys !
Mais pour quoi faire ? Sans la moindre conscience de
ton incongruité, tu me réponds gravement :

– Pour m'aider à ne pas craquer, bien sûr. Tu ne
captes toujours rien ! Ce que je vais vivre sera très
stressant. J'aurai bien besoin d'eux !

Thierry paraît un peu gêné. C'est lui, le comique.
Mais je comprends à son regard suppliant que je n'ai
pas le droit de rire. Ce n'est plus le moment. Depuis
quand ? Peu importe. Je contrôle donc mon hilarité.
Comme tout mauvais joueur, ton père aime gagner.
Rien ne lui plaît davantage que d'annoncer d'une voix
triomphante : « Échec et mat ! » C'est le seul jeu que
je déteste.

Un nouveau sursaut de colère s'empare de moi. Et
si tu gagnes, à quoi cela te mènera-t-il ? Tu feras la
une d'un magazine télé, et lui, ton père, ce crétin,
t'encadrera pieusement. Mais ensuite ? Tu tomberas de
haut. Et nous avec. Ce sera pire qu'avant !

Tu protestes vivement. Je n'y connais rien. C'est
normal. Ce n'est pas de mon âge. Un label « Star Ac' »,
ce n'est pas n'importe quoi. C'est le meilleur passeport
pour l'embauche dans les maisons de disques. Il permet
de court-circuiter toutes les files d'attente. « Un peu
comme l'ENA pour papa et toi. Mais une fille "Star

Ac'", dans le monde du disque, je te jure, c'est mieux qu'une énarque. » Bouche bée, je t'écoute vanter les bienfaits d'une voie parallèle inventée pour ta génération. Elle ne rencontrera jamais la mienne. Il m'arrive pourtant d'approuver de courageuses initiatives. Une injustice réparée pour Sciences po, quand il s'agit des ZEP, par exemple. Mais pas « Star Ac' ». Je m'y refuse. Je ne peux pas. C'est plus fort que moi, je n'y arrive pas. Tu plaides ta cause. « Maman, reconnais au moins que ça vaut mieux que le casino ! » Un doigt de mérite plutôt que d'honneur ? Après tout, je ne perds pas au change même si je n'y gagne qu'un nouveau pied de nez...

De semaine en semaine, Thierry suit les progrès de ton irrésistible ascension. Devant le téléviseur, il applaudit. Moi, je résiste encore. Sur l'écran, mon enfant bulle se débat dans son absurde prison. Tant d'années d'efforts pour en arriver là, toute cohérence dissoute ? « C'est notre dernière chance », murmure Thierry. Il est incorrigible. Même à qui perd gagne, il préfère gagner. De dernière chance en dernière chance, il veut gagner quelques mois. « Pourquoi pas ? » supplie ton père.

Tu ne nous as pas encore séparés. Je ne me suis pas encore suicidée. Ma vie n'est pas finie. Pourquoi pas quelques mois de plus ? Pourquoi pas, après tant d'années ? Et si je cessais de prendre le malheur au sérieux ? Et le bonheur aussi. Et l'amour. Et le travail. « Je t'aime », dit simplement Thierry.

Si je cessais de laisser le sérieux m'étouffer ? Juste pour un mois, et un autre, plus légers ? Tu sais bien qu'au jeu je me fiche de perdre. Si la vie n'est qu'un jeu, pourquoi pas ce jeu-là aussi ? Et si je m'en donnais enfin le droit ? J'ai encore l'âge, non ? « Je t'aime », répète Thierry.

Tendrement complice, Paule nous fait taire. C'est l'heure de tes exploits. L'heure de ma défaite ? Je ne suis plus à même d'en juger.

De sa voix de caisson, mon bébé ne savait pas chanter. De sa voix rauque, mon enfant me criait sa haine.

Sur l'écran de nos prochaines galères, tu me tends les bras. De ta voix imprévisible, tu chantes : *Je m'souviens, ma mère m'aimait...*

Table

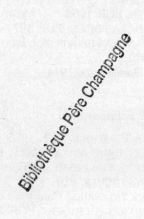

Composition réalisée par IGS-CP

Achevé d'imprimer en mars 2006 en France sur Presse Offset par

BRODARD & TAUPIN

GROUPE CPI

La Flèche (Sarthe).
N° d'imprimeur : 34616 – N° d'éditeur : 69616
Dépôt légal 1re publication : avril 2006
LIBRAIRIE GÉNÉRALE FRANÇAISE – 31, rue de Fleurus – 75278 Paris cedex 06.